INDÍGENAS de FÉRIAS

INDÍGENAS de FÉRIAS

Thomas King

2ª edição

TRADUÇÃO
Davi Boaventura

Porto Alegre • São Paulo • 2023

**PARA HELEN,
UMA ÚLTIMA VEZ**

1

Estamos em Praga, hospedados no hotel Čertovka, sob a proteção da histórica ponte Carlos, que, em tcheco, eles chamam de Karlův most. Segundo andar. Alguns dos quartos têm vista para o rio Vltava.

Não o nosso.

Mesmo assim, conseguimos enxergar os turistas na ponte e podemos escutar as pessoas falando alto enquanto se deslocam da Malá Strana, a Cidade Inferior, para a Staré Město, a Cidade Velha, e depois de volta para o hotel. Se estivéssemos realmente com vontade, poderíamos até nos inclinar na janela e começar uma conversa com esse pessoal.

A gente não começa conversa nenhuma.

Mas a gente poderia.

Chegamos no nosso hotel depois de um voo de doze horas, com decolagem em Toronto. O quarto é um forno. Não temos ar-condicionado e nem um ventilador de teto para espanar o calor. Estamos exaustos. Desabamos na cama, imaginando que vamos dormir até o jantar, quando uma banda, em algum lugar lá embaixo, se empolga tocando um arranjo fortíssimo e acelerado de *Hello, Dolly!*

Estou suado e grudento. Meus ouvidos continuam a latejar por causa do pouso no aeroporto Vaclav Havel. Meu rosto grita de dor graças a uma crise de sinusite. Meu estômago está irritado. Minha boca se transformou em um esgoto. Eu me reviro na cama e enterro a cara no travesseiro. Mimi se enrosca ao meu lado, sem prestar a menor atenção no meu desespero.

— Deus do céu — ela sussurra —, será que existe vida melhor do que essa?

HÁ MAIS OU MENOS SEIS ANOS, Mimi decidiu que nós deveríamos viajar.

— A gente podia seguir os cartões-postais — ela me disse. — Talvez seja a melhor forma de descobrir o que aconteceu com Tio Leroy. Ou quem sabe a gente não encontra até a bolsa Crow. Não ia ser incrível?

— Por que a gente não aproveita e procura também pelo tesouro de Frank Lemon no meio do caminho?

— E viajar vai me dar a chance de pintar outros lugares no mundo.

— Você pinta a água. Você não precisa viajar pra pintar a água.

— Você pode inclusive levar sua máquina de escrever e sua câmera. Como nos velhos tempos, Bird. Você era um dos melhores.

— Não uso uma máquina de escrever há anos.

— Quem sabe não brota a inspiração pra você terminar seu livro?

— Não existe livro nenhum.

— Poderia existir.

É uma batalha perdida, mas eu insisto.

— Por que a gente vai querer viajar se pode muito bem ficar em casa?

— Porque viajar expande nossos horizontes — Mimi disse, apesar dessa velha máxima nunca ter sido comprovada. — E vai te ajudar a esquecer um pouco essas suas questões de saúde.

PORTANTO, ESTAMOS EM PRAGA.

Está muito quente para nos trancarmos no quarto. Vamos para a rua e seguimos a melodia até um pequeno parque inundado por vendedores de comida e banquinhas de artesanato.

E músicos.

A banda do *Hello, Dolly!* não está sozinha. Ela veio para Praga acompanhada dos amigos, uma profusão de trupes musicais de várias partes do mundo — Alemanha e Espanha, Áustria e Eslováquia, França e Portugal —, todas armadas com uma coleção assustadora de trilhas sonoras saídas diretamente de programas de televisão.

Essa turma do *Hello, Dolly!* é de Bruxelas. Eles encerram o sucesso de Jerry Herman com estardalhaço e abrem espaço para o ataque de um conjunto israelense, que surge com a abertura de *Oklahoma!* Músicos da Itália esperam pela próxima música, aproveitando a sombra da ponte. Os italianos remodelaram seus instrumentos para dar a eles uma aparência de utensílios de cozinha e de banheiro.

Um deles carrega, por exemplo, uma trompa disfarçada de vaso sanitário.

MEUS PROBLEMAS DE SAÚDE começaram com uma tireoide que resolveu dar curto-circuito. Quando cheguei em casa com a novidade, Mimi me disse que, em geral, problemas na tireoide só atacam as mulheres, e que esse era um sinal do quão forte as questões femininas se manifestavam dentro de mim.

Os sintomas de gota apareceram logo depois, seguidos por um inchaço das glândulas salivares no meu pescoço. A gota era uma inflamação crônica, mas podia ser controlada por medicação. As glândulas inchadas eram mais preocupantes e, por via das dúvidas, meu médico me encaminhou para uma especialista, uma mulher que não parecia adulta o suficiente para ter acesso às aulas de uma faculdade de medicina.

— Vamos precisar realizar uma laringoscopia — ela me disse e abriu uma gaveta, de onde retirou um redemoinho de tubos. Em uma das pontas, uma pequena sonda; na outra, um aparelho que vagamente lembrava uma pistola com uma tela acoplada. — Usamos esse fibroscópio aqui.

— Você quer enfiar esse negócio na minha garganta?

— Na verdade — ela me disse —, esse cabo é introduzido por uma das narinas.

— Pelo meu nariz?

— Fique tranquilo, a gente usa um spray anestésico.

— Você quer enfiar esse negócio no meu nariz?

— Você não vai sentir quase nada.

PORTANTO, ESTAMOS EM PRAGA e o final da tarde se aproxima e Mimi se cansou das trilhas sonoras. Damos um passeio pelas barracas de comida, conferindo os pratos para ver se reconhecemos alguma coisa. Ela passa um bom tempo observando esse doce chamado trdelník.

— Você acha que é a versão tcheca do pãozinho frito?

Quando abandonamos o parque e as bandas e a comida, Mimi consulta o mapa. Posso enxergar o brilho da aventura nos seus olhos. Posso escutar a ousadia se insinuando na sua voz.

— Por que a gente não explora o rio, hein? — ela diz. — Vamos ver o que a gente encontra por lá.

Bom, o que nós encontramos por lá são vários bebês gigantes de bronze engatinhando pelo resto da eternidade. Tiro uma foto de Mimi em pé ao lado de um bebê e depois tiro uma foto dela tentando uma prancha abdominal apoiada na bunda de um bebê gigante.

— Olha, esse é o principal motivo pra gente viajar — Mimi diz.

— Eles não têm rosto.

— É provavelmente simbólico. Aposto que tem algo a ver com a televisão e com a angústia da existência moderna.

Mais à frente, em uma plataforma sobre o rio, avistamos uma fileira de pinguins amarelos. Mimi consulta o guia de viagem.

— Eles são feitos de garrafas recicladas. É meio que um comentário sobre o aquecimento global.

— Pinguins amarelos?
— Trinta e quatro pinguins amarelos.

Descobrimos um banco e sentamos. No rio, pedalinhos com o formato de cisnes e carros antigos deslizam pacificamente. O sol está baixo, e o reflexo na água é dourado e deslumbrante. Minha vontade é discursar sobre como poderíamos, por muito menos dinheiro e esforço, nos sentarmos em um banco à beira do rio Speed e termos quase que o mesmo resultado.

Mas eu sei que não é uma boa ideia.

SEMPRE ME PERGUNTEI se os médicos são como os políticos, se eles realmente acreditam nas mentiras que saem das suas bocas. Ter um tubo enfiado pelo meu nariz doeu como o inferno. Um flagelo ao entrar, um flagelo ao sair.

— Você sabia do seu leve desvio de septo?
— E minhas glândulas?
— Definitivamente inchadas — a médica disse. — Como você se sente a respeito de uma biópsia?
— Você quer abrir o meu corpo?
— É a única forma de descartarmos em definitivo um linfoma.

Eu disse que não. Mimi disse que sim. No fim, a medicina removeu uma das minhas glândulas salivares. Uma cirurgia rápida. Voltei para casa na mesma noite com um dreno pendurado no pescoço.

Na semana seguinte, voltei ao consultório da médica.

— Não é câncer.
— E é o quê, então?
— Um inchaço nas glândulas.
— E por que elas estão inchadas?
— Isso pode acontecer por inúmeros motivos.
— A outra glândula também está inchada.
— A gente pode retirar essa segunda glândula também — a médica sugeriu —, mas só se você quiser.

— E por que faríamos esse novo procedimento?
— Apenas por precaução.
— Contra o quê?

Não retirei a segunda glândula. Uma microcirurgia e uma cicatriz no meu pescoço já eram diversão mais do que suficiente. Até porque, sem uma das glândulas, minha boca ficou tão seca quanto o Okanagan. E, para piorar, mesmo com todas aquelas sondas e retalhos, a gente continuava sem saber a causa do tal inchaço.

— Não é um linfoma — Mimi disse. — Por que a gente não foca nas boas notícias?

PORTANTO, ESTAMOS EM PRAGA, a noite chegou e nós estamos perdidos. Não perdidos *perdidos*. Só meio confusos. Nos afastamos do rio e entramos em um emaranhado de ruas que não correspondem às ruas no mapa de Mimi.

— É o mapa certo — ela me garante —, mas algumas ruas estão com nomes diferentes.

A minha grande dúvida no momento é se o mapa que Mimi tem nas mãos não foi impresso antes da Tchecoslováquia ter se separado entre República Tcheca e Eslováquia. Não sei se seria uma resposta para o problema dos nomes, mas seria pelo menos uma explicação histórica para as discrepâncias.

— Aventura — ela diz, e segue pela rua na direção de um aglomerado de restaurantes, todos brilhando com suas decorações noturnas. — Mais um motivo pelo qual a gente viaja.

Paramos no primeiro restaurante para Mimi poder dar uma olhada no cardápio, afixado em um suporte. Paramos no segundo restaurante para Mimi poder dar uma olhada no novo cardápio. Paramos no terceiro, e Mimi dá uma olhada neste outro cardápio também. Então voltamos para o primeiro restaurante, onde Mimi olha o cardápio mais uma vez.

POUCO TEMPO DEPOIS DAS MINHAS FAÇANHAS com as glândulas inchadas, fiz um ultrassom na bexiga. Não me lembro do motivo do exame. Só lembro da expressão no rosto do médico.

— Você tem uma intercorrência no pâncreas — o médico me disse. — Não era o tipo de situação que eu esperava encontrar aqui.

Ele não disse *câncer no pâncreas*. Ele esperou que eu introduzisse o assunto na conversa. Eu não falei nada, então Mimi perguntou:

— É câncer?

Esse médico me conseguiu uma consulta com um especialista em Toronto. Eu não queria ir, mas Mimi insistiu.

— É melhor saber logo o que é — ela me disse.

— Por quê?

— Pra gente poder planejar.

— Planejar o quê?

— O futuro.

NA VERDADE, MIMI já tinha a indicação de um restaurante, um lugar que sugeriram para ela ainda no hotel, quando eu não estava prestando muita atenção.

— Se você já sabia pra qual restaurante queria ir — eu pergunto a ela —, por que a gente ficou andando à toa, olhando os cardápios?

Mimi nem se abala com a minha tentativa de crítica.

— É importante pesquisar — ela diz. — Nós vamos dormir mais de uma noite em Praga. Ou seja, nós vamos fazer mais de uma refeição.

Como não conhecemos o sistema público de transporte, Mimi decide que deveríamos caminhar até o restaurante.

— É logo ali — ela diz, segurando o mapa do guia de viagem.

— É quase na metade do caminho até Berlim.

— Olha, é fora do centro turístico, mas a caminhada vai nos fazer bem, vai espantar o jet-lag.

Sei que discordar não vai fazer nenhuma diferença, mas discordo mesmo assim.

— É uma caminhada de duas horas.

— Não se a gente caminhar rápido.

Demoramos quase quarenta minutos até a porta do restaurante. É uma alcova de dez lugares, uma espécie de pequeno buraco na parede. Eles não têm nenhum cardápio em exibição, o que faz o lugar parecer estranhamente vanguardista. O interior é austero e com certo aspecto marcial, como se um esquadrão de soldados russos esquecidos no país desde a invasão de 1968 se apoderasse da cozinha.

Tem um velho cavalo com alças bem no meio do restaurante. Então talvez eu esteja errado. Não são soldados russos. São *ginastas* russos.

Mas o restaurante se chama Di Mateo, o que soa muito mais italiano do que tcheco e, no final das contas, é o que ele é. Posso ver que Mimi não está tão feliz assim de se ver em um restaurante italiano em Praga, enquanto eu me sinto absolutamente extasiado por não ser obrigado a enfrentar chouriço e sopa de beterraba.

Estamos sentados em um canto silencioso quando noto o primeiro de três problemas em potencial: a música ambiente não é música tradicional tcheca nem música tradicional italiana. É Johnny Rivers cantando *Secret agent man*.

O segundo é que nosso garçom fala um inglês perfeito, o que é uma decepção, já que Mimi estava ansiosa para entrar em guerra com a cacofonia das consoantes do idioma local. O nome dele é Jacob e ele está empolgado por descobrir que moramos no Canadá.

— Eu sou de Brno — Jacob diz —, mas me graduei em línguas modernas na Universidade de Toronto.

O terceiro e último é que, além de não encontrarmos nenhum cardápio afixado do lado de fora do restaurante, também não encontramos nenhum cardápio do lado de dentro. Nenhum papel para Mimi segurar. Nada para ela ler. Nenhuma peça de apoio para ela comparar os preços.

É quando percebemos que nossos livros ficaram no hotel. Em casa, sempre que saímos para jantar, levamos alguns livros a tiracolo, que aproveitamos para ler enquanto a comida não chega. Agora precisamos encarar a possibilidade real de termos de conversar um com o outro.

Jacob explica as nossas opções. São três: macarrão, peixe ou carne. Ele descreve cada um dos pratos, seus ingredientes, como cada um é cozido e o que se serve de acompanhamento. Escolho o macarrão. Mimi escolhe o peixe.

Só depois que Jacob vai embora é que Mimi percebe a música pela primeira vez. Ela olha para mim como se eu fosse o responsável pela seleção.

— Essa música é...?

O macarrão está excelente, assim como o peixe. Mimi pede uma cerveja para mim e uma taça de vinho para ela. Tanto a cerveja quanto o vinho são da República Tcheca, e esse detalhe deixa Mimi um pouco mais aliviada.

Jacob volta à mesa para perguntar se estamos satisfeitos com o jantar.

— Estamos — Mimi diz —, mas não seria má ideia vocês colocarem um pouco mais de vegetais nos pratos.

— Mais vegetais?

— Vagem, couve-flor, beringela — Mimi diz. — Essas coisas.

— Temos repolho — Jacob diz — e temos um tiramisù maravilhoso.

— E as sobremesas tchecas tradicionais?

— Você diz tipo medovník ou makový koláček?

O rosto de Mimi se ilumina.

— Isso — ela diz —, tipo isso.

— Não temos — Jacob diz, com uma voz pesarosa, e dá para ver que Mimi, de alguma forma, se sente culpada por perguntar. — Só o tiramisù.

Estou tentado a questionar sobre o cavalo com alças, mas não faço isso.

O ESPECIALISTA EM TORONTO era um loiro atarracado de rosto rosado e com um alegre sotaque britânico, o que foi curiosamente tranquilizador. Suas consoantes cristalinas davam a ele um ar de compaixão e sabedoria. Cometi o erro de compartilhar essas impressões com Mimi.

— E, olha que surpresa, ele tem um pênis.

Protestei:

— Não é essa a questão.

— Lembra aquela especialista que você consultou por causa das glândulas salivares? Você não confiou nela porque era uma mulher.

— Ela era jovem.

— E uma mulher.

— Ela enfiou um tubo no meu nariz e me disse que não ia doer.

O médico britânico repassou meus exames de sangue e o ultrassom e, sou obrigado a admitir, não escutei uma palavra sequer. Eu não parava de pensar no que eu queria fazer ao sair do consultório. É engraçado como a expectativa de se receber notícias ruins pode sugar a vida para fora do seu corpo. Você não está morto, mas a perspectiva de alguém determinar o quão próximo da morte você está é exaustiva.

— Alguém já explicou a situação para o senhor?

Sempre que Mimi vai ao médico comigo, é ela quem toma a dianteira da conversa. Ela faz as perguntas. Ela chega a anotar as recomendações.

— Câncer no pâncreas? — Mimi perguntou, como se fosse uma opção, e não uma resposta.

— Quem falou isso para vocês?

Ninguém nunca disse a palavra *câncer*, na verdade. Meu médico deu voltas em torno do assunto. Uma *intercorrência no pâncreas* e *não era o tipo de situação que eu esperava encontrar aqui* e *você vai precisar consultar com um especialista* foi como a questão foi abordada.

Então ali estava eu, esperando para escutar quanto tempo ainda tinha de vida, tentando pensar em boas piadas para quebrar um pouco a tensão, quando o médico me disse que eu não estava com câncer no pâncreas.

— Não estou?

— Não — o médico disse. — Você sofre de uma condição chamada de pancreatite autoimune, associada a uma alta concentração de IgG4.

— E esse é um diagnóstico mais positivo? — Mimi perguntou.

— É uma condição crônica — o médico disse. — Não é fatal.

— Não é um prenúncio de câncer no pâncreas?

— Não, não é — o médico disse. — Mas o IgG4 danificou o seu pâncreas e essa questão provocou diabetes.

— Eu sou diabético?

— Agora você é — o médico me disse.

— IgG4 — Mimi enrolava a sigla na língua como se fosse um sabor exótico.

— Em alguns sentidos, é uma condição nova — o médico me disse. — Estamos encontrando com mais frequência em populações asiáticas e entre indígenas norte-americanos.

Lembro de Mimi se virar na minha direção.

— Tá vendo? — ela disse. — Ser um nativo é uma bela de uma sorte, no final das contas.

PORTANTO, ESTAMOS EM PRAGA, e, depois do nosso jantar no restaurante do cavalo com alças, andamos pela ponte Carlos e paramos bem no meio da estrutura para contemplar o rio e as luzes da cidade. Mimi se aconchega mais perto de mim. Não sei dizer se esse gesto carinhoso é melhor em Praga do que é em Guelph, mas não perco muito tempo pensando no assunto.

— Você sabia que — Mimi diz — as mulheres piscam os olhos com duas vezes mais frequência do que os homens?

Mimi passa muitas e muitas horas na internet, e o resultado é que ela sempre transborda de informações irrelevantes que são cuspidas para o mundo em intervalos irregulares.

— E você sabia que, na música do Humpty Dumpty, não existe nenhuma menção de que Humpty Dumpty é de fato um ovo?

Da ponte, olhamos para o parque Kampa e descobrimos que a gravação de um filme está a todo vapor por ali, a equipe carregando cabos, ajustando as luzes, configurando as câmeras. Dezenas de turistas se espremem contra as barricadas de proteção, com os iPads e os telefones levantados por cima das cabeças.

Não faço a menor ideia da premissa do filme, mas um dos atores está segurando uma arma.

— Eis uma coisa que você não vê em Guelph.

Alguns cavaletes bloqueiam as escadas para a ponte. Vários cartazes-sanduíches pintados de amarelo e preto avisam para ninguém ultrapassar o perímetro. Um outro cartaz simplesmente diz MIMO Produções.

— Algumas cenas de *Murdoch mysteries* foram gravadas na rua Douglas — eu digo a ela.

— Mas aí é um programa de televisão.

Um homem vestido com uma camisa social branca, que ele nem se preocupou em colocar para dentro da calça, perambula pelo set de filmagem, tombando para um lado como se ele fosse um rebocador prestes a ser emborcado pela maré. Baixo, atarracado, careca. Óculos escuros, mocassins vermelhos, sem meias. Mangas arregaçadas. Antebraços cobertos de tatuagens.

Uma mulher alta e flexível, com um vestido amarelo que ondula em volta do seu corpo como uma vela em colapso, flutua no rastro do sujeito. Ela carrega um fichário vermelho grosso abraçado contra os seios, dando a sensação de que acredita no fichário como sua única chance de se salvar de um afogamento.

— Talvez eles estejam gravando um faroeste — Mimi diz — e precisem de um nativo norte-americano para um dos papéis principais.

— Não fique aí sonhando que eles gravam faroestes na República Tcheca.

— Sergio Leone gravou seus faroestes na Espanha — Mimi diz. — Foi assim que Clint Eastwood começou.

— Eu sou jornalista, não ator.

— Blackbird Mavrias — Mimi estende as mãos e finge que lê um letreiro no meio de uma avenida movimentada. — *Morto em Praga*. Em breve em um cinema perto de você.

Ficamos um tempo por ali e, como não acontece mais nada, pegamos o caminho de volta para o hotel. Quando chegamos no Čertovka, no entanto, encontramos a porta da frente trancada. Tentamos abrir com a chave do nosso quarto, mas ela nem entra na fechadura.

— Talvez eles tranquem a porta à noite — Mimi especula — e você precisa tocar uma campainha para entrar.

— São só nove e meia.

— Não estamos em Toronto — Mimi diz. — Estamos em Praga.

Não quero acreditar que trancar os turistas para fora do hotel seja parte da tradicional cultura tcheca, então ando ao redor da entrada à procura de uma campainha. Bato na porta. E depois bato na porta um pouco mais.

Mimi não está nada preocupada.

— Não acho que passar a noite na ponte vá ser o fim do mundo. Lembra de São Francisco?

— A Golden Gate?

— Aquilo foi divertido.

Estou tentando pensar em uma resposta inteligente sobre você se deparar com dois indígenas norte-americanos em uma ponte do leste europeu quando, de repente, escutamos tiros. E na sequência um grito.

— Vamos lá — Mimi dispara na direção do set de filmagens em um pequeno trote. — Vamos ver quem foi que morreu.

UM TEMPO ATRÁS, Mimi decidiu que eu estava deprimido. Eu dormia mais do que ela considerava necessário e comecei a assistir reality shows que envolviam pessoas gritando umas com as outras e arremessando cadeiras por todos os lados.

— Não estou deprimido.

— E as explosões de raiva? — Mimi ergueu uma mão e começou a contar nos dedos. — Operadores de telefone. Taxas dos bancos. Telemarketing com robôs.

— Ninguém gosta de telemarketing com robôs.

— Não conseguir sua mesa favorita no Artisanale.

— Aquilo foi mesmo uma decepção.

— Você se irrita com qualquer besteira. Não acho que seja normal.

— Eu gosto daquela mesa.

— Na minha opinião — Mimi disse —, você tem duas opções.

Quase tudo na vida, de acordo com Mimi, envolve pelo menos duas opções. Eu sei que não preciso perguntar quais são. Ela vai me dizer.

— Você pode procurar terapia.

— E qual é a segunda opção?

— Você pode arranjar um cachorro.

Em algum momento da nossa relação, tivemos gatos. Wesa e Mr. Bean. Dois birmaneses. Eram animais adoráveis, mas ter os dois em casa era meio complicado e, quando eles morreram de velhice, mesmo que estivéssemos tristes e soubéssemos o quanto iríamos sentir saudades dos dois, veio também uma sensação de alívio, como se um fardo deixasse de existir.

— Um cachorro?

— Eu sinto que você tem um vazio no seu coração — Mimi disse. — E acho que um cachorro pode preencher esse vazio.

Eu não tinha um vazio no meu coração, e eu não queria um cachorro.

— Que você acha de darmos um pulo no abrigo de animais? — Mimi perguntou. — Só pra dar uma olhada.

— Não quero.

— Então a opção que sobra é procurar uma terapia.

Fomos no abrigo de animais. A recepcionista nos disse que, naquele momento, o estoque de cachorros abandonados não era lá dos maiores.

— Vamos olhar — Mimi disse. — Que mal pode fazer?

Eles tinham quatro cachorros. Em gaiolas. E, assim que entramos na sala, todos eles começaram a latir. O barulho era assustador, mas foi o cheiro que me paralisou — por um segundo, até mesmo Mimi se viu em um estado de suspensão.

— Nosso cachorro vai ser um cachorro feliz — ela disse. — Esses aqui estão assustados. É esse o cheiro que você está sentindo.

Na primeira gaiola, encontramos uma cadela de treze anos chamada Muffy, uma cruza de labrador com pointer. Os antigos donos a levaram para o abrigo porque não podiam pagar pelo seu tratamento dentário.

No exato instante que Muffy nos escutou, ela se levantou da sua almofadinha, mancou até a porta da gaiola e começou a nos cheirar.

— Ela é praticamente cega — o voluntário nos disse — e meio surda também.

Quando Muffy se cansou de nos cheirar, ou melhor, no momento em que Muffy percebeu que nós dois não éramos a antiga família dela e que não iríamos levá-la de volta para casa, ela mancou outra vez até a sua almofadinha.

Mimi estava errada. Antes, era apenas desânimo. Ali, sim, virou depressão.

PORTANTO, ESTAMOS EM PRAGA, na ponte Carlos, observando a equipe de filmagem ajustar as luzes para uma tomada invertida, quando olho para trás e descubro que a porta do nosso hotel agora está aberta.

Aponto o hotel para Mimi.

— Você realmente gosta de ser catastrófico — ela diz. — Achei que tínhamos concordado em deixar Eugene e os Outros Demônios em casa.

Tem uma mulher na recepção. Ela fala tcheco fluente, e eu falo inglês fluente, e vacilamos entre os idiomas até chegarmos a um consenso.

Só uma pessoa bate ponto na recepção. Então, se essa pessoa precisa ir ao banheiro, ou quer dar uma saidinha para fumar, ou vai na esquina comprar um doce, a porta principal do hotel acaba trancada. Quero perguntar o que acontece quando alguém está dentro do hotel e precisa sair, mas não tenho mais energia para discutir.

Subimos as escadas para nosso fumegante quarto, deitamos na nossa fumegante cama e rolamos para o centro do colchão como duas rochas que acabaram de ser ejetadas de um vulcão.

No entanto, Mimi está com um humor excelente.

— Deve ter sido bem emocionante.

— O quê?

— Tio Leroy — Mimi diz. — As viagens. Visitar todos os países. Conhecer Praga.

— Ele não viajava porque queria viajar.

— Mesmo assim. Deve ter sido uma aventura.

Eu me levanto e ligo a televisão. A maioria dos canais está fora do ar, mas, no fim, encontro um programa no qual uma mulher escolhe números em um quadro enorme e depois tira uma peça de roupa por vez até não sobrar mais nada a não ser o sutiã. Em outro canal está passando uma espécie de game show no qual seis adultos de fraldas tentam controlar uma bola de praia gigante.

Temos também um canal de notícias em que a principal reportagem é uma manifestação em algum lugar do mundo. Do lado de fora de um prédio imponente, policiais do batalhão de choque entram em confronto com uma multidão de rostos sombrios. Homens com mochilas e maletas de escritório. Mulheres com bebês e cartazes. Crianças carregando cobertinhas e brinquedos. Todos esmagados uns contra os outros, enxovalhados como gado no curral.

Minha esperança era encontrar alguma coisa mais parecida com *Elementary* ou *NCIS* ou *Castle*. Eu não entenderia nada dos diálogos, mas a premissa seria fácil o suficiente para eu poder acompanhar.

Mimi rola de um lado para o outro da cama.

— É um ótimo hotel — ela diz —, mas que diabos são aquelas coisas ali?

Não vejo o que ela vê. E então eu vejo.

— Aquilo são aranhas?

Não existe uma resposta feliz para essa pergunta.

— Vou lá embaixo — eu digo a Mimi. — Talvez o hotel tenha algum ventilador elétrico para emprestar.

— E essas aranhas? — Mimi fala atrás de mim. — Pergunte pra eles sobre essas aranhas.

A recepcionista parece feliz de me ver.
— Ventilador?
— Para o quarto. Está quente.
— Quente?
— Isso, o quarto está muito quente.
— Você liga o ar-condicionado — ela me diz.

Este é um dos problemas com os idiomas. Eu conheço todas as palavras que essa mulher me fala, e a frase faz sentido. Existe um sujeito, um verbo, um predicado. Os artigos são opcionais. Quando esse tipo de coisa acontece, sempre tento adivinhar a intenção por trás — e, neste caso, só consigo chegar a uma explicação possível.

— O quarto tem ar-condicionado?
— Sim — a mulher diz. — Claro.

Procurei pelo ar-condicionado, mas não encontrei nada.
— Vou mostrar pra você?
— Sim — eu digo à mulher. — Por favor.

Então ela tranca a porta da frente e subimos as escadas.

— Querida — eu aviso Mimi, que ainda deve estar na cama, mas que pode, quem sabe, ter afundado em uma banheira cheia de água gelada —, nós vamos receber uma visita.

Nosso quarto tem uma disposição levemente esquisita. A porta se abre para uma saleta que leva para o dormitório à esquerda e para o banheiro à direita. O corredor é uma área mais ou menos morta, e é lá que o ar-condicionado está instalado.

No corredor, em cima da porta do quarto.

A mulher aciona um interruptor na parede que parece ser um interruptor de luz, mas não é. Em seguida, começo a escutar o ruído de um aparelho que pode mesmo ser o ar-condicionado.

— Pronto — a mulher diz, e aponta para a gradezinha em cima da porta.

Eu me sinto um idiota, claro, mas não consigo imaginar como um ar-condicionado enfiado em um corredor, em cima da porta, vai resfriar uma cama que fica a quase cinco metros de distância, depois de uma quina na parede.

— Já está ficando mais fresco — Mimi grita para mim.

Na mesma hora, ergo minha mão até a grade e, sim, dá para sentir o ar ventilando o lugar. É uma corrente de ar na mesma temperatura do ambiente, mas contenho meus comentários. Pode ser que esfrie o quarto em alguns minutos.

— Obrigado — eu digo à mulher, que desce as escadas para destrancar a porta da frente.

— Não vamos deixar o quarto muito frio — Mimi diz.

Ergo a mão até a grade de novo. Não me parece que exista essa possibilidade.

— E as aranhas? — Mimi diz. — Você perguntou sobre as aranhas?

NOSSA VIAGEM ATÉ o abrigo de animais foi um desastre. Eu sofria muito menos quando não sabia da existência de Muffy.

— A culpa não é sua — Mimi disse.

Óbvio que Muffy iria morrer naquela gaiola. Ela nunca veria a família dela outra vez. Ela iria morrer solitária.

— E Muffy não tem nada a ver com as escolas residenciais.

— Como assim?

— Sei como sua mente funciona — Mimi disse. — Você vê um animal em uma gaiola e já pensa nas escolas residenciais.

— Não, não penso.

— Lembra o artigo que você escreveu quando o primeiro-ministro pediu desculpas oficiais pelo prejuízo provocado pelo sistema de escolas residenciais? Lembra o que você falou?

— Eu disse que aquelas desculpas eram inúteis.

— Você também disse que os canadenses tratavam os bichos muito melhor do que os funcionários tratavam as crianças naquelas escolas — Mimi me deu um abraço e me segurou muito mais do que o necessário. — Tudo bem — ela disse —, que tipo de cachorro você quer?

PORTANTO, ESTAMOS EM PRAGA. Encerramos nosso primeiro dia na cidade e estamos recolhidos em nosso quarto de hotel, com um ar-condicionado meramente teórico e uma família de aranhas no teto.

— São dezesseis — Mimi me diz. — Oito maiores, cinco médias e três pequenas.

Todo mundo tem suas idiossincrasias. Balzac bebia mais de cinquenta xícaras de café por dia. John Steinbeck mantinha exatamente doze lápis apontados na mesa para garantir que ele sempre tivesse seu material de escrita à disposição. Flannery O'Connor tinha uma paixonite por aves domésticas. Benjamin Franklin começava os dias com um *banho de ar*, o que significa dizer que ele se sentava pelado e oferecia suas partes íntimas à brisa da manhã.

Mimi conta as coisas. Ela conta o que aparecer pela frente, mas seu principal interesse é monitorar as funções corporais. Mimi gosta de me contar quantas vezes defecou no dia, quanto tempo ela leva para fazer xixi — o recorde é de quarenta e um segundos — e também a quantidade de muco que escapa pelas suas narinas durante suas corridas diárias.

Agora que ela me relatou o número de aranhas no teto e o tamanho de cada uma, não consigo mais dormir. Dá para escutar os turistas do lado de fora andando de um lado para o outro, atravessando a ponte no escuro, assim como dá para escutar certa melodia flutuando pelo ar noturno.

De repente Mimi senta, escorrega para fora da cama e anda até a janela. Fico parado no mesmo lugar. Sei identificar um problema quando ele está bem na minha frente.

— É lindo — ela diz.

Imagino que a maior parte das cidades seja bonita à noite, quando você vê as luzes em contraste com o céu escuro e todo o resto está envolto pelas sombras.

— Olha — Mimi me arranca da cama e marcha comigo até a janela. Os cafés estão iluminados. Os reflexos dançam nos paralelepípedos. — Todo mundo está tão feliz. Você está feliz?

— Sim — eu digo a ela —, estou feliz.

— Caramba, Bird — ela diz —, será que você não consegue mentir um pouquinho melhor, não?

Agora que Mimi está acordada, nenhum obstáculo é intransponível. Meu voto é para a gente continuar no quarto, mas, obviamente, essa não é a programação correta para pessoas em férias. Então nos vestimos e seguimos para um café, onde um homem está tocando violão, acompanhado por uma cantora.

Mimi se vira na minha direção.

— *I'll be seeing you*?

— Grande sucesso na década de quarenta — eu digo a ela.

— Sim, claro, mas por que eles estão cantando sucessos americanos na República Tcheca?

Mimi e eu viramos de lado e deixamos a música fluir por entre os nossos corpos. Ficamos ali por alguns minutos, tempo suficiente para a mulher cantar quase todas as canções com as quais Frank Sinatra e Nat King Cole fizeram sucesso — *Let's fall in love, Fly me to the moon, Again, Unforgettable* — e a música, de certo modo, me provoca saudade de casa. Se estivéssemos em Guelph, eu estaria na frente da televisão agora, com Muffy e um sanduíche a tiracolo.

Feliz, bem alimentado, seguro.

NÃO ADOTAMOS um cachorro do abrigo de animais. Mas, uma semana depois, Mimi fez o seu passeio semanal pelos brechós. Ela tem um circuito de compras muito bem desenhado, quase como uma caçadora que espalha suas armadilhas pela selva.

Exército da Salvação. Legião da Boa Vontade. Value Village.

E ela sempre volta com uma sacola plástica enorme, às vezes até com algumas.

— Você não vai adivinhar o que eu encontrei.

Eu estava assistindo *Casablanca* e realmente não queria saber qual era essa tal descoberta de Mimi.

— Vai lá, adivinha.

Não sei quantas vezes assisti aquele filme. E não tenho ideia de por que me sinto tão relaxado ao escutar Bogart e Bergman repetirem as mesmas falas tantas vezes.

— Não são velas — Mimi disse. — E não são sapatos.

Paul Henreid não me empolga tanto, mas Claude Rains como o capitão Louis Renault e Sydney Greenstreet como Signor Ferrari estão fabulosos.

— Um cachorro — Mimi disse. — Eu encontrei um cachorro pra você.

PORTANTO, ESTAMOS EM PRAGA e, enquanto caminhamos de volta para o hotel, a neblina toma conta da paisagem. Não esperávamos uma neblina. E, de uma hora para a outra, a cidade desaparece e não enxergamos mais nada a não ser as nossas próprias mãos.

— Quando você se perde na floresta, o indicado é parar no mesmo lugar para a equipe de resgate poder chegar até você.

— Não estamos na floresta.

— Estou falando do conceito — Mimi diz.

— E não existe nenhuma equipe de resgate atrás da gente.

Mas o argumento de Mimi faz sentido. Se tentarmos enfrentar a neblina, nós vamos nos perder. Não sei se existem bairros duvidosos em Praga, aqueles trechos da cidade que os turistas são aconselhados a evitar. Se esses bairros existem, não quero tropeçar neles por acaso.

— A gente pode só ficar aqui em pé — Mimi diz — e esperar a neblina se dissipar.

— Pode demorar horas. A gente pode ficar aqui a noite inteira.

Mimi se aproxima e segura minha mão.

— Eu tenho um tio que foi enviado para uma escola residencial. Blue Quills, em St. Paul. Já te contei essa história?

— O famoso Tio Leroy?

— Não, outro tio. Everett. Uma vez, ele fugiu da escola com mais dois colegas. Eles começaram a andar. Não faziam a menor ideia de onde ir. Não sabiam que Standoff ficava a quase seiscentos quilômetros de distância.

— Uma longa caminhada.

— Chegaram só até Killam antes de serem capturados. Disseram que a neblina estava tão densa que eles precisaram segurar as mãos um do outro para não acabarem se perdendo. Igual à gente hoje à noite.

— Ou seja, é tudo uma desculpa para segurarmos as mãos um do outro?

— Minha mãe conta que os três tinham uma caixa de fósforo com eles, mas que os fósforos ficaram úmidos com a neblina, e é isso, as coisas são o que são.

— Chanie Wenjack.

— Claro — Mimi diz —, essa é a história que todo mundo conhece. As crianças fugindo das escolas residenciais. Mas não é a única.

— E o que aconteceu com seu tio Everett e os outros meninos?

— Foram enviados de volta para a Blue Quills — Mimi responde.

— Então eles não morreram?

— Não.

— E esse é o final da história?
Mimi aperta minha mão com um pouco mais de força.
— Essas histórias nunca terminam.

A CACHORRA QUE MIMI retirou da sacola era do tamanho de um pequeno travesseiro, com pelo amarelo, orelhas caídas e uma carinha doce.
— O nome dela é Muffy — Mimi me disse. — E ela te ama.
— Uma cachorra de pelúcia?
— Você não precisa levar ela para passear ou limpar o cocô e nem vai precisar treinar — Mimi colocou a cachorra no meu peito, de um modo que seu focinho roçava no meu pescoço. — E ela te ama.
Não entendi muito bem meus sentimentos em relação a uma cachorra de pelúcia, mas Muffy era fofa e, enfim, era uma responsabilidade aceitável.
— E, quando a gente viajar — Mimi disse —, se vocês dois se tornarem um casal inseparável, a gente pode jogar Muffy na mala e ela viaja com a gente.

PORTANTO, ESTAMOS EM PRAGA. São duas e meia da manhã e a neblina parece que vai durar a noite inteira.
— Se conseguirmos encontrar a ponte, vamos ficar bem.
De repente, em algum lugar no meio da neblina, escutamos alguns homens cantando. Primeiro, eles estão distantes, mas logo se aproximam da gente.
— Vem — Mimi diz. — Vamos correr atrás deles.
— Você quer seguir essa gente bêbada?
Não sei se os homens são tchecos ou alemães ou russos, mas, no fim, me conformo que essa talvez não seja uma informação tão relevante assim. Mimi desliza atrás dos caras e vagamos cegos pelas ruas, ouvindo uma música aparentemente marcial, mas que poderia também ser o grito de guerra de uma torcida qualquer.

— A gente não tem ideia de onde eles estão indo.

— Eles são turistas — Mimi diz. — Os turistas sempre vão na direção da ponte.

Esta é uma das falácias que os professores nos ensinam a evitar na faculdade de jornalismo, e estou prestes a discorrer sobre esse tema quando uma estátua aparece bem no meio da neblina.

— A ponte — ela diz.

Não estou pronto para reconhecer minha derrota. Devem existir muitas estátuas espalhadas por Praga.

— E o nosso hotel — Mimi diz, com um aceno condescendente — está logo ali.

Ela não espera uma resposta. Mimi nos conduz pelos degraus de pedra e, depois de dobrarmos uma esquina, lá está o nosso hotel, no mesmo lugar em que ele sempre esteve.

— Como uma flecha perfeitamente encaixada no arco — ela diz.

O quarto continua quente. O ar-condicionado continua derramando sons encorajadores pelo quarto. As aranhas continuam no teto.

Mimi se joga na cama e começa a roncar quase na mesma hora. Eu apenas puxo uma cadeira até perto da janela para poder observar a bruma da noite e aproveito os murmúrios do vento.

Não sei se eu gostaria de morrer em Praga, mas talvez seja um lugar tão bom quanto qualquer outro. A cidade possui certa ancestralidade, uma espécie de dignidade. Muito melhor do que definhar em um hospital de Toronto, deitado em uma cama de plástico, cravejado de fios conectados a um monitor que computa cada batida do seu coração.

Morrer aqui seria muito mais glamuroso. Em um pequeno hotel à beira do rio Vltava, com vista para a ponte Carlos.

Pablo Picasso morreu em Mougins, na França. Peggy Guggenheim morreu em Veneza. Paul Gauguin morreu em Atuona, na Polinésia Francesa.

Eu me afundo na cadeira, fecho os olhos e espero pelo amanhecer.

■

Portanto, estamos em Praga. A manhã chegou e Mimi não quer se levantar da cama.

— Que horas são?

— Hora de levantar.

— Eu preciso de nove horas de sono.

— Eles só servem o café até as nove e meia.

— Então me acorde às nove e vinte e cinco — ela esbraveja debaixo das cobertas.

As aranhas formaram um círculo coeso em um dos cantos do teto. Do lado de fora, a neblina desapareceu e o som da rua parece o de um bando de gansos migrantes, mas são só os turistas, que chegaram cedo na ponte para fotografar a cidade na claridade das primeiras horas do dia.

— Preciso comer — eu digo a Mimi. — Não posso ficar aqui tentando te acordar.

Essa tática não provoca nem mesmo um gemido.

Então arrisco uma nova estratégia.

— Se você esperar demais — eu digo —, toda a comida boa já vai ter desaparecido.

Já me hospedei em todo tipo de rede hoteleira da América do Norte — Fairmont, Holiday Inn, Ramada, Hampton —, hotéis que oferecem café da manhã grátis para cada reserva. Em geral, essas refeições são apenas nominais. Café fraco, iogurte gelatinoso, maçãs guardadas por meses em congeladores, doces envoltos em celofane, torrada com manteiga batida e sachês de geleia de morango e waffles faça-você-mesmo.

O mesmo valor nutricional de uma latinha de Coca-Cola.

Quando solicitei as reservas para o Čertovka, eles me deram a opção de reservar o quarto com ou sem café da manhã. Como estávamos em Praga pela primeira vez, e como não queríamos perder boa parte da manhã à procura de um restaurante, preferi reservar a opção com café da manhã incluso.

ASSIM QUE CHEGO NO PRIMEIRO ANDAR, descubro que todas as mesas estão ocupadas.

— Olá, olá.

É um velho sentado sozinho em uma das mesas, um sujeito magro e baixo, com um casaco esportivo escuro. Camisa branca abotoada até em cima. Cabelo grisalho penteado todo para trás. Pele da cor de uma sela obsoleta.

— Você é o canadense, não é? — ele aponta para a cadeira vazia. — Sente aqui, sente aqui.

Devolvo um sorriso gentil.

— Minha esposa já está pra chegar.

— Mas ela ainda está na cama, não é verdade?

Cada olho do homem é de uma cor. Um é azul, o outro é dourado.

— Oscar Zoraster Diggs — o homem diz, com uma leve inclinação de cabeça, de uma maneira que faz a luz banhar seu olho dourado —, mas todo mundo me chama de Oz.

— Como o mágico.

— Sim, claro — o homem diz. — O maravilhoso mágico.

— Blackbird — eu digo, com um aceno. — Blackbird Mavrias. Mas todo mundo me chama de Bird.

— Mavrias? — Oz pergunta. — É grego? É isso?

— Isso — eu digo a ele. — Minha mãe.

— E Black? Bird?

— Meu pai — eu digo. — Blackbird. É uma palavra só.

— É um nome canadense?

— Cherokee. Indígena norte-americano.

— O desfiladeiro das Termópilas — Oz diz, com um sorriso melancólico. — A batalha de Little Bighorn.

Da mesa, consigo enxergar o buffet do café da manhã. Os fiambres, as frutas, os queijos, os pães e uma coisa que parece ser algum tipo de mingau.

— Você precisa comer — Oz me diz — antes dos turistas chegarem.

— Mas eu também sou turista.

— Claro que é — ele diz. — Esse é o nosso pequeno segredo.

Dou, então, uma volta pelo buffet. Separo minhas opções entre as coisas que eu deveria comer e as coisas que eu quero comer. Segundo os teóricos, por ser diabético, preciso investir nas proteínas e evitar os carboidratos.

Oz está me esperando quando volto para a mesa.

— Um deus grego *e* um selvagem com sede de sangue?

— Exatamente.

— Você precisa me contar como foi que essa combinação aconteceu.

As orelhas de Oz são pontudas. Seu nariz comprido me lembra o focinho de uma raposa. O inglês dele é muito bom, só com um pequeno vestígio de sotaque, um sotaque meio dançante.

Provo o queijo.

— Você é francês?

— No momento, eu sou tcheco — Oz aponta um item no cardápio de comidas quentes. — Você vai gostar deste aqui.

— O que é isso?

— Você e sua esposa estão de férias em Praga?

— Aparentemente.

— Ah — Oz diz. — Também vieram a trabalho?

Tento imaginar como posso explicar a perda de um parente e um labirinto médico para um mágico no meio de Praga.

— Estamos procurando uma coisa.

— Uma coisa. Sim, claro — Oz se inclina por cima da mesa e, quando ele se inclina, noto um relógio em cada pulso. — É o que todos nós estamos procurando.

São três opções de prato no cardápio de comidas quentes. Quando a atendente chega com o café, aponto para o item número dois.

— Tem mesmo muito o que se encontrar em Praga — Oz continua. — Você sabe sobre as janelas?

— Como assim as janelas?

— Eles jogam os políticos pelas janelas aqui em Praga — Oz diz. — Defenestrações. É esse o termo certo, não é? 1419, 1618 e 1948.

Olho para o relógio na parede e me pergunto se Mimi ainda está na cama.

— Na primeira defenestração, sete membros do conselho foram jogados pelas janelas da prefeitura. Eles caíram em cima de várias estacas. Um destino muito infeliz.

Se ela não tomar cuidado, vai perder o café da manhã.

— Na segunda defenestração, oficiais do governo foram jogados das janelas na direção de um fosso — Oz faz uma pausa e toma um gole do café. — Eles caíram em uma pilha de estrume e sobreviveram.

Eu poderia ligar para o quarto e lembrá-la das restrições de horário do café da manhã do hotel.

— Na terceira defenestração — Oz continua —, Jan Masaryk, o ministro das relações exteriores da Tchecoslováquia, foi jogado de uma janela em direção à morte por comunistas soviéticos, que alegaram ter sido um suicídio.

Ou eu posso simplesmente não fazer nada. Perder uma refeição talvez seja um aprendizado importante em relação à pontualidade.

— Claro, arremessar políticos pela janela é uma solução razoável, não é? — Oz puxa as mangas do casaco. Seus dois relógios são quase do mesmo tamanho. — Em comparação a bombardeios massivos e ataques de drones? Ao gás sarin e ao napalm? A mísseis nucleares e ao Banco Mundial?

Um dos relógios possui um mostrador creme com os números da cor do gelo no inverno. O mostrador do outro é verde brilhante com ponteiros dourados.

— Os dois são relógios — Oz cruza e descruza os pulsos, como se estivesse propondo um jogo de adivinhação. — Mas um deles é um estado de espírito.

Eu acrescentaria intolerância religiosa e racismo a essa lista de Oz. Embora, para ser justo, não possa dizer que intolerância religiosa e racismo sejam os *métodos* pelos quais matamos as pessoas por quem não nos afeiçoamos — os dois apenas fornecem a narrativa e o incentivo.

— Você consegue dizer qual é qual?

— E a resposta importa?

— Ah — Oz diz. — Um filósofo. Talvez, então, você possa me ajudar. Você gosta de jogos?

— Como assim jogos?

— Excelente — Oz diz. — Você não vai ter nenhuma ideia pré-concebida.

— Jogos? É esse o seu trabalho?

Oz coloca seu guardanapo na mesa e fecha o casaco.

— Vá com sua esposa no Museu Franz Kafka — ele diz. — É bem perto daqui. Você vai adorar a escultura de Černý no pátio.

Esse diminuto homem some do refeitório feito fumaça assim que Mimi surge pela porta, um pouco desgrenhada e perdida.

— Aqui — eu chamo, acenando.

Ela me acena de volta, mas vai direto para o buffet e começa a empilhar comida no prato. Não existe nada que essa mulher não coma, e ela está sempre com fome. A mãe de Mimi é idêntica. Já testemunhei Bernie Bull Shield percorrer as bandejas quentes do Happy Fortune de Lethbridge como uma colheitadeira desbravando o campo.

— Olha só — Mimi diz quando chega na mesa —, ainda sobrou um monte de comida boa.

Entrego a ela o cardápio.

— Além do buffet, você também pode pedir um dos pratos quentes.

— Então, tudo pronto para a nossa grande aventura?

— Aquela em que a gente gasta metade da vida rodando por uma cidade desconhecida, olhando os prédios velhos e chatos e torcendo para encontrarmos alguém que por acaso fale um pouco de inglês?

— Exatamente essa.

A MÃE DE MIMI MORA sozinha em um trailer duplo na reserva dos Blackfoot, no sul de Alberta. Você pode se sentar na varanda dela e observar as Montanhas Rochosas ficarem roxas ao anoitecer e acordar para ver o rio Belly, fino e prateado, talhando seu caminho pelas pradarias.

Bernice, ou Bernie, como ela prefere ser chamada, é uma mulher grande e robusta que mantém dentro de si um estoque de fervorosas opiniões que ela compartilha conosco toda vez que resolvemos visitá-la.

— Não seria uma má ideia vocês se mudarem de volta para a reserva — ela uma vez disse para Mimi. — Tradicionalmente, as mulheres Blackfoot se mudam com seus homens para a reserva e todos passam a morar juntos com a família da mãe.

— Não, elas não se mudam, mãe.

— Você se lembra daquela história que eu te contei sobre como a coisa na verdade é uma pescaria?

— Deus do céu, mãe, essa história de novo, não.

— Os homens são como os peixes — Bernie começou a dizer. — Ninguém precisa de habilidade. Você joga a linha na água e espera. Mas não é porque você capturou um que você precisa levar esse peixe pra casa.

Eventualmente, Bernie também tentava ser um pouco mais prestativa.

— A gente deveria conseguir um nome indígena pra você.

— Eu tenho um nome indígena.

— Blackbird, tudo bem, mas Mavrias não me parece um nome indígena.

— É porque não é — eu respondi, como respondia toda vez que ela tocava no assunto.

— E nós nem deveríamos estar na mesma sala. Se você fosse Blackfoot, você saberia.

— Estamos no século vinte e um, mãe.

— No passado, você precisaria me dar um cavalo como sinal de respeito.

— Bird não vai te dar um cavalo.

— Mas, considerando que somos indígenas modernos, vou ficar satisfeita com uma picape usada.

— Não seja maldosa — Mimi disse para a mãe. — Lembre que foi Bird quem insistiu para darmos o nome de Tally por causa da vovó.

— Mas, se vocês morassem na reserva, eu poderia ajudar a criar os meus netos. Quem vai ensinar a eles a nossa língua?

Nossas conversas, em geral, seguiam o mesmo padrão. No fim, ela sempre me lembrava que, se eu queria mesmo fazer parte da família, precisava aprender as histórias. Era o jeito dela de começar a contar a saga de Tio Leroy e da bolsa Crow.

PORTANTO, ESTAMOS EM PRAGA. No refeitório do hotel. Mimi come com uma das mãos e folheia o guia de viagem com a outra.

— O que você quer fazer? — ela indaga.

É uma pergunta retórica.

— Por exemplo, a gente pode ir para a praça da Cidade Velha e ver o relógio astronômico.

Minha entrada quente chega. É um sanduíche de pão de frigideira com uma fina fatia de presunto entre um pedaço de queijo e um ovo frito.

— Podemos começar pelo castelo.

Eu provo a comida e ela é gostosa, especialmente o queijo.

— Temos a Casa Dançante — Mimi se serve um pouco do meu sanduíche. — Ou podemos passear pelo zoológico de Praga, apesar de você não gostar muito de zoológicos.

— Nem você — tento evitar o ataque ao meu café da manhã. — E a bolsa Crow?

— A gente pode tentar o Museu Nacional — Mimi consulta o mapa. — Ver se eles já ouviram falar de Leroy Bull Shield.

— Com certeza.

— Mas, claro, você também detesta museus.

— Eles são quase todos iguais.

— Talvez Praga tenha algum Museu da Máquina de Escrever. Você ia gostar de um museu assim. Você poderia comprar um cartão-postal e mandar para aquela sua amiga datilógrafa — Mimi espeta um garfo no meu pedaço de abacaxi. — Como é mesmo o nome dela?

Eu me inclino sobre a mesa e tento proteger minha comida com o antebraço.

— E olha que surpresa boa — Mimi diz. — Tem um Museu de Máquinas Sexuais. Quero ver você ter coragem de dizer não para um museu como esse.

— Você sabe que está comendo minha comida, né?

— Você não está comendo nada — Mimi fecha o guia de viagem. — Pare de mudar de assunto. Sabe qual é a primeira coisa que eu quero fazer?

— Eu estava comendo no meu ritmo. Não engulo a comida de qualquer jeito.

— Quero caminhar pela ponte.
— Nós caminhamos por ela ontem à noite.
— Mas estava escuro — Mimi dá uma lambida no seu garfo. — Vamos lá, a luz faz toda a diferença.

LEROY BULL SHIELD era a ovelha negra da família Bull Shield. Toda vez que íamos a Standoff para uma visita, a mãe de Mimi me obrigava a sentar na mesa da cozinha e me contava a sua mesma história.

— Leroy era um aventureiro de verdade — Bernie começava. — Não conseguia ficar sentado. Sempre correndo. Naqueles tempos, você precisava de um passe para poder sair da reserva, mas Leroy nem se importava. Ele pegava o cavalo dele e ia. Uma vez, ele cavalgou o caminho inteiro até Missoula.

Mimi e eu dirigimos até Missoula para o grande pow-wow. Saindo de Standoff, levamos mais de seis horas. Então pesquisei a distância na internet e calculei o tempo de acordo com a velocidade média de um cavalo em terreno plano.

— Vocês dois deveriam tentar um dia — Bernie brincava. — Pegar uns cavalos emprestados dos Goodstrikers.

— Bird não é muito uma pessoa de cavalo.

— Deve ser a herança grega.

— Eu gosto de cavalos.

— Claro — Mimi concordava. — Você só não gosta de montar num cavalo.

Cinco dias. Até onde pude calcular, se essa viagem existiu, Leroy levou pelo menos cinco dias para concluir o percurso. E estamos falando do início do século vinte, quando você não podia parar para um café em Cardston ou pernoitar no Red Eagle de St. Mary.

— Ele foi até Great Falls também — Bernie seguia em frente na sua narrativa. — O homem não conseguia ficar quieto em casa.

— Conte para Bird sobre a bolsa Crow.

— Por que esse seu marido não gosta de cavalos?

Mimi e eu fomos até Yellowstone em certa ocasião. Nós tínhamos ido a Standoff para visitar Bernie e decidimos descer até os Estados Unidos para darmos uma olhada no parque. A época em que éramos jovens e saudáveis. Assistimos a erupção do Old Faithful, caminhamos pelas fontes termais, corremos pela lateral do monte Washburn, admiramos o grande cânion de Yellowstone e nos inscrevemos para um passeio a cavalo.

— Leroy desapareceu mais ou menos na mesma época que esses idiotas da linha do trem explodiram o lado da montanha e destruíram todos aqueles salmões.

— Essa explosão foi depois — Mimi corrigia a mãe. — Aconteceu em 1913. No rio Fraser.

— Quem está contando a história aqui?

Nossa hospedagem em Yellowstone oferecia dois percursos para o passeio. O Roosevelt e o Cânion. O programa de uma hora custava cinquenta dólares, enquanto o programa de duas horas custava setenta e três. Mimi escolheu o programa de duas horas pelo cânion, passando pela borda do Cascade e seguindo por uma série de trechos montanhosos.

Uma aventura romântica. Dois índios a cavalo, debaixo de um resplendoroso céu do Wyoming. E, pelos dois dias seguintes, eu não conseguia sequer andar.

Bernie gostava de abordar a história do Tio Leroy por diferentes ângulos:

— Naqueles tempos, a gente tinha esse fiscal. O nome dele era Nelson ou Wilson, alguma coisa assim. Ele morava na reserva. Então ele podia ir atrás dos nativos. Você está entendendo?

Eu acenava com a cabeça e dizia a Bernie que, sim, eu estava acompanhando.

— Nelson ou Wilson não era assim tão charmoso. Algumas pessoas achavam que ele era normal, algumas pessoas não achavam. Ele sabia muito bem ser intrometido. E ele gostava de descarregar umas ordens em cima da gente. Algumas pessoas não se importavam, outras pessoas se importavam. Você está acompanhando?

Eu acenava com a cabeça e dizia a Bernie que, sim, eu estava entendendo.

— E uma pessoa que não gostava nem um pouco desse Nelson ou Wilson, e que não gostava nem um pouco de receber ordem de uma matraca do governo, essa pessoa era Leroy Bull Shield.

PORTANTO, ESTAMOS EM PRAGA, na ponte.

Mimi já está com o guia de viagens aberto.

— Esta ponte é famosa por causa das suas estátuas de santos.

— Ótimo.

— São trinta no total.

Enquanto Mimi lê o guia, observo os turistas se aglomerarem em volta das estátuas. Algumas obras são mais populares do que outras.

— Eles têm aqui São Francisco de Assis, São Venceslau e Santa Ana.

Todas as estátuas estão envelhecidas e escuras, mas algumas delas exibem pequenas manchas douradas aqui e ali, indicando os alvos preferenciais dos turistas.

— São José, São Vito, São Cristóvão.

Pelo jeito, os turistas em Praga gostam de esfregar as mãos nas estátuas.

— Que decepção — Mimi ergue os olhos do guia de viagem. — Diz aqui que quase todas as estátuas são réplicas.

Encontramos três placas na base de uma das estátuas. A primeira delas mostra um cavaleiro, uma mulher e uma criança enquanto, no fundo, um grupo de soldados arremessa uma pessoa para fora da ponte.

— Aquele ali é São João Nepomuceno — Mimi me diz. — É o santo padroeiro de Praga. Ele foi um padre que o rei Venceslau mandou matar porque se recusou a contar o que a rainha só revelava para ele no confessionário.

A segunda placa é um texto incompreensível. A terceira mostra um cavaleiro fazendo carinho em um cachorro que não era originalmente dourado.

— Tocar no padre atrai sorte pra pessoa, segundo a lenda.
— E no cachorro?

Mimi me dá um abraço.

— Eu sabia que a gente devia ter trazido Muffy.

EM ALGUM MOMENTO da história de Tio Leroy e da bolsa Crow, Bernie tocava no assunto da bebida.

— Leroy não era nenhum bêbado — ela dizia —, mas, sim, ele bebia. E esse Sr. Nelson ou Wilson era um desses radicais religiosos. O homem achava que podia conversar com Deus quando, na verdade, estava apenas murmurando para si mesmo. Beber, segundo o Sr. Fiscal de Índio, levava a cantar, e cantar levava a dançar. Por ele, a risada teria sido totalmente banida da face da Terra. Por ele, sorrir seria uma ofensa digna de enforcar uma pessoa. Uma vez, esse Wilson ou Nelson organizou um dia de esportes na mesma época da Dança do Sol, para tentar afastar as pessoas de Belly Buttes. E ele mandou cortar fora as línguas dos búfalos, porque aí as mulheres não iam poder usar as línguas na cerimônia.

— Você nunca conheceu esse homem — Mimi falava para a mãe. — Você ainda não era nem nascida.

— As histórias não morrem. As histórias continuam vivas enquanto vão sendo contadas.

Bernie preparava outro bule de café e esfarelava seus cookies especiais cobertos de chocolate enquanto preparava o grande desfecho do seu relato.

— Tinha esse contrabandista de algum lugar perto de Missoula. Donald alguma coisa. Igual ao pato. Traficante. Antes o tráfico era de bebida. Agora é de outras coisas. Bom, esse Pato Donald trazia bebida para a reserva, e ou Leroy encontrava com ele, ou ele encontrava com Leroy. A ordem da soma não altera o resultado. E o resultado era sempre o mesmo. Leroy ficava bêbado e, quando ele ficava bêbado, acabava se metendo em algum troço estúpido.

— Foi quando Tio Leroy pintou a casa do sujeito?

— Pare de se apressar na história. Não foi assim que eu te eduquei.

Às vezes Bernie narrava em velocidade máxima, às vezes ela se dispersava.

— Como eu disse, naqueles tempos, você precisava de um passe para poder sair da reserva. Um passe assinado pelo fiscal. Leroy não se importava muito com essa regra e, toda vez que ele saía da reserva sem um passe, o fiscal tentava prender ele. E toda vez que Leroy chegava para esse agente e pedia um passe para sair da reserva, Nelson ou Wilson se recusava a liberar a saída dele.

Mesmo que você não conhecesse a história, você sabia que esse era o tipo de situação destinada a dar muito errado em algum momento.

— Nelson ou Wilson tinha uma casa. Propriedade do governo. Não era uma casa muito grande. O telhado pingava um pouco e o aquecimento não era melhor do que o de uma sacola plástica. As paredes eram pintadas de branco, mas a cor não durou muito tempo. O inverno gelado e os ventos fortes arrancaram a pintura da parede até que não sobrou mais nada a não ser as madeiras. Preciso desenhar pra você entender?

— Não, não precisa. Consigo imaginar.

— Bom, certo dia, o Pato Donald trouxe esse carregamento de bebida para dentro da reserva e logo depois Leroy acabou encontrando com ele. Não demorou e Leroy teve essa grande ideia.

PORTANTO, ESTAMOS EM PRAGA, e Mimi me obriga a tirar uma foto dela esfregando o cachorro da placa. Na sequência, ela esfrega o homem que está sendo arremessado da ponte.

— Reza a lenda que esfregar a figura de São João Nepomuceno atrai sorte para sua vida e garante que você vai voltar para Praga um dia.

— A gente acabou de chegar.

— Esfregar o cachorro não te garante nada, na verdade.

Andamos até uma das extremidades da ponte, e então andamos de volta. O céu está nublado. A água é um chão de ardósia. Paramos no meio da ponte e assistimos os barcos turísticos navegarem pelo rio.

— Você quer dar um passeio de barco?

— Acho que não.

— Você dormiu na cadeira ontem à noite.

Tiro uma foto do rio e dos prédios em ambas as margens.

— Meu estômago não parava de doer.

— Eu sei que são os demônios, Bird — Mimi encosta a mão nas minhas costas. — Mas eles só podem te machucar se você deixar se machucar.

Continuamos a andar. O número de turistas na ponte é cada vez maior; pequenos grupos se juntam ao redor das estátuas.

— Você está vendo aquela mulher com uma placa vermelha nas mãos? — Mimi pergunta. — É a guia. Aquelas pessoas em volta dela estão em uma excursão.

Eu olho para todos os lados da ponte. Vejo pelo menos uma dúzia de mulheres com placas na mão, das mais diferentes cores. Mimi anda na direção da placa vermelha e depois volta para perto de mim.

— Acho que é em alemão — ela diz. — Vamos ver se a gente encontra um grupo guiado em inglês.

— Você quer pagar um guia?

— Claro que não — Mimi diz —, mas a gente pode ficar perto o suficiente para escutar o que eles estão falando.

Eu me inclino por cima do parapeito de pedra enquanto Mimi sai à procura de uma excursão e, pela primeira vez, noto os homens prostrados na ponte. A maioria deles está de joelhos, curvados, com o rosto no chão, as mãos em concha na frente das suas cabeças, aparentemente rezando.

Imagino que talvez sejam monges, mas, em algum momento, entendo que eles estão pedindo esmolas. Não estão enchendo o saco de ninguém, e sequer olham para cima ou falam qualquer coisa quando as pessoas passam por eles.

Uma silenciosa vigília por esmolas.

Se estivéssemos em Toronto, esses mendigos estariam em pé, andando de um lado para o outro entre os pedestres, parando as pessoas para pedir dinheiro. Alguns deles iriam carregar placas. Alguns fariam barulho com um instrumento musical nas mãos. Os mais corajosos estariam no meio do trânsito, nos semáforos, com um pano e uma garrafa de água.

Os mendigos na ponte Carlos parecem ter vindo aqui para morrer.

De longe, consigo avistar Mimi. Ela encontrou uma excursão para chamar de sua e está de costas para o grupo, fingindo admirar o céu. Cada vez que a excursão se mexe, Mimi se mexe com ela, como se estivesse dançando com Fred Astaire.

Por um instante, sinto um impulso de me juntar aos mendigos, apontar o meu rosto para o chão e esticar os braços para frente. É uma vontade intensa a que sou obrigado a resistir.

Sei que, se eu me deitar naquele chão, talvez eu nunca mais queira levantar.

QUANDO BERNIE CONTAVA a história de Tio Leroy, ela sempre fechava os olhos para poder visualizar o cenário em toda a sua completude.

— Eu falei pra vocês que a casa não era grande coisa, não falei?

— Falou.

— E que a pintura foi arrancada por causa do clima?

— Falou isso também.

— E que Leroy estava um pouquinho bêbado?

Bernie sempre sustentava uma pausa nesse momento para poder construir a tensão.

— Bom, a grande ideia de Leroy — ela começava de novo, quando se dava por satisfeita em relação ao suspense — era que ele ia pintar a casa do fiscal. Só que Leroy não tinha nenhuma lata de tinta. Ninguém na reserva tinha nenhuma lata de tinta. Imagino que vocês estejam percebendo qual é o problema aqui.

— Ninguém tinha nenhuma lata de tinta.

— Então Leroy precisou improvisar.

Só a palavra *improvisar* já funcionava como um grande gatilho para Bernie, e ela começava a rir. E nós precisávamos esperar até ela acabar com a risada.

— Naqueles tempos, tinha uma loja em Cardston administrada por uma família mórmon. Eles vendiam todo tipo de mercadoria de segunda mão, tanto para a casa quanto para o campo. Alguns dos produtos eram bons, outros eram puro lixo e, se você não soubesse a diferença, os mórmons é que não iriam te explicar. Bom, depois que a bebedeira de Leroy passou, ele dirigiu até Cardston, entrou na loja e comprou um balde velho de leite, um daqueles baldes de zinco com um pedaço de madeira pra você carregar o negócio por aí. Era um horror, aquele balde. Teve até uma história nos jornais, não muito tempo atrás, sobre uma mulher que coleciona umas lixaradas como essa.

— Agora eles chamam de antiguidade — Mimi corrigiu.

— Bom, Leroy pegou aquele lixo velho dele e encheu com bosta fresca de vaca. Ele misturou água, mexeu tudo até ficar bem marrom e pastoso e começou a trabalhar. E Leroy não foi nada desleixado, não. Ele levou o tempo dele, mas pintou cada pedacinho da casa com bosta de vaca. De longe, até que não parecia tão ruim assim. Era só você ficar contra o vento que você não notava o cheiro.

PORTANTO, ESTAMOS EM PRAGA.

Lá longe, do outro lado da ponte, Mimi atravessa a massa de turistas, vindo na minha direção. Li o aviso do guia de viagem a respeito dos batedores de carteira, então presto bastante atenção nas pessoas ao redor dela. Não que ela tenha algum item de valor para ser roubado — os passaportes e a maior parte do dinheiro estão comigo.

Mas os ladrões não sabem o que eu sei.

Quando Mimi chega perto de mim, ela balança a cabeça.

— Você estava em modo de combate de novo.

— Não, não estava.

— Você estava me olhando como se você fosse um falcão, vigiando se alguém iria me abordar.

— Eu estava apenas aproveitando a paisagem.

— E aí você iria correr pra me salvar, me resgatar do ogro e destruir o dragão — Mimi coloca os braços em volta de mim. — Que demônio é esse, hein?

— A gente deveria ir para o museu de Kafka. Oz me disse que vale muito a pena conhecer as estátuas no pátio.

— Quem é Oz?

— Um senhor que eu conheci no café da manhã.

— Você fez um amigo?

— Ele não é um amigo.

— Se você tivesse mais amigos, talvez você não passasse tanto tempo com os seus demônios.

QUANDO O FISCAL voltou e descobriu sua casa pintada com bosta de vaca, ele não ficou muito impressionado com a surpresa, e, de acordo com Bernie, vasculhou a reserva atrás do responsável. Todo mundo sabia que a culpa era de Leroy, mas ninguém disse nada.

— Claro que Leroy não ia deixar barato e, toda vez que o fiscal deixava a reserva para ir em Lethbridge ou em Calgary ou em qualquer outro lugar que os agentes indigenistas iam naqueles tempos, Leroy pegava o balde de leite e o pincel e recomeçava o trabalho.

Existia, acho eu, uma certa justiça poética em pintar a casa de um agente indigenista com bosta de vaca. E confesso que, nos meus momentos mais sombrios, eu me divertia ao imaginar Tio Leroy como uma espécie de anjo vingador, um anjo cavalgando pelo campo com seu balde e seu pincel e pintando as fachadas das escolas residenciais e das igrejas, esculhambando a Colina do Parlamento e redecorando as paredes dos escritórios do governo.

Não era uma fantasia lá muito misericordiosa.

— Bom, Leroy pintou a casa mais umas três ou quatro vezes. Nelson ou Wilson mal conseguia morar dentro da casa, mas todo mundo concordava que aquela cor era um belo tom de marrom.

— Mas ele algum dia foi descoberto?

— Claro — Bernie me respondia. — O fiscal não era nenhum idiota. Ele um dia fingiu que ia viajar, mas deu a volta e encontrou Leroy com o balde em uma mão e o pincel na outra.

Não existiam fotografias do Tio Leroy, então eu precisava imaginar qual era a sua aparência, e o que eu imaginava era um homem magro e alto, com um rosto como um machado, de ombros largos e uma bunda chapada, em pé do lado de uma casa de madeira, segurando um balde de zinco enxovalhado.

— Nelson ou Wilson pegou Leroy em flagrante e disse que ele podia escolher qual seria o seu destino. Um: ele podia ficar por ali e, se essa fosse a escolha, o fiscal iria até o posto policial em Fort Macleod para pedir um mandado de prisão e depois voltaria com dois oficiais para acorrentar as pernas de Leroy e mandar ele para a penitenciária de Stony Mountain.

Tentei imaginar como era viver naqueles tempos com o poder que os agentes indigenistas, a polícia e a igreja exerciam sobre o nosso dia a dia.

— Ou, dois: existia na época um show de faroeste que tinha acabado de chegar em Calgary. O Empório Selvagem do Capitão Trueblood. E eles estavam procurando por artistas nativos.

Mimi tinha visitado o museu Glenbow em Calgary e encontrado alguns cartazes velhos do show e uma reportagem de jornal. O show do Capitão Trueblood era peixe pequeno, com no máximo trinta artistas, e passava a maior parte de suas turnês na Europa, se apresentando em pequenos espetáculos nos lugares onde as trupes maiores, como a Buffalo Bill ou os Irmãos Miller, nem chegavam perto.

— Não era muito uma questão de escolha — Bernie dizia —, ir para a prisão ou fugir com o circo.

Bernie estava certa. Não era de jeito nenhum uma questão de escolha.

— Foi só depois que ele foi embora que a gente descobriu que Leroy tinha levado a nossa bolsa Crow com ele.

DEMORAMOS PARA ENCONTRAR o museu de Kafka. Primeiro, nós nos perdemos e acabamos andando em círculos.

— O mapa está de cabeça pra baixo — Mimi endireita o papel. — Olha. O museu está logo ali.

O lugar é bem fácil de passar despercebido. Uma parede de estuque branco. Um portão aberto. Uma pequena placa. Um pátio com duas figuras masculinas de cobre oxidado que fazem xixi em um pequeno lago. As estátuas são articuladas e, enquanto elas urinam, os quadris se mexem e seus pênis vão para cima e para baixo.

— É isso então?

— Acho que sim.

— Dois caras mijando em uma fonte?

— Černý — eu digo. — Parece que ele é famoso.

Mimi já está com o guia de viagem aberto.

— Obviamente, ele é o mesmo escultor que fez os bebês alienígenas gigantes no parque. Assim como a estátua de Sigmund Freud se segurando de um telhado com uma mão só.

— Essa a gente não viu.

— Ainda não — Mimi diz.

Observo os homens de cobre oxidado mijando no lago e, tenho que admitir, é um dispositivo bastante impressionante. Quadris giratórios, pênis em movimento. Mimi se aproxima para poder olhar melhor.

— Sabe o que eu não vejo?

Essas são as perguntas que me esforço para não responder.

— Mulheres — Mimi diz. — Onde estão as mulheres mijando no lago?

— Mulheres não mijam no lago.

— Nenhum motivo pra gente não mijar — Mimi dá várias voltas em torno das estátuas. — As mulheres podem mijar nos lagos tão facilmente quanto qualquer homem.

Não tento contra-argumentar.

Mimi abre o botão de cima da calça.

— Acho que eu posso até dar um exemplo prático de como é fácil mijar em um lago.

— Não faça isso.

— Por que não?

— Porque você lembra o que aconteceu em Santorini. Em Oia?

— Quando eu nadei na base da escadaria de Karavolades?

— Pelada. Você nadou pelada.

— Eu estava de calcinha e sutiã.

— Os turistas tiraram fotos suas — eu digo a Mimi, e não pela primeira vez. — Essas fotos provavelmente estão aí em algum lugar da internet. E você sabe o quão envergonhados Tally e Nathan vão ficar se eles virem fotos da mãe deles pelada no Facebook?

— Eu não estava pelada.

— E também teve aquela vez no lago Crypt.

— Tá bom, tá bom — ela diz. — Ali eu estava pelada mesmo — Mimi fecha o guia de viagem e abotoa a calça de volta. — Olha, você só é uma pessoa velha se você quiser ser uma pessoa velha.

BERNIE GERALMENTE INTERROMPIA a história naquele ponto e preparava alguma coisa para comer. Às vezes, ela só requentava as sobras, às vezes ela cozinhava uma refeição completa. E ela só voltava a falar de Tio Leroy e da bolsa Crow depois que todas as visitas estivessem alimentadas e todos os pratos já estivessem limpos.

— Era uma bolsa Crow da família. Só era aberta uma vez por ano, então é possível que alguém tenha guardado no lugar errado.

Mimi acenou com a cabeça e terminou o pensamento da mãe.

— Mas você não guarda errado um tesouro como aquele.

— Não — Bernie completava, como se estivesse falando consigo mesma —, você não guarda errado um tesouro como aquele.

— E aí o primeiro cartão-postal chegou.

Era a deixa de Bernie para pegar a velha lata de tabaco Hiawatha do armário.

— O primeiro cartão-postal que a gente recebeu — ela contava — era de Paris.

Esse cartão vinha com uma foto do Arco do Triunfo na frente. No verso, Leroy escreveu: *Em Paris. Bolsa está comigo e segura. Volto logo. Leroy.*

— Ele não disse por que levou a bolsa Crow embora.

— Não disse.

— Talvez ele quisesse alguma lembrança de casa.

Bernie não era tão compreensiva.

— Ou talvez ele achasse que precisava de alguma coisa para impressionar os brancos daquele show de faroeste dele. Alguma coisa para ele usar no espetáculo. Porque assim eles iam contratar ele. E ele não ia acabar em Stony Mountain.

Eu não sabia muito bem o que falar.

— Mas parece que ele planejava uma volta pra casa.

— Claro — Bernie arrematava —, mas, seja lá o que ele tinha na cabeça, o dia em que Leroy foi embora foi o último dia que a gente viu aquela bolsa Crow.

PORTANTO, ESTAMOS EM PRAGA, em pé no pátio do museu de Kafka, assistindo duas esculturas articuladas mijarem dentro de um lago.

— Acho que a gente deveria tirar uma foto — Mimi diz. — Pra mostrar pra minha mãe.

— Ou você pode só contar pra ela sobre as estátuas.

Mimi balança a cabeça.

— Não acho que palavras consigam captar a grandiosidade deste monumento.

Então tiro uma foto de Mimi em pé ao lado da fonte, com suas mãos apoiadas nos quadris.

— Você conseguiu pegar o momento exato em que o pênis está apontado pra cima?

Sinto meu açúcar desabar. Não é uma sensação agradável, é como perceber que você está sem combustível no meio das pradarias de Saskatchewan em pleno inverno.

Mimi se aproxima das esculturas.

— Eu gosto do jeito que o quadril das estátuas balança pra frente e pra trás.

Reconheço um problema quando dou de frente com um.

— Você sabe que horas são?

— Você ficaria com vergonha se eu só tocasse...?

— Hora do almoço — eu digo, apressado.

Mimi puxa a mão de volta.

— Você quer almoçar agora?

— Só se você quiser também.

— Você acabou de tomar café da manhã — Mimi balança a cabeça. — É bem o que acontece quando você não dorme o suficiente.

Se você está em uma cidade estranha, não tem muitas opções para conseguir descobrir um bom lugar para comer. Você pode pegar uma indicação do guia de viagem ou pode confiar na sabedoria local. Guias de viagem são notoriamente não confiáveis. Boa parte das informações impressas no guia são velhas e datadas. Cozinheiros mudam, restaurantes fecham.

Ou, pior, um conglomerado internacional entra na jogada, compra o lugar e usa a reputação do restaurante para vender comida processada e pré-embalada para clientes inocentes.

Confiar na sabedoria local é mesmo o melhor caminho, mas, como nós não falamos tcheco, essa não é uma opção — até porque sempre existe a possibilidade de você virar presa das quadrilhas que se aproveitam dos turistas. *Sim, um idoso gentil diz para você, tem um restaurante, é só descer o beco. Muito bom. Bem barato. É onde os moradores da cidade comem. Me sigam. Vou mostrar pra vocês.* E você desce o beco, vira uma esquina e é a última vez que você é visto no mundo.

Compartilho esses meus pensamentos com Mimi.

— O que você acha de pedir para Kitty deixar as paranoias dela um pouquinho de lado?

— Não estou sendo catastrófico — eu digo a Mimi. — Ano passado, sessenta e duas pessoas foram assassinadas em Praga.

— Praga tem uma população de mais de dez milhões de pessoas — Mimi estica os braços como se tentasse abraçar a cidade. — Ano passado, Toronto teve sessenta e cinco assassinatos, e a cidade tem mais ou menos três milhões de habitantes. E Nova Iorque, com uma população em torno de oito milhões de pessoas, teve mais de quatrocentos homicídios.

— Tá bom, tá bom — eu digo. — Nós não vamos nunca pra Nova Iorque.

Mimi me ignora e consulta o guia de viagem.

— Como está a sua disposição para andar?

Não acredito em leis cósmicas, mas me conformei em aceitar que existe uma relação inversa entre a proporção de bons restaurantes e os lugares em que nós dois estamos. Quanto melhor o restaurante, mais longe ele vai ficar.

Mimi fecha o guia.

— Ótimo — ela diz —, descobri o lugar perfeito.

— Tá, e a que distância fica esse lugar?

— Bem perto — Mimi diz, e segue pela rua em uma marcha suave.

MIMI TEM UMA TEORIA de que viajar faz o tempo parar. Ou pelo menos faz diminuir a velocidade do planeta. O argumento dela tem uma elegância despretensiosa. Quando você está em casa, você se perde na rotina. E essa rotina é tão familiar que você realiza suas tarefas sem pensar ou sem notar a passagem do tempo. Você se levanta, come, checa os e-mails, vai para o trabalho, almoça, termina o expediente, volta para casa, janta, assiste um pouco de televisão, vai para a cama. E, de uma hora para outra, você olha para o mundo e se pergunta para onde diabos o tempo foi.

Quando você está viajando, tudo é novo, e cada minuto é gasto em tomadas de decisão.

Tic-tac, tic-tac.

É exaustivo.

Hoje já passamos pelo café da manhã, pelo museu de Kafka, por homens articulados mijando em uma fonte, e mal chegamos à metade do dia. Ainda temos muitas e muitas horas para preencher.

Você foi para Roma e não visitou o Coliseu?

Você dormiu em Barcelona e não viu a igreja de Gaudi?

Você passou uma semana em Amsterdã e não entrou no Rijksmuseum?

Em Atenas você só viu a Acrópole da janela do seu quarto?

Tic-tac, tic-tac.

A primeira obrigação em qualquer viagem de férias é você viver o máximo de experiências possível. Passear pelas ruas, tomar cafés nas cafeterias e sentar nos bancos dos parques não entram nessa conta.

O CONCEITO DE MIMI em relação a *bem perto* acaba não sendo tão perto assim.

A gente anda por pelo menos meia hora. Se eu fosse mais inteligente, teria cronometrado a caminhada para o caso de precisar usá-la como exemplo mais tarde.

— O distrito de Nusle — Mimi diz — e já estamos quase lá.

Meu quadril está começando a doer. Meus dedões dos pés se encolhem como se as pontas tivessem sido lixadas.

— E aqui estamos.

Uma rua comum. Poderia ser qualquer lugar do mundo. Eu poderia fechar meus olhos por um segundo e, ao abrir, descobrir que estou em Ottawa. Ou em São Francisco. Ou em Montevidéu.

Ou em Praga.

Preciso proteger meus olhos do sol para conseguir enxergar a placa. É branca e vermelho-escuro e ostenta um índio estilizado engolindo uma pizza inteira.

Baressa Massas e Pizzas.

— É aqui que você quer comer?

— O guia de viagem diz *Baretta* — Mimi responde —, então imagino que essas coisas que parecem dois esses são provavelmente o jeito dos tchecos escreverem os tês.

— Tem um cocar na janela.

— Como em casa.

— Sua mãe não tem um cocar na janela dela.

— E, enquanto a gente come, a gente pode conversar.

Eu me escondo na sombra do prédio e espero.

— Eugene — Mimi diz. — Eu quero conversar sobre Eugene e os Outros Demônios.

— Mimi...

— Você pode me agradecer depois.

Abro a porta e dou passagem para ela. Mimi entra. E, como não penso em nada melhor para fazer, vou atrás.

III

Eugene e os Outros Demônios.

Muitas pessoas abrigam demônios dentro de si. Eu sei que tenho os meus, e meu método para lidar com eles é fingir que eles não existem, deixar esses demônios bem guardados na escuridão.

Mimi não endossa esse meu método e, desde o início, ela decidiu que nós deveríamos dar nomes para eles, chamá-los pelo que eles são, iluminar as sombras nas quais eles se escondem.

— Eugene — Mimi começou. — Eugene é o principal. Autodepreciação.

— Eugene?

— E você gosta de catastrofizar. Esse demônio vai ser Cat. Ou Kitty.

— Não faz o menor sentido.

— E também temos as irmãs gêmeas, Didi e Desi. Depressão e desesperança.

Não me importo de falar sobre meus problemas médicos, mas acredito que as batalhas internas devem sempre ser um assunto particular. É toda a lógica por trás do assunto *particular*, afinal.

— E Chip. Aquele você-sabe-quem em cima do seu ombro.

Não fiquei nem um pouco feliz de Mimi criar nomes para os meus demônios, e fiquei mais do que irritado quando ela compartilhou esses nomes com a mãe dela.

— Eugene?

— Essa coisa de ficar se autodepreciando — Mimi disse à mãe.

— Sua filha só está brincando.

— Me parece — Bernie disse — que todo nativo norte-americano tem um Eugene dentro de si.

— E Bird gosta de catastrofizar. Essa é a Kitty.

— Ele também é meio sensível — Bernie disse.

— Chip — Mimi respondeu. — E não vamos nos esquecer das gêmeas, né?

Depois desse dia, toda vez que aparecíamos lá para uma visita, as duas se divertiam com a minha miséria.

— Você continua saindo com aquele Eugene? — Bernie perguntava.

— Os dois — Mimi falava para a mãe, esfregando os dedos indicadores — são unha e carne um com o outro.

PORTANTO, ESTAMOS EM PRAGA, e Mimi nos fez atravessar metade da cidade até esta pizzaria com decoração indígena.

— Um totem — Mimi aponta na direção do balcão da entrada. — E ali uma aljava para as suas flechas.

O interior do café é escuro, próximo do sombrio, mas, no fundo, o lugar é amigável o suficiente.

— O mundo é louco pelos índios — Mimi diz. — Você lembra daquele festival enorme que nós fomos na Alemanha?

— O festival Karl May em Bad Segeberg?

— E o pow-wow na Dinamarca?

— Sim, aquele em Aarhus.

— E os cafés Indien no centro histórico de Nice?

Tem uma cabeça de búfalo pendurada na parede. Mimi fica em pé debaixo do animal para eu poder tirar uma foto dos dois.

— Imagino que os tchecos se sintam do mesmo jeito.

Mimi ergue o braço e faz carinho no búfalo. Cada chifre possui a sua própria pena decorativa.

— Você lembra daquela grande operação? A Operação Cérbero?

Em um gancho, vejo um chocalho e um pequeno tambor ao lado de uma fotografia de três índios a cavalo.

— Você até cobriu para o New York Times.

Blanding, Utah. 2009. Agentes federais invadiram uma série de casas e empresas e recuperaram mais de quarenta mil artefatos indígenas que haviam sido ilegalmente retirados de áreas de proteção. Cabeças de flechas, pingentes de conchas, objetos de cerâmica e máscaras.

Mimi olha para os outros objetos no salão.

— Saquear túmulos e vender cultura — ela diz — sempre foi um ótimo negócio. É só perguntar para os egípcios e para os gregos.

Sentamos em uma mesa no canto. Eu me inclino contra a parede enquanto Mimi lê o cardápio. A maior parte dos clientes do café é jovem, até porque pizza é um prato de pessoas jovens. Gordura não faz mal nenhum para elas. Queijo derretido não deixa ninguém empanzinado. Carne processada não entope as artérias.

Imortal. Você precisa ser imortal para comer pizza.

— A gente pode pedir uma Gerônimo ou talvez tentar a Águia Louca — Mimi diz e me entrega o cardápio. — Mas a gente não precisa ficar. Só achei que deveríamos ver o lugar, já que ele pode ser útil pro seu livro.

— Mas não existe livro nenhum.

— Me parece que Didi e Desi estão falando, hein?

Acabamos escolhendo a Urso Preto, uma pizza com azeitonas pretas, hermelín e frango. Mimi pesquisa no telefone para descobrir o que é esse tal *hermelín*.

— É um queijo tradicional tcheco — ela me diz. — Como o camembert, com uma camada de mofo branco.

— Tem alguma opção com pepperoni?

— A gente pode pedir pepperoni em Guelph.

— Exatamente.

Mas, no fim, a Urso Preto com hermelín termina sendo uma pizza excelente. Meio puxenta, mas saborosa. Vou pegar meu segundo pedaço quando a câimbra estoura na minha perna.

DEPOIS DA PANCREATITE AUTOIMUNE e da diabetes, câimbras nas pernas foram as surpresas seguintes na minha lista de infortúnios médicos. Uma noite, há mais ou menos nove meses, fui arrancado de um sono profundo com câimbras terríveis na minha coxa esquerda, como se meus músculos estivessem sendo triturados em volta dos ossos.

A primeira câimbra veio em uma série de ondas, variando em intensidade e duração por quase uma hora. Em algum momento, consegui me levantar da cama e ficar em pé, na esperança de que a pressão conseguiria diminuir minha dor.

Não diminuiu.

Comecei a tremer e a suar até me sentir exausto, com o corpo molhado e frio. Mimi fez tudo o que ela podia fazer. Fez massagem na minha coxa, ouviu meus gritos, ofereceu conselhos.

— Você consegue ficar em pé com o corpo reto?
— O que acontece se você esticar o músculo?
— Quem sabe a gente tenta cantar. O que você acha?

Nada funcionou. As câimbras foram embora do mesmo jeito que apareceram. Só que não por muito tempo. Duas noites depois, elas já estavam de volta.

A médica escutou minha descrição com um certo interesse.

— Câimbras?
— Isso.
— Nas pernas?
— Na parte interna da coxa, para ser exato — eu disse, mostrando a ela o lugar.
— E você tentou ficar em pé pra aliviar a câimbra?
— Tentei alongamento também.

— Você machucou a perna nas últimas semanas?
— Não.
— Bom — ela disse enfim —, pode ser uma deficiência de potássio.
— Potássio?
— Você costuma comer banana?
— O tempo todo.
— Bom, então provavelmente não é essa a questão.

As câimbras, de maneira geral, apareciam no meio da noite, mas uma vez aconteceu de manhã, quando eu estava sentado na beirada da cama, com uma perna cruzada por cima da outra, colocando uma meia no pé.

Mimi veio correndo do banheiro, a escova de dentes na mão.
— Câimbra?
— Isso.
— Então não tem nada a ver com as bananas mesmo.

Minha médica me mandou para um especialista que me fez escrever todo e qualquer alimento que eu ingeria em um dia normal. Passei também por uma série de exames de sangue que secaram meu sistema circulatório e ainda por uma experiência divertida envolvendo eletrodos e tensão elétrica.

— Que caso curioso — o especialista me disse.

Me segurei para não cuspir o tratamento com eletrochoque na cara dele.

— Então você não sabe o que está provocando essas câimbras?

Ele sorriu e balançou a cabeça.
— Não faço a menor ideia.

PORTANTO, ESTAMOS EM PRAGA, e meu grito inicial arrasta a atendente para a nossa mesa.
— A pizza está ruim? — ela pergunta.

— Não — Mimi diz a ela. — Meu companheiro só está tendo uma câimbra horrorosa.

— Câimbra?

— Na perna. Ele sente câimbras de vez em quando.

Estou agarrado à mesa com toda a minha força e tento encontrar uma posição na qual eu consiga apoiar a perna em alguma coisa sólida.

A atendente é uma mulher alta, de ombros e quadris largos, com olhos azuis e uma boca pequena, o que dá a ela a aparência de um peixe comprido. Dá para ver que ela está preocupada.

— Ele deve comer mais pizza — ela diz. — O sal da pizza vai ajudar.

Eu pressiono meu pé contra o pé da mesa e tento arrancar a câimbra do meu corpo.

— Você ouviu a mulher, Bird — Mimi diz. — Mais sal.

QUANDO A DEFICIÊNCIA DE POTÁSSIO foi descartada, o sal virou o próximo item na mira dos discípulos de Hipócrates. Baixo nível de sódio e desidratação, me falaram, podia provocar câimbras em atletas. Eu não era nenhum atleta, mas, na época, fiquei feliz de pensar que eu compartilhava uma condição médica com pessoas como Alex Morgan e Kawhi Leonard.

O médico sugeriu uma bebida energética.

— Vários jogadores de futebol e de basquete tomam esse suplemento — ele me disse. — Serve para repor os fluidos e os eletrólitos que você perde pelo suor.

Tentei me lembrar da última vez que eu tinha suado, mas peguei uma garrafa por via das dúvidas, quem sabe podia funcionar. Não me lembro da marca, só da cor da bebida.

Laranja fosforescente.

Eu já tinha bebido boa parte da garrafa quando resolvi olhar a lista de ingredientes.

AS CÂIMBRAS VÃO EMBORA, mas vão embora devagar. E, quando consigo conduzir meus batimentos cardíacos de volta a um limite aceitável de velocidade, Mimi já comeu a pizza quase inteira.

— Kitty vai aparecer a qualquer momento e falar para você que o problema na verdade é um câncer no músculo — Mimi diz. — Mas não existe esse tipo de câncer.

— Pode ser que exista.

A cabeça de búfalo na parede parece constrangida. O tambor está coberto de poeira. Mimi dá um tapinha carinhoso na minha mão.

— Você vai comer esse último pedaço?

EM QUASE UM LITRO da tal bebida energética, você encontra mais ou menos onze colheres de chá de açúcar e de sal. Para comparar, coloquei a mesma medida de açúcar e sal em uma xícara de café e fui mostrar para Mimi.

— Ninguém se importa — ela disse. — Você já pesquisou o que vem em um cachorro-quente?

Segurei a garrafa com o rótulo de informações nutricionais virado para o lado dela.

— Doenças cardíacas? Obesidade? Diabetes?

— É por isso — Mimi me respondeu — que as empresas gastam tanto dinheiro em publicidade.

PORTANTO, ESTAMOS EM PRAGA. Terminamos de almoçar e Mimi está elétrica com a tarde que se anuncia no nosso horizonte.

— Que tal o relógio astronômico na praça da Cidade Velha?

— Você quer ver um relógio?

— É um relógio famoso.

— Fica perto daqui?

— Lembra de onde a gente começou a caminhada?

Olho para a rua na esperança de encontrar um táxi. Mimi me espera na calçada, com as mãos firmes na altura do quadril.

— Tá, e elas eram de verdade?
— O quê?
— As câimbras.
— Claro que eram de verdade.
— Você não estava só tentando se livrar da nossa conversa? — Mimi aperta os lábios, com uma expressão mais severa no rosto. — Eugene e a gangue?

Eu balanço a cabeça.

— Porque vou ficar magoada. Essa coisa de você não compartilhar comigo os seus problemas.

— Eu não tenho problemas — digo a ela. — E não quero falar sobre eles.

Demora um pouco, mas desta vez encontramos a praça da Cidade Velha com muito menos dificuldade. O relógio astronômico, inclusive, é bem fácil de enxergar. É um troço elaborado, instalado na lateral de um prédio de pedra, com dois círculos gigantes, um em cima do outro.

— O círculo de cima, com aqueles círculos não concêntricos, é o relógio — Mimi diz. — As quatro figuras nas laterais são a Vaidade, a Ganância, a Morte e a Invasão Pagã.

Uma das figuras segura um espelho, então imagino que ela seja a Vaidade.

— A Ganância, originalmente, era representada por um agiota judeu — Mimi diz —, mas, depois da Segunda Guerra Mundial, a imagem foi alterada para refletir sensibilidades mais contemporâneas.

A Morte é muito fácil de identificar. É um esqueleto.

— De hora em hora, a Morte badala um sino e vira sua ampulheta de cabeça pra baixo, e os doze apóstolos marcham entre as duas janelas em cima do relógio. Você quer saber quem eles são?

— Acho que não.

— Você está vendo aquele galo dourado? — Mimi me arrasta até uma posição mais favorável. — Em cima das duas janelas onde os apóstolos aparecem. Quando eles terminam a marcha, o galo cacareja, e é assim que você sabe que horas são.

— Fascinante.

— O relógio tem seiscentos anos — Mimi diz. — Tá aí uma informação que precisa ser valorizada.

As laterais do relógio estão cobertas por andaimes e lonas azuis. Um tapume foi erguido na base do edifício para manter os turistas a uma distância segura.

— Você consegue ler aquele aviso?

— Não.

Mimi abre caminho pela multidão. Fico para trás e folheio o guia de viagem, que alerta o leitor sobre como a praça da Cidade Velha é uma área muito visada pelos batedores de carteira. Nunca vi um batedor de carteira e não sei qual seria minha reação ao dar de frente com um. Talvez tirar uma foto. Escrever uma reportagem. Fotojornalismo ao alcance das mãos.

Mimi está de volta, e ela não parece muito feliz.

— O aviso diz que o relógio está em reforma.

— Não está funcionando?

— Não faço a menor ideia.

— Então essas pessoas todas aqui estão esperando por nada?

— Talvez esteja com um funcionamento parcial — Mimi diz. — Vai ver o relógio não diz as horas, mas os apóstolos continuam a marchar pelas janelas.

Dou uma olhada no meu próprio relógio.

— Faltam vinte minutos pra fechar a hora.

— Vamos passear pela praça então — Mimi diz. — Ver o que eles têm na feirinha de artesanato.

— Nós temos feirinha de artesanato em Guelph.

— E aí, quando estiver perto do horário — Mimi continua —, a gente volta e confere o que é que esse relógio faz.

JÁ ERA RUIM O SUFICIENTE quando os meus demônios não eram mais do que emoções disformes e reações imprevisíveis, mas, assim que Mimi os nomeou, eles começaram a ganhar também características físicas.

Eugene, por exemplo.

Cabelo e olhos escuros, lábios carnudos. Um sorrisinho estúpido no rosto. Uma bunda de sapo. Óculos escuros espelhados e um chapéu branco sujo na cabeça.

Eugene gosta de andar com Didi e Desi, duas irmãs gêmeas que ninguém sabe diferenciar uma da outra. Autodepreciação, depressão e desesperança. Um popular e poderoso ménage à trois.

Kitty é alta e magra, loira, delicada, com formas bem definidas e uma voz capaz de fazer os carros pararem de repente na beira da estrada.

Chip raspa a cabeça e perde tempo demais na academia.

Eles não se parecem com demônios. Eles de forma alguma parecem ameaçadores. Eles se parecem com as pessoas com quem você esbarra todo dia na rua.

No início, eles podiam ser facilmente ignorados, mas Mimi deu nome para esses demônios.

E então eles começaram a falar.

PORTANTO, ESTAMOS EM PRAGA, enrolando na feirinha de artesanato enquanto esperamos por algum sinal de vida do famoso relógio astronômico na praça da Cidade Velha. Mimi examina os lenços e as bolsas de couro, e os vendedores seguem atrás da gente com descontos e ofertas irrecusáveis.

Em momentos como esse, tendo a me encolher e divagar. É um erro. E, antes que eu perceba, Eugene está do meu lado, com seu chapéu enterrado na cabeça, como se estivesse com medo de ser reconhecido por alguém na multidão.

E aí, como vai meu fracassado favorito, hein?, ele pergunta.

Kitty não perde tempo e já embarca na conversa. *Você sabe quantos turistas são assassinados todos os anos em Praga?*

Assassinados?, Didi interrompe.

A gente deveria ter ficado em casa, Desi acrescenta.

Pois deixa vir a tempestade, Chip se anima.

Você não precisa se preocupar, Eugene completa. *É só olhar pra você e os ladrões vão saber que não vale a pena desperdiçar o tempo deles.*

Mimi se vira para mim com duas bolsas nas mãos.

— Qual das duas você gosta mais?

Demoro um segundo para me recuperar.

— Você quer uma bolsa?

— Não é pra mim — ela diz. — É pra você.

— Não quero uma bolsa.

— Não é uma bolsa comum. É uma bolsa carteiro.

— Não preciso de uma bolsa carteiro.

Você não merece uma bolsa carteiro, sussurra Eugene.

O vendedor é um homem gordo e baixo, com um bigode emaranhado e um cabelo escuro cheio de cachos.

— Sente esse couro, meu senhor — ele diz. — Sente como ele é macio.

Olho de novo para o meu relógio.

— Já está quase na hora — eu digo. — A gente pode voltar aqui depois de ver o que vai acontecer com o relógio.

— O relógio está aqui todo dia — o vendedor diz. — Mas esta bolsa não vai estar mais.

Eugene coloca o braço em volta do meu ombro enquanto Mimi e eu caminhamos de volta para o relógio. *Você não merece nem mesmo estar vivo, cara.*

Uma multidão considerável está reunida na frente do relógio. Todos os turistas estão com seus celulares e tablets a postos. Dou uma olhada pelo público à procura dos batedores de carteira. É a oportunidade perfeita para eles.

Tento me imaginar como um ladrão. Qual seria o meu alvo? A bolsa aberta pendurada no ombro da mulher com o terninho azul? A sacola de papel alumínio brilhante que a adolescente esqueceu em um suporte de pedra enquanto digita uma mensagem para alguma amiga? A carteira escapando do bolso do velho de bermuda e chapéu de pescador? O jovenzinho na cadeira de rodas com a mochila pendurada nas alças?

Mimi me segura pela mão e me conduz entre os turistas.

— A gente vai poder ver melhor aqui de trás — ela diz.

— Não acho que vai ter muito pra ver.

— Você já preparou a câmera? — Mimi pergunta.

Paramos no meio da praça da Cidade Velha e esperamos. A hora vem e vai embora. Em algum momento, uma pessoa grita e alguma coisa se movimenta lá no relógio, mas não é mais do que um espasmo mecânico, uma pequena convulsão, como se o mecanismo estivesse tentando acordar de um pesadelo. Os apóstolos não aparecem. O galo não cacareja.

— Bom — Mimi diz —, não foi tão animado quanto poderia ser, mas ver o relógio já fez valer a pena essa caminhada.

Concordo que é um relógio impressionante.

— Parece que foi construído por Jan Hanus — Mimi diz. — Segundo a lenda, quando o relógio finalmente ficou pronto, alguns dos patronos da cidade decidiram cegar o relojoeiro pra ele nunca poder construir outro igual.

— O cara constrói um belo relógio e, como agradecimento, os ricos deixam ele cego?

— Com ferro em brasa — Mimi continua. — Mas, depois que ficou cego, ele voltou ao relógio e, antes que alguém conseguisse prendê-lo, sabotou o equipamento.

— Não posso culpá-lo por isso.

— É uma boa história — Mimi diz —, mas, na verdade, o relógio foi construído por Mikuláš de Kadaň e Jan Šindel. E nenhum olho foi arrancado.

— Então por que não está funcionando?

— Não faço a menor ideia — ela diz. — E que tal aquela bolsa carteiro, hein?

Um dos problemas de se viajar é que, depois que você começa, não dá mais para fugir. Se eu estivesse em casa, poderia fazer um intervalo e brincar um pouco na minha oficina, ou poderia me sentar no quintal e ler um livro, ou poderia me enroscar em Muffy na cama e tirar um cochilo. Mas essas opções não existem durante uma viagem, porque uma das exigências das viagens é que você não pare nunca de se mexer.

— O que você quer fazer agora?

Estamos no meio da praça da Cidade Velha, ao lado de um monumento gigante composto de homens esquisitos vestidos em longas túnicas. Um deles estica a mão em forma de garra, como se estivesse prestes a agarrar uma criança na rua para transformá-la em alimento.

— Me surpreenda.

— O antigo cemitério judaico em Praga — Mimi diz, lendo o guia de viagem — possui mais de onze mil lápides.

— Você quer passar a tarde bisbilhotando lápides?

— Sabe quem está enterrado lá?

— Elvis?

— Você está cansado, Bird? É esse o problema?

— Não seria mal tomar um expresso.

— Você acabou de comer pizza.

— Nós estamos de férias — eu digo. — As pessoas de férias se sentam em cafés e tomam expressos.

NÃO SEI muito bem o que nos faz viajar.

A resposta padrão é que viajamos para visitar novos lugares, conhecer novas pessoas, ampliar nossa compreensão do mundo.

Tendo mais a enxergar as viagens como uma punição contra aqueles que podem pagar por esse tipo de equívoco.

Viajar, de fato, nos permite colecionar novas aventuras, acumular novas histórias para compartilharmos com familiares e amigos. O problema é que as histórias de viagem só se tornam interessantes se alguma catástrofe acontece, se os infortúnios resolvem aparecer, se você sobrevive a um desastre.

Ninguém quer saber que a sua viagem à Turquia transcorreu sem qualquer tipo de inconveniente, que o seu avião não se atrasou, que o seu quarto era aconchegante e tinha vista para a Ayasofya, que a sua comida foi maravilhosa e baratíssima, que todo mundo falava inglês e que você não foi roubado, enganado ou sequer incomodado pelos moradores locais, pela polícia ou pelos outros turistas.

A primeira expectativa em relação a uma boa história de viagem é que alguma coisa deu muito errado. Ninguém quer saber sobre os dias perfeitos e imaculados que você passou em Istambul. Nem você mesmo.

Na próxima vez, tente se esforçar um pouco mais.

Quando nós dois éramos mais novos, antes até de termos filhos, Mimi entrou na internet e descobriu uma viagem de sete dias para a Costa Rica, com tudo incluído, por uma verdadeira bagatela. As fotos muito coloridas do lugar mostravam pássaros brancos gigantes e crocodilos assustadores e árvores repletas de bugios e também um jovem casal andando de mãos dadas em uma praia ensolarada enquanto um homem de pele escura e uma jaqueta branca seguia atrás deles, para o caso de um dos dois precisar de uma toalha ou, quem sabe, de mais um drinque.

Voltei da viagem queimado do sol, com uma ótima história sobre Mimi ter a parte de cima do biquíni arrancada no meio de um toboágua instalado na selva e com uma dúzia de fotos de gigantescas iguanas.

Mas a minha consciência social permaneceu a mesma de antes.

O resort era uma bolha sanitária desenhada para proteger os turistas das realidades da cultura local e limitar a interação com os moradores da região. Eles estavam lá para servir, e a nossa obrigação era desempenhar o papel de caixa eletrônico com uma câmera nas mãos.

PORTANTO, ESTAMOS EM PRAGA, em uma rua que se parece com qualquer outra rua no mundo.

— Atrás do cemitério judaico — Mimi diz —, também estão algumas igrejas bem famosas.

Depois de anos viajando ao redor do mundo com Mimi, à procura da bolsa Crow e do que aconteceu com Tio Leroy, a última coisa que eu quero é entrar em mais uma igreja.

De qualquer religião.

Para deixar claro, eu sei que os prédios são históricos e que as arquiteturas são extraordinárias. Mas tudo o que eu vejo são monumentos à indulgência e ao poder.

— Que tal evitarmos as igrejas?

Mimi suspira.

— Tudo bem — ela diz. — Vamos dar uma olhada no cemitério e aí a gente faz uma pausa pro café.

Então andamos até o cemitério judaico. Mas, quando chegamos na entrada, descobrimos uma fila imensa em frente à bilheteria.

— A gente precisa pagar pra entrar no cemitério?

— Você confere os preços — Mimi diz. — Eu vou dar uma espiada.

Dar uma espiada é uma das maiores habilidades de Mimi.

Quando nos mudamos para Guelph e estávamos à procura de uma casa, Mimi se empoleirava nas cercas e espionava pelas janelas. Uma vez, ela encostou uma escada na lateral de uma casa e escalou até o telhado para poder verificar o estado de uma cozinha.

Em Praga, ela se esgueira até um portão de ferro e espia através das grades. Finjo conferir os preços dos ingressos. Mimi acena de volta.

— Dá pra ver algumas das lápides.

O que eu consigo ver do cemitério já é desconcertante. Não sei qual era a minha expectativa, mas certamente não era aquela.

— Por que todas as lápides estão tão próximas uma da outra?

Mimi abre o guia de viagem.

— Parece um ferro-velho — eu digo, e estendo minhas mãos como um pedido de desculpas. — O tempo de espera pra entrar é de pelo menos uma hora.

— Sério?

— Não menos que quarenta e cinco minutos.

Mimi decide que, para não perdermos a viagem, deveríamos caminhar ao redor do cemitério. O terreno é todo cercado por uma muralha de pedra, mas, de vez em quando, você encontra pequenos portais de onde pode olhar lá pra dentro.

— Não dá pra ver muita coisa — Mimi me diz. — As lápides estão espalhadas sem muita lógica. Parece que alguém jogou as pedras do céu e não mexeu mais nelas depois do pouso.

Não fico com vontade de olhar. Lápides são lápides.

— Queria poder ler as inscrições nas pedras.

— Elas provavelmente devem estar em iídiche.

— Provavelmente.

— Ou tcheco.

— O rabino Loew parece que está enterrado aqui — Mimi diz. — Segundo a lenda, Loew é o cara que criou o Golem de Praga.

Conheço a história do Golem. Uma criatura feita de lama que recebeu o dom da vida para defender sua comunidade. Uma fantasia desesperada de um povo desesperado. Deuses e anjos, Mulher-Maravilha, Super-Homem. Toda cultura tem seus heróis e talismãs a quem se procura por proteção.

Mimi volta da muralha e espana a poeira das suas roupas.

— O problema de se criar monstros é que, no fim, é impossível controlá-los.

Na Batalha de Hatim, o exército cristão, sob o comando de Guy de Lusignan, carregava a Vera Cruz e foi devastado pelo exército muçulmano comandado por Saladino. No Massacre de Wounded Knee, as pessoas vestiam os trajes da Dança dos Fantasmas na esperança de que assim não seriam alvejados.

— Vamos tomar aquele café — Mimi diz. — E, durante o café, a gente pode decidir o que é que vamos levar de Praga para guardar na nossa nova bolsa Crow.

UMA DAS PRIMEIRAS CIDADES que visitamos quando decidimos seguir os rastros de Tio Leroy foi Paris. Depois de voltarmos para casa, fomos para Alberta visitar a mãe de Mimi e relatar para ela as nossas impressões iniciais.

— Ei, cadê as crianças? — foi a primeira coisa que Bernie quis saber.

— Elas já estão adultas, mãe. Tally está trabalhando em Ottawa e Nathan está se formando na UBC.

— Não vejo motivos pra eles não virem junto.

— Vou falar pra eles ligarem pra você.

— Não quero uma ligação de telefone. Já recebo várias ligações. As pessoas me ligam pra me falar sobre meus problemas com a Receita Federal e meus dutos irregulares.

— Tributos, mãe. E você não tem problemas com a Receita Federal. São tentativas de golpe.

— Eu sei que eles estão tentando me dar um golpe — Bernie disse. — Eu digo a eles que não tenho nenhum duto irregular, mas que tenho vários depósitos que eles podiam limpar. Sabe o que eles fazem?

— Eles desligam na sua cara.

— Pois então, vocês descobriram o que é que aconteceu com Leroy?

Mimi balançou a cabeça.

— Você precisa colocar as coisas em perspectiva. Tio Leroy passou por Paris há mais de cem anos.

Bernie respirou fundo e fechou os olhos.

— E daí? Você vê um guerreiro Blackfoot rodando pela Torre Eiffel e você vai esquecer uma cena como essa? Deve ter saído em tudo quanto é jornal.

— Leroy era um guerreiro Blackfoot?

— Quase isso — Bernie disse. — Pois então, pra onde vocês estão planejando viajar agora?

— Vamos seguir os cartões-postais — Mimi disse à mãe. — A gente só vai seguir os cartões-postais.

Às vezes Bernie comprava comida chinesa em Lethbridge. Arroz frito com carne de porco, frango ao molho de feijão preto, tiras de carne ao molho agridoce e bolinhos cozidos no vapor. Eu arrumava a mesa e a mãe de Mimi atualizava a filha com as fofocas locais.

— Pois então, eu tive essa ideia — Mimi disse. — E não é pra nenhum de vocês dois falarem nada até eu terminar de explicar. Vocês conseguem se segurar?

— Provavelmente não — a mãe de Mimi disse. — Você quer garfo ou prefere ser mais tradicional?

— O que é que vocês sabem sobre bolsas medicinais?

Peguei logo um pouco do frango antes dele desaparecer.

Mimi não esperou pela nossa resposta.

— Elas são dispositivos mnemônicos.

Bernie gesticulou para a filha.

— Alguém andou pesquisando no Google de novo, hein?

A carne ao molho agridoce parecia muito boa, mas eu sabia que o nível de açúcar seria um pouquinho demais para mim.

— As bolsas contêm objetos como penas ou pedras ou ossos — Mimi explicou entre as mordidas. — E cada um desses itens pode ter um significado espiritual ou pode estar associado a uma história específica ou a uma música.

— E pelo jeito alguém visitou a Wikipédia também.

— Mas nem toda bolsa é sagrada — Mimi despejou quase todo o arroz no seu próprio prato. — Algumas são seculares. Bolsas familiares. Bolsas que representam uma história viva.

— A nossa era um tesouro da família — Bernie completou.

Observei Mimi pegar o último bolinho.

— Tá, mas e qual é a sua ideia?

Mimi tirou um pedaço de gai lan dos seus dentes.

— Quero saber o que vocês acham. Quais são as chances da gente descobrir o que aconteceu com Tio Leroy ou com a bolsa Crow?

— Algum número menor do que zero?

Mimi se recostou na cadeira.

— Pois então — ela disse —, considerando que nós nunca vamos encontrar nenhum dos dois, o que vocês acham que a gente deveria fazer?

— Ficar em casa.

— Ou?

— Ficar em casa.

Bernie sempre mantinha um carregamento de sorvete e calda de chocolate de prontidão em casa. Mimi e eu limpamos a mesa enquanto Bernie pegava as colheres e as taças de sobremesa.

— O que nós deveríamos fazer — Mimi continuou, depois do sorvete ser servido — é seguir a trilha dos cartões-postais pela Europa e procurar por Tio Leroy e pela bolsa. Mas, ao mesmo tempo, nós poderíamos confeccionar uma nova bolsa Crow.

— Confeccionar a nossa própria bolsa Crow?

— As bolsas não caem do céu — ela disse. — As pessoas confeccionam elas. Alguém confeccionou a bolsa da família, e a gente pode confeccionar a nossa.

— Você quer pegar um pedaço de couro e encher de tralha dentro?

— Não é qualquer tralha — Mimi disse. — São as lembranças que vamos recolher nas nossas viagens.

Bernie pensou por um segundo e assentiu com a cabeça.

— Uma homenagem à memória de Leroy.

— A gente pode chamar de Bolsa Crow do Viajante.

Peguei uma taça quase sem sorvete e também sem calda.

— Em homenagem ao sujeito que fugiu com a bolsa original?

— Eu tenho a peça certa para esse projeto — Bernie disse, e se afastou da mesa. — Só não deixe esse seu marido se aproximar do meu sorvete.

Ela voltou alguns minutos depois com uma maleta preta.

— Aqui — ela disse. — Náilon balístico. E tem um zíper.

— Eu estava pensando mais em algo como um pedaço de couro de alce — Mimi respondeu.

— Claro — Bernie disse —, se nós estivéssemos no século dezenove.

— Você quer que a nossa bolsa Crow seja uma maleta de náilon com zíper?

— Que pertencia à sua Tia Helen.

— A chef de cozinha?

— Ela carregava as facas aqui — Bernie disse. — Quando Helen desistiu e voltou a cantar, ela me deu a maleta.

— Não me parece tão autêntica — eu disse.

— Autenticidade é uma questão superestimada — Bernie disse. — Autenticidade é uma das ideias que os brancos usam para nos paralisar. É como nós mesmos nos paralisamos.

— Não tenho problema nenhum com uma bolsa Crow

feita de náilon — Mimi disse. — E o zíper vai facilitar pra gente colocar e tirar as coisas de dentro.

— Se vocês estão preocupados com autenticidade — Bernie disse —, eu posso pedir para Ester Fox enfeitar a maleta. Talvez um padrão floral.

— Certo — Mimi disse —, vamos começar então.

— Às vezes — Bernie disse à filha —, começar é como a gente continua.

PORTANTO, ESTAMOS EM PRAGA. Mimi descobre uma cafeteria. Peço um expresso, que chega acompanhado de um biscoito. Mimi pede um tal chocolate quente italiano. E, assim que me sento na cadeira, não quero mais levantar. Mimi está errada em relação às viagens. Viajar não diminui a velocidade do tempo; viajar só nos deixa completamente exaustos.

— Você está cansado, Bird?
— Estou cansado.
— Mas não muito cansado, né?
— Sim, estou muito cansado.
— Então a gente visita o castelo amanhã — Mimi diz e toma um gole do seu chocolate quente. É bastante espesso e parece que o mais adequado seria administrá-lo com uma retroescavadeira.

Afundo na cadeira. Penso que, se eu afundar o suficiente, talvez consiga desaparecer.

— O que você quer fazer no resto do dia? — Mimi pergunta, e desliza o guia de viagem pela mesa, caso eu precise de ajuda para descobrir a resposta correta. — Você escolhe.

É claro que ela não está sendo sincera, mas é um gesto gentil. Paro por um momento para contemplar tudo o que podemos ver e fazer em Praga, a Cidade das Cem Cúpulas, a Roma do Norte, a Senhora da Boêmia.

E então afundo ainda mais na cadeira, chamo o atendente e peço um segundo expresso.

IV

Acordo no meio da noite com meu olho esquerdo inchado a ponto de eu não conseguir sequer levantar a pálpebra. É minha mais nova ocorrência médica.

Kitty passa por mim no caminho para o banheiro. *Câncer*, ela sussurra. *Linfoma intraocular*.

Fecho a porta e encaro o espelho. Eugene está atrás de mim, balançando a cabeça. *A morte está se aproximando*, ele diz.

Didi e Desi estão em pé ao lado do vaso sanitário, de mãos dadas.

Minha pálpebra e os tecidos ao redor do olho lembram, de certa maneira, os escombros de um deslizamento de terra.

— Merda! — consigo sentir o pus vazando pela lateral do olho e escorrendo pelo meu rosto. Pego um pedaço de papel higiênico e tento enxugar. — Merda!

Espero para ver se escuto algum movimento no quarto.

Grite mais alto, Eugene diz. *Ela ainda não conseguiu escutar*.

Mande essa sua carência à merda, Chip diz. *Entre na batalha*.

Logo me vem um efêmero impulso de me vestir, correr até a ponte e me jogar lá de cima. Não tenho ideia da distância até a água ou se a queda iria mesmo me matar ou apenas me deixar molhado e mal-humorado. Com certeza, deve existir alguma fórmula para resolver essa minha dúvida. Altura, velocidade, o grau de compactação da água.

Não se preocupe, Eugene me diz. *A gente pode procurar na internet*.

— Bird? — Mimi soa preguiçosa e distante. — Está tudo bem?

— Tudo certo.

— Com quem você está conversando?

Quando desço para o refeitório, Oz está me esperando, com um blazer escuro e uma camiseta amarela radiante. Essa camiseta tem o desenho do Homem Vitruviano na frente e uma legenda que diz *Vamos dar uma chance para os chimpanzés*.

Considerando o sucesso da evolução humana, me parece ser uma proposta bastante razoável.

— Ah — Oz diz, e se levanta. — Blackbird Mavrias. Você resolveu aparecer.

— Pois é, resolvi aparecer.

— Seu olho não está muito animado.

— Alguma alergia, pelo jeito.

Oz esparrama o guardanapo em cima das suas pernas.

— Os pratos de hoje são os mesmos de ontem, mas, antes, você precisa me contar sobre o passeio de vocês.

Puxo uma cadeira e sento.

— A gente visitou as estátuas. No pátio.

— Kafka, claro — Oz inclina a cabeça. — E o lago? Vocês prestaram atenção no lago?

— O que tem o lago?

— Tem o formato do país — Oz responde. — As estátuas estão urinando na própria República Tcheca.

— Ah.

— Em Praga, nós temos um olhar muito atento para a história e para o senso de humor — ele diz. — Não muito tempo atrás, qualquer um dos dois faria você ser fuzilado.

Olho o cardápio. Oz está certo. Os pratos são os mesmos.

— A gente também viu o relógio gigante.

— Claro — Oz diz. — Todo mundo que visita Praga vai ver o relógio.

— Não está funcionando.

Conto a Oz sobre a pizza, o cemitério judaico e a tarde que desperdiçamos nas pedras do palácio Wallenstein e ainda sobre a eternidade que passamos caminhando pela feirinha de artesanato.

— Ótimo, ótimo — ele diz, enquanto enumero as atrações visitadas. — Então hoje vocês precisam ir ao castelo e ver a Zláta ulička.

— Certo.

— Também é chamada de Viela Dourada.

Me esqueci de contar que, à noite, Mimi também descobriu um restaurante perto do museu da KGB que servia koleno, e que esse koleno não era mais do que joelho de porco marinado na cerveja e servido com um pão pesado e escuro e com vegetais mergulhados no vinagre por tempo demais.

— Acho que a viela está no roteiro de Mimi.

— Perto da entrada — Oz diz, e fecha os olhos por um segundo, como se tentasse enxergar alguma coisa dentro da sua cabeça —, vocês vão ver a estátua de um menino pelado. Os turistas esfregam o pênis da estátua e agora ele já virou um pênis dourado.

— É esse o motivo de chamarem de Viela Dourada?

— Não — Oz responde. — É claro que não. Chamam de Viela Dourada porque era a rua onde os ourives costumavam morar. E o menino tem um pênis dourado porque os turistas não deixam a estátua em paz.

Tento imaginar as pessoas esfregando o pênis de uma estátua e transformando esse relevante acontecimento em uma atividade de férias.

— Os santos na ponte e os homens urinando no lago são representações simbólicas — Oz diz. — Mas, com essa estátua do menino, as pessoas esfregam a mão só por diversão mesmo.

Me pergunto se mais mulheres do que homens esfregam o pênis do menino.

— Blackbird Mavrias — o pequeno homem me aponta um dedo. — Você é famoso. Procurei pelo seu nome na internet. Ontem eu li vários dos seus artigos. O meu favorito é aquele em que você faz um trocadilho no título com a escrita cuneiforme.

— Writing-on-Stone — eu digo. — É o nome de um parque provincial em Alberta.

— Também temos esses campos na República Tcheca. Para os fins de semana e para o verão.

Giro a asa da minha xícara de café para a direita.

— Mas os nossos campos indígenas — Oz continua — não têm índio nenhum.

Então giro a asa da xícara para a esquerda.

— Littlechild — Oz inclina a cabeça. — Uma história triste. Mas, veja, você vinha escrevendo uma história depois da outra. E, de repente, mais nada. Por que esse silêncio? O futuro nos reserva um livro com a sua assinatura?

— Pois então, você trabalha com jogos?

Oz corta um pedaço de abacaxi em pequenos triângulos.

— Justiça. Você sempre escreve sobre a necessidade de justiça.

Nunca fui muito de videogame. No passado, cometi o erro de comprar um PlayStation. Tally e Nathan adoravam insanidades como *Uncharted* e *Gran Turismo*. Mas, para mim, me perder em uma floresta gerada por computador e atirar em qualquer coisa ou me sentar na frente de um monitor por horas, esmagando um carro contra o outro, sempre foi uma experiência entorpecente e devastadora que não pretendo de jeito nenhum repetir.

— Você parou de escrever porque não conseguia encontrar justiça nas palavras?

Não que jogos de tabuleiros sejam muito melhores. Jogue os dados. Gire a roleta. Deixe a sorte decidir. Não é como se você precisasse de grandes habilidades.

— Quando você olha o mundo, o que você enxerga? — Oz fecha os olhos. — Um reino pacífico? A calamidade do absurdo?

Ignoro Oz e seus murmúrios e me concentro na minha tigela de frutas. Os morangos parecem frescos. A pera é daquelas vendidas em latas.

— Empresas, governos, lucro, guerras. O planeta como mercadoria.

— Videogame? Jogos de tabuleiro? — eu cutuco os mirtilos. — Qual é sua especialidade?

— Veja, um amigo meu tem um jogo — Oz diz. — Ele chama de Abelhas e Ursos.

Paro de cutucar as frutas.

— Abelhas?

— Abelhas e Ursos — Oz começa a gargalhar. — Muito tempo atrás, as abelhas cometeram o erro de compartilhar o mel delas com os ursos. Os ursos ficaram extasiados e, sabendo do prazer que é um docinho na ponta da língua, começaram a vagar pela terra à procura das colmeias das abelhas. E, cada vez que encontravam uma, eles destruíam as colmeias para conseguir roubar o mel. Você vê o problema aí? Entende o que eu estou falando?

— Ursos são armas de destruição em massa.

— Como você pode imaginar, esses ataques acabaram sendo um desastre para as abelhas, e elas rapidamente se reuniram para discutir o que poderia ser feito contra o comportamento inaceitável dos ursos. Claro, a resposta é bastante óbvia.

— E é esse o jogo? Abelhas e Ursos?

— Nossa, olha a hora — Oz se levanta de repente e confere os relógios nos pulsos. — Vou me atrasar.

— Qual é a resposta?

— Viela Dourada — Oz grita enquanto foge do buffet. — Não deixem de conhecer.

Mimi chega no refeitório no exato momento em que os funcionários retiram o café da manhã. Ela percebe o perigo, agarra dois pratos e abre caminho pelo buffet como se estivesse limpando a neve de uma calçada.

— Você não me acordou — o cabelo dela está molhado, e a etiqueta do verso da camisa se destaca na paisagem.

— Não é o meu trabalho.
— Eu poderia ter perdido o café da manhã.
— Então acorde mais cedo.
— Preciso de nove horas de sono — Mimi diz. — Você sabe que eu não funciono sem minhas nove horas de sono.

Eu mal durmo mais do que quatro horas por noite. Às vezes, passo a madrugada inteira acordado.

Mimi acha que a culpa é de Eugene e dos Outros Demônios, mas nunca consegui dormir mais do que seis horas.

— Você sabe o que acontece quando você não dorme o suficiente.
— Você trabalha mais.
— Falta de sono leva a problemas no sistema imunológico e à demência precoce.
— Pelo que eu lembro, você disse que, quanto mais velho a gente fica, menos horas de sono precisa.
— O Instituto da Confusão e da Desmoralização — Mimi responde — já concluiu que essa informação não condiz mais com a realidade.

O Instituto da Confusão e da Desmoralização é um artifício que Mimi inventou para lidar com as contradições que parecem surgir com alarmante frequência no mundo.

Café é ruim para a saúde. Café é ótimo para a saúde.

Vinho tinto é benéfico para a circulação do sangue. Vinho tinto reduz sua capacidade de enfrentar infecções no corpo.

Exercícios são fundamentais para manter a forma física. Exercícios contribuem para a inflamação das suas articulações.

Ou todas as questões relacionadas à couve, aquela assassina silenciosa.

Mimi é a única pessoa que eu conheço que consegue realmente comer e falar ao mesmo tempo.

— Pois então — ela diz —, o que nós vamos fazer hoje?

— Voar pra casa?

— O castelo — Mimi diz. — A gente poderia ver o castelo.

— A gente já viu mais castelos do que uma pessoa deveria ver na vida — eu digo. — O que foi aquilo no vale do Loire?

— Aqueles, na verdade, eram quase todos châteaux.

— Monte Saint-Michel? Neuschwanstein? Alcázar? Versalhes?

— Versalhes é um palácio.

— O Castelo da Bela Adormecida?

— O parque da Disney? Em Paris? — Mimi balança a cabeça. — Espero que você esteja sendo irônico.

— Não precisamos viajar se a ideia é visitar castelo — eu lembro a ela. — Temos o Hatley em Victoria e o Casa Loma em Toronto.

— O castelo aqui é muito mais antigo — Mimi diz — e uma das dez principais atrações para se visitar em Praga.

— E daí?

— E daí que estamos em Praga — Mimi diz. — E o dia vai estar ensolarado. É melhor você pegar um chapéu.

ALGUNS ANOS ATRÁS, visitamos o sul da França. Tio Leroy uma vez enviou um cartão-postal de Nice para a família, e Mimi pensou que talvez pudéssemos encontrar a bolsa Crow da família no museu Picasso, em Antibes, que era bem perto, subindo a estrada.

Eu não tinha muita esperança.

— O grande Museu Picasso é em Barcelona — eu disse a ela — e nós já procuramos por lá.

— Picasso também sofreu influência da arte africana — Mimi contra-argumentou. — Aposto que ele ficaria interessado em um artefato como a bolsa Crow.

— Picasso passou menos de um ano em Antibes.

— Mais do que o suficiente pra convencer Tio Leroy a dar a bolsa para ele.

Claro que essa conexão entre os dois era impossível. Leroy deve ter passado por Nice por volta de 1904. Picasso não chegou a Antibes antes de 1946. Na época em que o Artista morou no segundo andar do Château Grimaldi, o Índio já devia estar morto.

Mesmo assim, pegamos o trem de Nice para Antibes e passamos uma tarde no museu. Mimi gostou da *La joie de vivre*. Eu gostei do *The goat*. Nós dois gostamos da vista do Mediterrâneo a partir do jardim de esculturas.

Mais tarde, rodamos pela cidade.

— A casa de Nikos Kazantzakis é em algum lugar perto daqui — Mimi disse. — Talvez a gente possa ir lá pra você entrar em contato com a sua ascendência grega.

— Kazantzakis?

— De acordo com o guia de viagem, Kazantzakis escreveu *Zorba, o grego* enquanto morava aqui.

— Em Antibes?

— E tem uma praça com o nome dele logo depois da Rue du Bas Castelet.

Andamos por um tempo até que Mimi, de fato, descobriu qual era a casa.

— Você está sentindo o entusiasmo literário grego crescendo dentro de você?

Não havia nenhuma indicação de que os turistas podiam visitar o interior da casa, e eu já estava feliz o suficiente de ficar em pé do lado de fora. Mimi percorreu a trilha até a porta da frente e espiou pelas janelas.

— *Não espero por nada. Não tenho medo de nada. Sou livre* — Mimi disse, segurando na minha mão, enquanto voltávamos para o porto. — É o epitáfio na lápide de Kazantzakis em Heraklion. O que você quer na sua lápide?

— *Morto* — eu respondi.

— Bird, isso não parece muito um epitáfio. Parece mais uma reclamação.

O porto de Vauban, em Antibes, é a casa do iate clube local. É a maior marina do Mediterrâneo para embarcações de luxo. Mimi e eu caminhamos devagar pelo anel externo do ancoradouro.

Pedi a ela para ficar em pé na frente do quebra-mar para eu poder tirar uma foto.

— Qualquer um desses barcos — Mimi suspirou — poderia alimentar um pequeno país.

No alto do ancoradouro, vimos uma escultura produzida pelo artista catalão Jaume Plensa. Era uma figura sentada com os joelhos dobrados contra o peito, toda composta por letras brancas interligadas, em uma espécie de pele transparente.

De longe, parecia um coral esbranquiçado.

— O título da obra é *Nomade* — Mimi me disse. — Plensa quer sugerir aqui o potencial construtivo do alfabeto. Como você é escritor, acho que consegue entender bem essa proposta.

A escultura era vazada. Você podia andar por dentro dela ou escalar as letras.

— O que você acha? — Mimi perguntou. — O mundo parece diferente quando você olha pra ele através da linguagem?

Mesmo do meio da estrutura, o céu por cima do mar não parecia menos azul. A cidade lá longe não parecia menos turística. A flotilha de veleiros, cruzadores e megaiates empilhados no porto não parecia menos luxuosa.

— Você está vendo o que eu estou vendo?

Tinha um iate gigantesco ancorado na marina com um casco preto como carvão e uma superestrutura de um branco reluzente. Na lateral do casco, na altura da água, alguém pintou de spray a frase *Me reconheça por quem eu sou* em letras vermelhas desalinhadas.

— Um manifestante obstinado.

Pensei no assunto por um segundo.

— Você precisa de um outro barco pra conseguir pintar aquilo.

— Pichação de iate — Mimi limpou uma lágrima imaginária do olho. — Outro problema devastador do Primeiro Mundo.

O iate se erguia muito acima do nível da água, então você não conseguia ver se tinha alguém no convés. Todas as janelas estavam escuras, então você não conseguia dizer se tinha alguém lá dentro. Suspeitei que o navio possuía um heliporto, talvez até dois, e também uma piscina, mas, para ter certeza, você precisaria subir nas montanhas ao redor de Antibes e olhar para baixo.

PORTANTO, ESTAMOS EM PRAGA, debatendo se deveríamos andar até o castelo ou se deveríamos pegar o bonde.

Eu voto pelo bonde.

— Um exerciciozinho não vai nos fazer mal — Mimi diz.

— Está muito quente — eu retruco. — Você estava certa sobre o chapéu.

A colina é mais íngreme do que eu imaginava, e me vejo feliz de termos nos decidido pelo bonde. Me lembra um pouco as carruagens de cabos de São Francisco.

Quando chegamos ao castelo, aponto para um aviso na entrada.

— Trezentos e cinquenta pra você poder entrar?

Mimi suspira.

— Bird, são trezentas e cinquenta coroas tchecas. Dá mais ou menos vinte dólares canadenses. E esse preço é para o Circuito A. Eles também têm o Circuito B e o Circuito C, que são mais baratos.

— Então nós vamos nos ingressos mais baratos, né?

— Se a gente for nos ingressos mais baratos, talvez a gente acabe perdendo alguma coisa.

— Como mais uma igreja.

— Esse é o espírito — Mimi guarda o guia de viagem na sua mochila e segue na direção da bilheteria. — Vamos aproveitar antes dos turistas aparecerem.

A Catedral de São Vito é logo depois da entrada principal. Um casal asiático está em pé nos degraus da frente, tirando uma foto.

— O que você acha que é? — Mimi pergunta. — Um casamento?

A mulher está usando um vestido longo branco. Ela segura uma das pontas da saia como se fosse um ventilador e vira de um lado para o outro enquanto o fotógrafo segue atrás dela com a câmera. O noivo permanece atrás da noiva, paralisado como uma estátua, com o paletó do smoking aberto e os dedões enfiados nos suspensórios pretos.

— Você lembra de Santorini? — Mimi pergunta. — Aquela igrejinha com a cúpula azul em Oia, os casais todos alinhados para uma fotografia?

De repente, o homem começa a dançar em volta da noiva, parando de vez em quando e congelando seu corpo em uma posição que não parece ter nada a ver com um casamento. A mulher continua girando de um lado para o outro, seu vestido flutuando ao redor do seu corpo como uma brisa suave.

O homem para e prepara a pose, com os braços cruzados, um pé na frente do outro, o queixo para cima, os olhos fixos no céu. A mulher desliza ao lado dele e se pendura nos seus ombros.

Como se ela fosse um acessório.

Mimi se inclina na minha direção.

— Você quer que eu bote um vestido de noiva e me pendure em você?

De acordo com o guia de viagem, o Castelo de Praga é o maior castelo do mundo.

— Por onde você quer começar? Temos o antigo Palácio Real, a Catedral de São Vito, a Basílica de São Jorge, além da galeria de arte e da Torre da Pólvora — Mimi está lendo o folheto que ela recebeu ao comprar os ingressos. — Mas a torre está fechada agora.

— Que pena.

— E tem a Viela Dourada.

— Foi onde Oz disse que a gente deveria ir.

— Oz?

— O senhor com quem eu converso no café da manhã — eu digo a ela. — Quando você ainda está dormindo.

Mimi me olha com o canto do olho.

— Esse Oz — ela pergunta — por acaso é amigo de Eugene?

— Oz é uma pessoa real — eu digo, sem tentar esconder a irritação da minha voz. — Eugene e os Outros Demônios são entidades que você inventou.

— Eles são reais — Mimi me diz. — Eu apenas dei nomes pra eles.

— Se você se levantasse mais cedo, eu teria apresentado vocês dois.

— Olha aí o que acontece quando você não dorme o suficiente — Mimi diz. — Você fica mal-humorado.

A boa notícia é que o castelo não está tão cheio. A má notícia é que ele é monótono.

— Esse aqui é o salão Vladislav — Mimi explica quando entramos em um vasto salão de pedra, com uma série de arcos em cima das nossas cabeças. — Eles costumavam trazer os cavalos aqui para várias das comemorações.

— Cavalos? Como assim?

— Existe uma rampa especial chamada Escada dos Cavaleiros.

— O que eles faziam com o você-sabe-o-quê?

— O salão mede sessenta metros de comprimento por dezesseis metros de largura — Mimi diz, enquanto estica os braços para me dar uma ideia da amplitude. — Os arcos têm doze metros a partir do chão.

Passear por prédios antigos não é bem o meu conceito de férias. Claro, existe muita história em lugares como esse, mas a maior parte dela envolve violência gratuita e o caos patrocinado pelo estado. Assassinatos, expurgo de grupos étnicos, intrigas da corte e ocupações pelos nazistas, pelos russos e pelo Fundo Monetário Internacional.

Sangue e dinheiro.

Tudo reduzido a cartões-postais, bandeiras, joias, pôsteres padronizados e cosméticos à base de cerveja.

— Você pode fazer essa mesma crítica a Toronto — Mimi diz. — Ou a Nova Iorque. Que tal focarmos nos pontos positivos?

— Os banheiros.

Mimi segura minha mão.

— Você não vai fazer uma confusão sobre os banheiros de novo, vai?

— Eu não entendo por que eles não conseguem oferecer banheiros aos turistas.

Quase todos os grandes destinos turísticos da Europa possuem lavabos. Mas você precisa pagar para usá-los. E, apesar de todas as viagens que nós dois já fizemos, nunca me acostumei com um vaso sanitário operado por moedas ou com banheiros vigiados por sentinelas que recebem o seu dinheiro e distribuem folhas avulsas de um papel higiênico mirrado como se cada pedacinho fosse uma folha banhada a ouro.

— Cobrar para usar um banheiro é simplesmente errado — eu digo, sentindo que estou me aquecendo para a missão. — Você se lembra daqueles restaurantes na Itália onde eles serviam pão em todas as refeições? O pão era horroroso, mas eles incluíam aquele troço na conta de qualquer jeito, mesmo que a gente falasse que não queria pão nenhum na mesa.

Mimi coloca os braços em cima da cabeça e se estica de um lado para o outro.

— Talvez seja por isso que a gente viaja.

— Para pagarmos pelo pão que não queremos pagar e depois alugarmos um pedaço de tempo dentro de um banheiro?

— Não, para reclamar — Mimi interrompe seu alongamento. — Talvez a gente viaje para poder reclamar.

FRANCAMENTE, NÃO PRECISO viajar para reclamar da vida. Consigo pensar em uma infinidade de assuntos dignos de crítica sem nem mesmo sair de casa. Grandes redes, como a Walmart, que tratam seus funcionários como servos sindicalizados. Os religiosos que sempre conseguem encontrar alguém para odiar. Os políticos que reconhecem o aquecimento global, mas não tomam medidas reais que afetem os lucros das grandes corporações. Os lobistas da indústria bélica que acreditam que pensamentos e orações são as respostas certas para a matança de estudantes dentro dos colégios.

Posso, inclusive, reclamar da minha própria cidade.

Guelph, Ontário, é um lugar delicioso. Uma cidade universitária, atravessada por dois rios, o Speed e o Eramosa. Você compra pão na Eric the Baker. Vai no Artisanale. Na Bookshelf. Na Wyndham Art. No verão, quando eles abaixam as comportas, você pode subir o Speed de canoa até depois da Boathouse e seguir até Victoria Road, antes de se perder na imensidão do rio.

Mas a minha ideia de paraíso é o litoral do noroeste canadense. Alguma cidade como Tofino. Mar aberto. Neblina. Chuva. Onde nunca é muito quente e nem muito frio. Uma terra que segue o Princípio dos Cachinhos Dourados. E cinza, uma região onde a cor predominante é cinza.

Quando Mimi e eu trabalhávamos, nossos empregos controlavam nossa paisagem. Agora, aposentados, poderíamos morar em qualquer lugar.

— Bird, todos os seus amigos moram em Guelph.

— Eu não tenho amigos.

— E o que os seus amigos vão pensar se ouvirem você falando assim deles?

— Tenho certeza de que minha saúde seria muito melhor se nós morássemos no litoral.

— Nós já não chegamos ao consenso de que a solução geográfica não é a grande solução?

— Por que a gente não tenta? Você gosta do litoral.

— Pra passar as férias, sim. Mas eu gosto da luz do sol.

— A luz do sol é um negócio superestimado — eu respondo para Mimi toda vez que entramos nessa discussão. — Se você morrer antes de mim, vou me mudar pro litoral.

— Nós podemos chegar a um acordo e nos mudarmos pra Alberta. Mamãe vai adorar me ter de volta em casa. E aí vamos poder montar a cavalo. Lembra como foi divertido montar a cavalo?

Tentei me imaginar como um morador das pradarias.

— Claro — eu sempre respondo quando a discussão chega neste ponto. — Verões tórridos. Ventos fortíssimos. Racismo descontrolado. Intolerância religiosa. Políticos de direita.

— Eu preciso de sol, Bird. Não gosto de sentir frio.

Nunca tive muita certeza de que me mudar para o litoral iria mesmo melhorar minha perspectiva em relação à vida, mas me convenci de que valia a pena tentar.

— Se a gente se mudar pro litoral, eu deixo Eugene e os Outros Demônios em Ontário.

Mimi reage de uma maneira meio cética.

— Você promete?

— Com certeza — eu digo a ela. — Vou ficar feliz no litoral. Feliz, feliz, feliz.

PORTANTO, ESTAMOS EM PRAGA, andando pelo terreno de um castelo antigo, observando todos aqueles prédios antiquados, quando Mimi me interrompe.

— Bird, você já percebeu o quanto você está suando?

— Está muito quente.

— Não está tão quente assim — Mimi diz. — Você está se sentindo bem?

Gosto bastante quando Mimi se preocupa comigo.

— Será que não é o seu açúcar?

Eugene está em pé, recostado no portão do Convento de São Jorge. Ele segura uma câmera. *Sorria*, ele grita. *É para o seu obituário.*

— Não, não, estou me sentindo bem — eu digo a Mimi. — Nada que uma casa no litoral não possa resolver.

— Jesus Cristo, Bird — Mimi diz. — Eu falei pra você usar um chapéu.

A Viela Dourada está localizada bem no fim do complexo do castelo. A estátua do menino pelado sobre a qual Oz me falou fica em uma pequena praça antes da entrada da rua. Alguns turistas estão em pé na frente do menino, fotografando.

Mimi aperta os olhos por causa do sol. Em seguida, ela anda na direção da multidão. E então retorna.

— Turistas — Mimi diz —, você quer adivinhar o que eles estão fazendo?

Não sei qual era a minha expectativa, mas certamente não é o que eu vejo na Viela Dourada. A rua é longa e estreita, cheia de chalés pintados em cores intensas, com uma parede grudada na outra, aquele tipo de rua longa e estreita que você consegue encontrar em quase toda cidade da Europa. E também na América do Norte. Petit Champlain em Quebec, Maiden Lane em São Francisco, a Rua do Governo em Victoria, a Rua Acorn em Boston.

Caminhamos junto com os outros turistas enquanto Mimi me atualiza sobre todos os detalhes do lugar.

— As casas foram originalmente construídas pra abrigar os guardas do castelo.

— Por que só tem casas de um lado da rua?

— O outro lado foi demolido no século dezenove.

— Por quê?

— Não faço a menor ideia — Mimi responde. — Ottla Kafka morava na casa de número vinte e dois. Seu irmão, Franz, passou uma temporada com ela e escreveu alguns dos seus contos por lá.

Consigo enxergar a história do lugar, mas, independente do que a Viela Dourada tenha sido um dia, hoje ela é somente uma armadilha para turistas.

— Uma famosa vidente uma vez morou na casa de número quatorze. Madame de Thebes. Previu a queda do Terceiro Reich — Mimi balança a cabeça. — Ela foi presa e torturada pelos nazistas.

A casa de Kafka agora é uma loja de lembrancinhas.

— A casa doze era a casa do historiador cinematográfico Josef Kazda. Você pode visitar uma recriação do escritório dele dentro da residência.

— Mal posso esperar pra conhecer.

No final da rua, existe meio que um museu. Uma exibição de armas ocupa quase todo o local. Espadas, lanças, machados, dardos, além de escudos e armaduras. Tudo o que você precisa para matar uma pessoa.

Subimos uma escada estreita com espaço para somente uma pessoa de cada vez.

— Olha, Bird — Mimi aponta para uma placa. — Você pode atirar com uma besta autêntica aqui.

— Acho melhor não.

— Vou ser a donzela em perigo — Mimi diz — e você pode me salvar do dragão.

— Acho melhor não.

— Vou tirar uma foto sua, que tal? — Mimi tenta manter o sorriso no rosto. — O índio com sua besta.

Então lá vou eu atirar com a besta. Tenho três tentativas. Acerto o alvo em duas.

— Vai me dizer que não foi divertido?

— A besta não estava cem por cento — eu digo a Mimi. — A flecha mal conseguiu furar o alvo.

Mimi concorda.

— Eles provavelmente não querem que algum acidente acabe machucando um turista.

O museu das armas parece que se estende pela eternidade, e não demora muito para a segunda onda de tédio se instalar em mim com toda a força do mundo. Então Mimi descobre a sala da tortura.

— Será que é o que eu estou achando que é?

Além de uma mesa projetada para esticar as pessoas e esquartejá-las, uma gaiola de ferro com lâminas pontiagudas e todo um estoque de apetrechos de madeira, alicates, algemas e correntes, a sala tem também uma cadeira coberta de pregos. Pregos no assento, no encosto, nos descansos de braço e no suporte para o pescoço. E ainda grossas tiras de couro para o carrasco amarrar e manter cada parte do corpo da vítima no seu devido lugar.

Mimi está impressionada.

— Que tipo de mente doentia pensa numa cadeira assim?

Respondo que, provavelmente, o Departamento de Assuntos Indígenas.

— As cadeiras nas escolas residenciais não eram cadeiras cheias de pregos — Mimi me lembra. — Eram cadeiras elétricas.

Às vezes você imagina que, em um museu como esse da Viela Dourada, é possível ouvir os lamentos das pessoas torturadas por todos aqueles instrumentos. Ou que você pode, quem sabe, sentir o gosto e o cheiro dos fluidos corporais que um dia encharcaram o chão daquela sala.

Mas é impossível.

— E, durante as audiências de reconciliação — Mimi diz, com uma voz tão dura quanto sílex —, os funcionários da escola insistiram veementemente que as cadeiras nunca foram usadas na sua capacidade máxima.

Portanto, estamos em Praga. No castelo. Acabamos de passear pela Viela Dourada e estamos ambos muito mal-humorados.

— Preciso achar um banheiro.

— Você vai fazer uma confusão? — Mimi cruza os braços e olha para mim, severa. — Quanto custaram essas passagens aéreas pra gente vir até Praga?

— Essa é uma daquelas suas analogias irrelevantes que tenta comparar o alto custo das viagens aéreas internacionais com os preços insignificantes cobrados em todos os banheiros da Europa?

— Exato.

— Os banheiros do avião eram gratuitos.

— As pessoas pagam a vida delas cuidando dos banheiros. Pode ser que seja até uma tradição ancestral.

— E eles nunca te dão papel higiênico suficiente.

Mimi encolhe os ombros.

— A gente sempre pode comprar um rolo e carregar dentro da bolsa.

Não existem banheiros na Viela Dourada, mas conseguimos encontrar um perto da casa do Supremo Burgrávio.

— Você tem alguma ideia do que seja um Supremo Burgrávio?

Mimi consulta o guia de viagem.

— Pelo que entendi, era a pessoa que tomava conta das coisas quando o rei precisava se ausentar.

— Dos banheiros também, pelo jeito.

— Bird, são só cinquenta coroas tchecas. Mais ou menos cinquenta centavos canadenses. Acho que podemos arcar com essa despesa.

O banheiro não é muito grande e está mais sujo do que limpo. Tem papel higiênico, mas é fino. Arrumo algumas tiras no assento do vaso sanitário.

Você ficou maluco?, Kitty pergunta. *Você vai sentar nessa privada suja?*

Tento não me mexer e evito me balançar para frente e para trás.

Ah, lar, doce lar, Eugene diz.

Chip e as gêmeas estão me esperando sair do cubículo. Chip não está nem um pouco feliz.

Que roubo, cara, ele diz, enquanto lavo as mãos. *Você chama aquela merda de papel higiênico? Eles viram você se aproximando.*

Ignoro suas palavras.

Kitty tenta soar empática. *Agora seus dedos vão ficar fedorentos pelo resto do dia.*

CONSIGO ENTENDER a relutância de Mimi em nos mudarmos para o litoral. Nenhuma luz do sol. Nenhum amigo. Ser obrigada a começar de novo, só que desta vez sem a ignorância e sem o entusiasmo da juventude. Mudanças, do ponto de vista teórico, podem ser vistas como aventuras maravilhosas, mas elas se assemelham muito mais a uma doença fatal ou à morte de um companheiro. A maioria das pessoas se recupera, mas demora pelo menos dois anos para você conseguir se reerguer.

Algumas pessoas têm esse tempo disponível; outras, não.

— Posso escrever em qualquer lugar — eu digo a ela. — Você pode pintar em qualquer lugar.

Sempre que puxo esse assunto da mudança para o litoral, Mimi me lembra que, quando construímos nossa casa em

Guelph, nós nos comprometemos a morar naquele mesmo lugar até o dia da nossa morte.

Não lembro de ter concordado com esse contrato, e Mimi não possui nenhuma evidência escrita de que eu tenha concordado.

O argumento mais contundente de Mimi contra a mudança, no entanto, é: o que acontece se a gente se muda e eu morro logo na sequência? Não tenho contra-argumentos, porque ela, na verdade, está certa. Considerando meu histórico de saúde, eu poderia mesmo morrer. E ela ficaria presa em um lugar onde nunca teve vontade de morar e em uma casa de padrão inferior ao que a gente morava antes de sairmos pelo país perseguindo o meu sonho.

Se você tentar se mudar pro litoral, Kitty diz, *ela vai te abandonar.*
Que, inclusive, é o que você merece, Eugene diz.
Não gosto de empacotar as coisas, Didi diz.
Nós já vamos empacotar?, Desi diz.
Vai embora, Chip diz. *Você não precisa dela.*

Mudar de um lugar para outro seria muito mais fácil se você pudesse viajar para esse novo lugar, escolher um apartamento ou uma casa, abrir um aplicativo no seu celular e, pronto, no dia seguinte, toda sua vida foi transportada e organizada sem você precisar abrir uma caixa sequer ou perder tempo procurando pela torradeira.

Nesse mundo perfeito, todas as suas contas bancárias são transferidas em um piscar de olhos e seu novo cartão do plano de saúde e sua carteira de habilitação te esperam em cima da mesa da cozinha. Você já recebe também a indicação de um bom médico de confiança e de um dentista. Todas as comodidades da casa são devidamente instaladas, a tevê a cabo e a Netflix estão lá prontas e à espera do seu comando.

Até suas correspondências já foram encaminhadas para o endereço certo.

Mas e se você não gostar da nova cidade tanto quanto você imaginava que iria gostar? E se um dos vizinhos passar o tempo inteiro consertando motos na garagem e o outro vizinho for um músico? E se a região não tiver nenhuma cafeteria boa ou nenhuma livraria para você frequentar? E se, depois de toda a angústia e dos transtornos da mudança, você descobrir que cometeu um erro?

Para ser justo, Mimi sempre tenta encontrar um meio-termo.

— Que tal a gente ir pro litoral meio que, sei lá, uma vez a cada dois anos, quem sabe até alugamos um lugar por lá? Você poderia andar pela praia, ficar todo congelado e úmido, ter seu momento íntimo com a neblina. E eu consigo administrar algumas semanas sem sol.

— Uma vez a cada dois anos?

— Tá, tá, uma vez por ano.

— Algumas semanas?

— Não precisamos ter uma resposta definitiva agora.

Agradeço que Mimi tente chegar a um meio-termo, mas visitar o litoral não é a mesma coisa que morar no litoral. Claro, pode ser interessante e úmido e cinzento. E, sim, algumas pessoas podem achar tudo meio depressivo. Mas existe um efeito acumulado que só se manifesta com o tempo, uma calmaria, uma lentidão, o sentimento de estar deitado em uma cama macia com uma pessoa acolhedora, a sensação de se esconder, de se sentir seguro contra a opulência e o barulho da vida moderna.

MIMI ESTÁ ME ESPERANDO quando saio do banheiro. Ela aponta para a fila que se formou na entrada da Viela Dourada.

— Ainda bem que fomos lá assim que chegamos.

— Verdade — eu digo. — A gente ia acabar perdendo a cadeira de pregos.

O complexo do castelo está cheio agora. Eu me escondo nas sombras da Basílica de São Jorge e observo os turistas passando por nós dois como se fossem a inundação de um rio. Mimi permanece debaixo do sol.

— De todos os lugares que a gente visitou — ela diz —, qual você gostou mais?

— Não dá pra diferenciar — eu digo, e me encosto nas pedras da igreja. A temperatura delas é surpreendentemente agradável. — São todos meio como shopping centers.

— Amsterdã e Veneza têm aqueles canais maravilhosos — Mimi diz.

— Assim como Ottawa.

— Barcelona e Colônia têm ótimas igrejas.

— O Oratório de São José, no Monte Royal, em Montreal, é bastante impressionante.

— E a Torre Eiffel. Ou a Acrópole. Com certeza foram monumentos memoráveis.

— Assim como as Montanhas Rochosas.

Uma mulher atlética acompanhada por um grupo de turistas passa perto da gente. Ela está segurando um guarda-chuva verde bem aberto, um ponto de referência para sua pequena frota.

— Você quer seguir aquele grupo? — eu pergunto. — Talvez eles falem inglês.

— Não — Mimi responde. — Acho que eu quero voltar pro hotel.

— Você está se sentindo bem?

— Um pouco cansada — ela diz. — Não seria mal tirar um cochilo.

Olho para o meu relógio. São só três horas da tarde. Muito cedo para Mimi desistir assim do dia.

— Qual é o problema?

— Você me cansa, Bird — Mimi diz. — Eu te amo, mas às vezes você me cansa.

Somos obrigados a atravessar a multidão para chegarmos até a saída. Tenho esperança de que vamos pegar o bonde para descer a colina, mas Mimi prefere andar. No caminho até o hotel, ela não diz uma palavra sequer, e me vejo com a sensação de que cometi um erro.

De novo.

Quando chegamos no hotel, nada mudou no lugar. O ar-condicionado continua funcionando, nosso quarto continua quente e as aranhas continuam no teto. Mimi se deita na cama e puxa a coberta para cima do seu corpo. Eu sento na cadeira ao lado da janela e espero.

Do lado de fora, à sombra da ponte, um músico solitário começa a tocar *Yesterday* em um saxofone melancólico.

v

Não me lembro de dormir, mas, quando acordo, meu pescoço está duro. Minha boca está seca, a cabeça não para de doer, meus olhos parecem mais inchados do que antes.

E Mimi não está mais lá.

No início, imagino que ela esteja no banheiro. Mexo meu corpo até encontrar uma posição mais confortável e espero. Depois imagino que ela tenha ido à recepção para descobrir se alguém poderia tomar uma providência em relação àquelas aranhas no quarto.

Então continuo na cadeira e espero um pouco mais.

Mas nada de Mimi.

Desisto de esperar. Me levanto e vou à recepção.

Nada de Mimi.

Vou para a rua. O músico continua em pé à sombra da ponte. Agora ele começa a tocar *If ever I would leave you*.

Chip dá um tapa no meu ombro. *Esses babacas não sabem nada sobre trilhas sonoras antigas?*

Ando pelas barracas de comida e de artesanato no parque Kampa e depois volto para o hotel e dou uma conferida no quarto, só por via das dúvidas.

Ainda nada de Mimi.

Não estou preocupado. Ela provavelmente saiu para procurar um mercado. Não temos frigobar no quarto, mas existem várias opções de comida para se manter em temperatura ambiente. Bananas e uvas, biscoitos e queijos.

Ou talvez ela tenha ido visitar uma igreja específica. Algum patrimônio cultural indicado pelo guia de viagem. *Achei melhor te deixar dormindo*, ela vai me dizer. Você não gosta mesmo de igrejas.

E tem a própria ponte. Ela pode estar na ponte. Um momento fugaz, recostada contra o parapeito, observando os barcos que atravessam o rio.

Decido começar por lá. Pego Didi e Desi pelas mãos e andamos por toda a extensão da ponte. O número de turistas ainda é grande, e existe a chance de, sem querer, não termos visto Mimi na primeira passada, então damos uma segunda volta.

Enquanto procuramos por Mimi, me lembro daquelas cenas cômicas do cinema em que a heroína desaparece e o herói corre desesperado, tentando descobrir onde ela está. No meio-tempo, a heroína retorna, não encontra o herói e sai à procura dele. E eles vão de um lado para o outro, em vários desencontros simultâneos.

Com pequenas inserções musicais, claro, para que o público saiba a hora certa de dar risada.

Se estivéssemos em casa, as possibilidades seriam as mais variadas. Ela poderia estar na biblioteca. Poderia ter ido a uma consulta médica que por acaso se esqueceu de avisar. Poderia ter saído para tomar café com as amigas.

Mas, quando você viaja, quando você está na estrada, essas possibilidades desaparecem. Nada de biblioteca, nada de médico, nada de amigos. Nenhuma rotina para preencher o dia. Tudo se resume a vocês dois, sozinhos em uma cidade estranha.

Fico em pé diante da janela. De tempos em tempos, vejo alguém que poderia ser Mimi, mas não é. Onde ela pode ter ido sem me chamar para ir junto? Por que ela saiu sem me avisar? Algumas horas já se passaram. Quanto tempo eu espero antes de tomar uma providência? E, se eu decidisse tomar uma providência, que providência seria essa? Ir à polícia? Vasculhar os hospitais? Nada muito fácil de se fazer em um país onde você não conhece nada do idioma. É verdade que o inglês é compreendido, até certo ponto, em várias partes do mundo, mas encontrar uma pessoa desaparecida é muito mais complicado do que pedir um café, pedir orientações ou comprar uma lembrancinha.

Eugene e os Outros Demônios se sentam quietos na cama. Eles sabem muito bem quando é a hora de ficarem de boca fechada.

MIMI E EU nos conhecemos em São Francisco. Ela estava na cidade para uma exposição. Eu tinha acabado de começar a trabalhar no Examiner e minha pauta era cobrir a abertura do evento e depois escrever uma matéria para a edição de domingo.

Consegui preparar uma refeição rápida em uma mesa inundada por palitinhos de legumes, pedaços de queijo e biscoitos e me vi em pé na frente de um quadro todo pintado de preto quando Mimi se aproximou.

— Você parece meio perdido.

— Estou perplexo.

— Você é artista? — ela me perguntou.

— Jornalista.

— Ou seja, você está pensando *por que alguém no mundo pintaria um quadro todo de preto?*

Na parede mais distante, observei três quadros que haviam se saído muito bem na tentativa de retratar a superfície da água.

— Eu gosto muito mais daqueles três ali.

— Aqueles ali são meus.

No início, pensei que ela estivesse brincando.

— Mimi Bull Shield — ela disse.

— Bull Shield?

— É um nome Blackfoot. Você sabe alguma coisa sobre arte?

— Nada.

— Mas eles mandaram você para escrever a matéria.

— Trabalho de funcionário novo.

— Sobre o que você escreve normalmente?
— Ainda não existe um *normalmente* — eu disse para ela.
— Aceito a pauta que o editor me dá.
— E sobre o que você *gostaria* de escrever?
Nunca tinham me feito essa pergunta no jornal.
— Não sei — eu respondi.
— Beleza então — ela disse. — Você pode começar escrevendo sobre mim.

MIMI VOLTA para o hotel um pouco depois das cinco da tarde.
— Perdi a noção da hora — ela grita e se enfia no banheiro. — Deus do céu, preciso muito fazer xixi.
Sento na cadeira e tento parecer despreocupado e indiferente.
— Trinta e oito segundos — ela exclama. — Quase um novo recorde.
Cruzo uma perna por cima da outra e me inclino um pouco para a direita, de um jeito que minha cabeça toca a ponta do encosto da poltrona.
— Por que você não foi me encontrar?
Eu não esperava por uma pergunta e, se esperasse, não seria essa.
Mimi faz uma careta.
— Você está chateado comigo.
— Não, não estou.
— Você está chateado comigo — Mimi continua com a careta. — Você não viu meu recado?
Outra pergunta inesperada.
— Você estava dormindo na cadeira e eu não quis te incomodar, então eu deixei um recado.
— Um recado?
— No seu colo — Mimi balança a cabeça. — Você achou que eu tinha te abandonado?

— Nem me passou pela cabeça.

— Sério? Em Praga?

Deslizo minha mão entre o braço da cadeira e a almofada. Não quero que ela perceba meu movimento. Mas ela percebe.

— Achou?

O recado está em um pedaço minúsculo de papel, com o tamanho certo para ser perdido.

— E o que está escrito no recado?

Seguro o papel como se fosse examinar uma pista importantíssima em uma série de suspense na televisão.

— *Fui pra praia do Vltava ver os cisnes. Vem me encontrar.*

Mimi aponta para a mesa ao lado da cadeira.

— Eu até deixei o guia de viagem pra não correr o risco de você se perder.

Ergo o recado no ar.

— E você já foi logo tirando conclusões precipitadas, né?

Eugene e os Outros Demônios se olham e se encolhem.

— Eu estava preocupado com você — eu digo.

Chip pisca um olho para mim e faz sinal de legal com uma das mãos.

— E eu estou ótima — Mimi diz, pega o recado, amassa o papel e joga a bolinha na cesta do lixo. — Pois então, onde você quer comer agora?

MIMI ME MOSTROU A galeria e me apresentou para os outros artistas. Tirei fotos, anotei algumas falas sobre a importância da arte em um mundo materialista e escutei uma pequena palestra sobre como incrementar as vendas e o alcance dentro do público-alvo.

Depois da exposição, Mimi e eu saímos para tomar um café.

— Cherokee — ela me olhava da cabeça aos pés. — Da parte da mãe? Do pai?

— Do pai.

— Georgia? Carolina do Norte?
— Oklahoma.
— Você já esteve em Oklahoma?
— Uma vez só.
— Me parece que tem uma história interessante aí, não?
— Acho que é mais uma nota de rodapé.
— E a parte da Grécia?
— Minha mãe — contei a ela. — Meu avô veio da Grécia. Ele sempre planejou voltar, mas nunca voltou.
— E você?
— Eu o quê? Ir até a Grécia?
— Isso.
— Talvez. Quem sabe um dia.

Mimi passou a semana na cidade. Almoçamos juntos. Depois jantamos. Depois almoçamos e também jantamos. Em algum momento, começamos a conversar e, assim que começamos, não paramos mais.

SAÍMOS DO HOTEL e seguimos pela ponte. Mimi segura meu braço e balança seu corpo para frente e para trás.
— O que você acha de *flanar*?
— Como assim?
— Quer dizer passear ou perambular. Se a gente andar bem devagar, como se não estivesse nem aí pra nada, as pessoas vão pensar que nós somos franceses.

Mimi corre a mão pelo parapeito de pedra.
— Conheci uma mulher na praia. Da Escócia. Ela acabou de chegar de Budapeste.

Ainda estou um pouco irritado com Mimi por ela ter se mandado e me deixado sozinho no hotel. No final das contas, a culpa pelo sumiço do bilhete não é minha.
— São só seis horas daqui se você viajar de trem.

Teria sido legal ver a praia, ver os cisnes, ter aquela experiência em comum com ela, porque aí, quando Mimi contasse a história, eu poderia acrescentar alguns detalhes e transformar aquela lembrança em um momento mais vívido.

— O que você acha?

— Sobre o quê?

Lá na frente, uma loira alta e larga, vestindo uma capa azul, está servindo de modelo para uma caricatura desenhada por um artista de rua. Sentada em um banquinho, com um lado do quadril para cima e um ombro para baixo, ela parece posar para um pôster de cinema da década de quarenta.

— Budapeste. Para passarmos o dia — Mimi responde. — A gente pode pegar o trem bem cedo e voltar na mesma noite.

— Você quer ir para Budapeste?

O artista destacou bem os olhos, os lábios e o queixo da mulher no desenho, então parece que o rosto dela está prestes a explodir. O quadril da loira ganhou as proporções de um pneu de caminhão.

— Pois então, sabe aquela escocesa que eu conheci? Carol? Ela me disse que você ainda consegue ver os buracos dos tiros da invasão de 1956 em alguns dos prédios de Budapeste.

— Você quer ir até Budapeste pra ver os buracos de bala nos prédios?

— E tem os sapatos de ferro à beira do Danúbio, que é um memorial dos judeus de Budapeste que foram mortos e arremessados dentro do rio.

— Adorável.

— As vítimas eram obrigadas a tirar os sapatos antes de serem fuziladas.

— Em Budapeste?

Por cima do ombro de Mimi, posso enxergar Kitty escalando o parapeito e se preparando para pular no rio.

— E se a gente visitar a universidade, também vamos encontrar um memorial específico sobre o qual eles não falam nem mesmo nos guias de viagem.

Eugene fica lá parado, de olho em Kitty, que se inclina na direção da água. As gêmeas não param de gritar com ela, mas não consigo escutar o que elas estão dizendo. Chip está com o celular na mão e se empolga fotografando a cena.

— Carol me disse que, entre os tijolos de um dos prédios, tem uma tira fina de cobre com os nomes dos professores e dos estudantes enviados para os campos de concentração.

— O que aconteceu com as visitas a castelos, igrejas e museus?

Mimi não interrompe o fluxo.

— Tem o Castelo de Buda também, vários banhos termais e o prédio do parlamento, que Carol disse que é maravilhoso à noite, mas que a gente não vai ter muito tempo de ver.

— A gente não vai ter tempo de ver nada, na verdade.

— Budapeste é aqui do lado, Bird. É muito perto.

Eu espero. Às vezes, quando espero, o problema desaparece. Às vezes, ele continua.

— É só pra passar o dia — Mimi diz. — Pense que é uma pesquisa.

— Pesquisa pro quê?

— Pra vida — Mimi responde. — Pense que é uma pesquisa pra vida.

MIMI NÃO TEVE uma infância muito fácil. Quando ela tinha oito anos, seu pai foi assassinado. Martin Bull Shield estava voltando do lago Waterton e precisou parar para trocar um pneu furado.

— Ele acabou sendo atropelado — Mimi disse. — E o cara fugiu e deixou papai lá pra morrer.

A mãe de Mimi enterrou o marido e se mudou com a família para Lethbridge.

— Por que vocês não continuaram na reserva?

— Acho que Lethbridge foi um jeito de se livrar da culpa e da pena das pessoas.

— Por que alguém iria culpar sua mãe pela morte do seu pai?

— Por causa do azar — Mimi me respondeu. — As pessoas começam a encarar o azar como uma doença contagiosa.

— E esse cara que matou seu pai? Ele estava bêbado?

— Provavelmente.

— Alguém conseguiu descobrir quem foi?

— Rob ou Bob alguma coisa. Incorporador imobiliário em Calgary. Apareceu no tribunal com dois advogados, a esposa, dois filhos e o pastor da igreja dele. O homem parecia que ia afundar de tanto remorso. Falou sobre sua vida e de como o negócio dele andava mal das pernas e de como a ansiedade com o dinheiro deixou ele terrivelmente deprimido.

— Então ele ficou bêbado, pulou dentro de um carro e matou seu pai?

— Ele chorou bastante quando foi inocentado.

— Ele atropelou e fugiu e mesmo assim foi inocentado?

— O juiz não quis destruir a vida de um cidadão de bem.

Na noite em que Mimi contou sobre seu pai, nós saímos para caminhar pela Golden Gate. O céu estava limpo e sem nuvens, mas as estrelas ficaram escondidas atrás das luzes da cidade.

— Em Standoff, você consegue ver as estrelas.

— O Canadá parece ser um país interessante.

— Talvez você possa dar um pulo por lá pra conhecer.

— Quem sabe, é uma possibilidade.

— Como você se sente em relação a sexo?

Era a primeira vez que eu ouvia essa pergunta de uma mulher.

— Eu te deixei chocado, Sr. Blackbird Mavrias? — Mimi se aproximou e me deu um beijo na bochecha. — O que você acha que a gente deveria fazer a respeito?

DESCOBRIMOS UM PEQUENO CAFÉ na parte da Cidade Velha que fica do lado da ponte. Pedimos mini-hambúrgueres. Cada um come um inteiro e Mimi corta o terceiro em dois para cada um beliscar uma metade.

— Pois então, amanhã a gente vai acordar cedo e correr pra estação de trem.

— E o café da manhã?

— A gente compra algum lanche na estação.

— E se eles não tiverem passagens disponíveis? — limpo minhas mãos no guardanapo. — Vai ver todo mundo está querendo ir para Budapeste ver os buracos nas paredes e o trem já está lotado.

Posso ver que não existe nenhum sinal de dúvida na mente de Mimi, então tentar bloquear o caminho dela não é a melhor das ideias.

— E, já que estamos indo para a Hungria — ela diz —, vamos precisar comprar um novo guia de viagem.

DEPOIS DA NOSSA CAMINHADA pela Golden Gate, Mimi e eu voltamos para o quarto de hotel onde ela estava hospedada. Sem esperar que eu tomasse a iniciativa, Mimi simplesmente desabotoou a blusa e tirou a roupa.

— O que está se passando aí na sua cabeça? — ela perguntou.

— Tipo, você quer dizer, agora?

E ela tirou também o sutiã.

Mais tarde, quando estávamos deitados na cama, contei a Mimi sobre meu pai. Ele não tinha sido morto por um motorista bêbado. Eu era apenas uma criança de três anos de idade quando ele abandonou a esposa e os dois filhos e nunca mais voltou. Por anos, acreditei que a culpa era minha. Mais tarde, comecei a culpar minha mãe. Só no final da escola é que percebi como, na verdade, eu nunca tinha conhecido meu pai, porque ele não era mais do que uma pilha de fotografias antigas.

— Você nunca viu seu pai de novo? — Mimi enfiou todos os travesseiros debaixo do braço para poder ficar mais alta e conseguir ver melhor meu rosto. — Ele nunca mais voltou?

A mãe de Mimi teve cinco filhos. A minha teve somente dois.

— Não sei se os números possuem um significado tão extraordinário assim — Mimi me disse. — Até porque, para uma mulher, a tal massa crítica já é meio que alcançada com um filho só.

Nossas mães não se casaram de novo, ainda que, naquela época, essa fosse a resposta esperada pela sociedade. Proteção, segurança, apoio, companheirismo. A obrigação dos homens era suprir todas essas necessidades. Mas, bom, vai saber, talvez Bernice Bull Shield tenha percebido depois da morte do marido que o único abrigo que ela poderia realmente ter na vida era o que ela construísse com as suas próprias forças.

Talvez, depois que meu pai foi embora, minha mãe tenha chegado à mesma conclusão.

E não é que os homens não tenham tentado. Alguns, inclusive, foram persistentes. Um deles chegou a me comprar uma bicicleta, uma jogada bastante agressiva contra as defesas da minha mãe.

— Ele comprou uma bicicleta pra você?
— Comprou.
— De que tipo?
— Acho que era uma Schwinn.
— E o que ele comprou pro seu irmão?

Mas minha mãe não deixou nenhum homem passar da mesa da cozinha, nada mais do que uma xícara de café. Não sei como eu teria me sentido se um padrasto de repente entrasse na minha vida, e minha mãe nunca me perguntou a respeito. Acho que, depois de ter confiado em um homem, ela não quis cometer o mesmo erro duas vezes.

Ela também não queria perder tempo em uma situação sobre a qual não teria qualquer tipo de controle. Minha mãe retomou seu sobrenome de solteira, mudou meu sobrenome e o do meu irmão, arranjou um trabalho na Southern Pacific e criou os dois filhos do jeito que dava para criar.

— Ou seja, o que seu pai ensinou pra você foi que os homens podem apenas fugir quando eles não quiserem mais ficar?

— Meu pai não me ensinou absolutamente nada.

— Mas o exemplo está lá.

Sempre me perguntei o que é que aconteceu com meu pai, se ele se casou de novo, se ele teve mais filhos ou se o remorso esmagou sua consciência e ele passou o resto dos seus dias sendo obrigado a lidar com o arrependimento.

Acho que não.

Mas imaginar as cicatrizes provocadas nele pela traição era um belo exercício.

Mimi se aconchegou no meu peito.

— Eu nunca tive uma bicicleta.

— E o que você tinha?

— Cavalos. Eram sempre cavalos.

A cama do hotel era macia demais, e precisei me apoiar em um dos cotovelos.

— Será que você poderia me emprestar um desses travesseiros aí?

— Por quê? Você está achando que vai dormir?

PORTANTO, ESTAMOS EM PRAGA.

Já é quase meia-noite. Andamos de volta para o hotel. O quarto está mais quente do que antes e, mesmo com as janelas abertas, dá para ver que a temperatura nunca vai ficar amena ali dentro. O ar-condicionado continua emitindo seus barulhos encorajadores e as aranhas continuam passeando pelo teto.

Mimi tira a roupa e se joga na cama.

— Vamos ter que acordar cedo — ela diz. — O trem sai antes das oito.

— Acho que é uma péssima ideia.

— Você prefere ficar em Praga e visitar o Museu de Penicos e Vasos Sanitários?

Eu me estico na cadeira ao lado da janela e abro um livro.

— Você pode desligar a luz?

— Não consigo ler com a luz desligada.

— Já está tarde pra ler — Mimi começa a se enrolar no cobertor. — Você pode ler no trem.

Desligo as luzes e aproximo a cadeira da janela. Ainda entra alguma luz no quarto, vinda da iluminação da ponte, mas não o suficiente para eu poder enxergar as letras na página. Algumas vezes, quando não consigo dormir, fecho os olhos e tento imaginar o que eu poderia fazer para tornar o mundo melhor.

Como gosto de respostas fáceis, costumo culpar a ganância, o racismo, a arrogância e o sexismo por todos os problemas do planeta. Coloco a culpa em indivíduos e também em empresas. Culpo ainda as normas sociais e as estruturas políticas que permitem que ideias e comportamentos tão destrutivos tomem forma e se desenvolvam.

Alinho todos eles contra a parede.

Claro, não é essa a solução.

Mas é melhor do que não fazer nada.

É com esse espírito que começo a minha noite, sentado quieto em uma cadeira, alimentando a minha raiva. E, de uma hora para outra, essa raiva já se virou contra mim mesmo. O que eu fiz para tornar o mundo um lugar melhor? Escrevo histórias. Tiro fotos. Ou era o que eu costumava fazer. Porque, agora, na real, não faço mais nada.

Não importa, cara, ninguém nunca lia suas merdas mesmo. Eugene se inclina em cima do aquecedor, com as mãos enfiadas nos bolsos. *Aquelas porcarias sentimentaloides.*

Ele quase levou um tiro em Oka, Desi lembra Eugene.

Verdade, Eugene diz, *mas eles erraram.*

E ele recebeu aquelas ameaças de morte por causa da matéria sobre a intervenção da Kinder Morgan.

Ameaças de morte?, Kitty pergunta. *Nós estamos recebendo ameaças de morte?*

As gêmeas estão sentadas juntas na cama. *Que tal a gente puxar uns assuntos mais alegres, hein?,* Didi interrompe.

Que tal você parar de sentir pena de você mesmo, Chip late para mim, *e começar a distribuir umas porradas pela rua? Aí, sim, você vai se sentir melhor.*

Às vezes, quando Eugene e os Outros Demônios se reúnem contra mim, eu revido. Blackbird Mavrias, eu começo, membro das Primeiras Nações, fotojornalista, vencedor de um prêmio canadense de Fotografia do Ano e de um prêmio do Mérito Aborígene.

Agora é só conseguir um dólar e cinquenta e você pode comprar um café no Timmy's, Eugene diz.

E essas ameaças de morte?, Kitty pergunta.

Também ganhei um prêmio da Associação Canadense de Jornalistas pela excelência na prática da profissão.

Você começa a bater na galera, Chip diz, *e eles começam a prestar atenção.*

Notícia velha, Eugene diz. *Você é notícia velha.*

Eu, então, deixo Eugene e os Outros Demônios se virarem sozinhos. Chip começa um bate-boca com Eugene, e Kitty tenta assustar as gêmeas com suas histórias catastróficas. E, na segurança de uma cadeira confortável, volto a salvar o mundo com o pujante poder da minha imaginação.

MIMI E EU PASSAMOS a noite inteira acordados naquele quarto de hotel em São Francisco.

— Pois então, o que você sabe sobre o Canadá?

— Rose Marie.

— Rose Marie?
— É um filme — eu disse a ela. — Minha mãe me levou pra eu assistir junto com o meu irmão.

Esse filme era péssimo, mas me lembro de ter ficado impressionado com as paisagens canadenses, especialmente os rios selvagens. Eu me perdia imaginando os lobos assombrando as margens, os pumas caçando entre as árvores, por cima da água congelada, os ursos pardos agachados à sombra de uma cachoeira.

Mimi estava se divertindo.

— É isso? Um filme?

Nós não tínhamos nada parecido em Roseville, nada que pudesse ser comparado aos rios selvagens no filme. Tínhamos o Dry Creek, uma vala marrom e modorrenta cuja água serpenteava entre vales e arbustos de carvalho e era a casa de uma gangue desconjuntada de ratos-almiscarados e de uma flotilha preguiçosa de carpas obesas.

Em *Rose Marie*, o Canadá parecia limpo e refrescante. Não vi nenhum dos atores suar ou dar um tapa para matar um mosquito.

— Na verdade, era um musical. Ambientado no Canadá. Montanhas, florestas. Os policiais a cavalo.

— Aqueles policiais que cantam?

— Os policiais não cantam no Canadá?

Mimi caiu na risada. A noite acabou e ela continuava dando risada.

MIMI ME ACORDA às seis na manhã seguinte. Ainda estou na cadeira e, mais uma vez, meu pescoço está duro e o mundo não é um lugar melhor graças aos meus esforços intelectuais.

— Você pegou seu kit diabetes?
— Peguei.
— Agulhas, insulina, tiras de glicemia?
— Peguei.

— Dinheiro, câmera, óculos escuros, chapéu?

Eu mostro os itens um a um e Mimi confere sua listinha de viagem.

— Você vai amar Budapeste.

— Não, não vou.

— Pois se lembre de como você não queria ir para Atenas — ela diz. — Você lembra como no final foi ótimo?

A estação de trem está lotada, ondas de passageiros se derramam por todos os lados. Mimi hesita por um segundo e depois mergulha na multidão e segue para a bilheteria. Eu fico para trás, torcendo para o trem até Budapeste não ter mais assentos disponíveis ou para que a mulher no guichê não saiba falar uma palavra sequer de inglês.

Depois da Cidade Velha e da ponte Carlos, eu esperava que a estação estivesse incrustada em alguma relíquia em ruínas, e de fato existe uma área mais antiga que é histórica e ornamentada, mas o terminal é moderno e iluminado com radiantes pilastras vermelhas e detalhes em azul. Largas rampas te levam para cima e largas rampas te levam para baixo. Um lugar rápido e eficiente, desde que você saiba para onde está indo.

Mimi de repente se destaca da massa de passageiros, com um carregamento de folhetos nas mãos.

— Comprei as passagens e um mapa — ela diz. — Nenhum guia de viagem, mas esse mapa indica os lugares que a gente precisa visitar em Budapeste.

— A gente não vai chegar lá antes do meio da tarde, é isso?

— Você não poderia estar mais certo.

— Então a gente vai descer do trem, olhar os buracos de bala e voltar pro trem? Não vai dar tempo de conhecer muita coisa.

— Bom, não acho que vamos morrer se passarmos uma noite na cidade, né?

— Passar uma noite na cidade?

— Exato, descobri esse hotel bem interessante no centro de Budapeste — Mimi me entrega um dos folhetos. — O hotel Astoria. Os nazistas usaram o lugar como quartel-general na Segunda Guerra Mundial e a KGB também ocupou o hotel quando a Rússia invadiu a Hungria.

— A gente não pode passar a noite em Budapeste.

— Uma decoração estalinista chique e muito bem localizado no centro da cidade.

— Mas nós já temos um quarto reservado aqui em Praga.

— E vamos continuar a ter esse mesmo quarto quando nós voltarmos.

A gente realmente vai para Budapeste?, Kitty abraça o próprio corpo. *Você se lembra do que os russos fizeram com o Imre Nagy?*

Uma tela gigante ocupa o centro da estação, mostrando os trens e as plataformas. O nosso trem não está na lista.

— Eles não avisam sua plataforma com antecedência?

— Só uns quinze minutos antes da saída do trem.

Kitty está girando em volta de si. *Por que a gente não vai logo pra Chernobyl ou para Fukushima, já que nós estamos aqui?*

— A gente nem sabe onde é que ficam as plataformas.

O trem só vai sair perto das oito, então temos tempo para procurar alguma coisa para comer. Mimi já está com o guia de viagem de Praga nas mãos e examina as nossas opções.

— Eles têm um Šalanda e um Burger King aqui, mas nenhum dos dois é muito bem avaliado — Mimi vira a página. — A gente pode ir no Coffee Day, mas parece que eles só servem café e muffins.

— Nenhum restaurante por perto?

— O restaurante Zvonice é bem ao lado da estação — Mimi responde —, mas eles só abrem depois das onze e meia.

— Alguma loja de conveniência?

Mimi vira mais algumas páginas.

— Billa. Vamos tentar esse Billa.

NA ÚLTIMA NOITE que Mimi passou em São Francisco, jantamos no Tad's Steakhouse, na rua Powell.

— Carne, pão de alho, salada e batata assada — abri a porta para Mimi com a mesma pompa dos cavalheiros dos filmes. — Melhor jantar da cidade.

— Além de ser econômico — Mimi me disse. — É o que eu mais gosto em um homem.

— O que você acha de amanhã irmos na Cliff House?

— Não posso. Amanhã viajo de volta para Toronto.

Eu tinha me esquecido desse detalhe.

— Você mora em Toronto?

— Guelph.

— Guelph?

Mimi me entregou um cartão de visitas.

— Dou aula de artes na universidade.

— Pensei que os Blackfoot se concentrassem em Alberta. E em Montana.

— Minha mãe mora em Alberta. Na reserva, em Standoff.

— Mas você mora em Ge... Gel...

— Guelph — Mimi disse, com uma pontinha de irritação na voz. — Você por acaso mora com a sua mãe?

— Se eu quiser te ver de novo, preciso ir até Guelph?

Depois do jantar, fomos numa festa de rua na Union Square. Um trio estava se apresentando, com guitarra, baixo e um saxofone. Eu não era muito de dançar, Mimi também não, então ficamos em pé no mesmo lugar e nos mexemos para frente e para trás até a banda parar de tocar e todo mundo ir embora.

TENHO ESSA EXPECTATIVA recorrente de que, se vamos viajar para lugares fascinantes, nós sempre vamos nos surpreender e nos maravilhar com as descobertas que essas cidades nos oferecem. Claro que é um equívoco e, assim que entramos no tal Billa, percebo que esse mercadinho na estação de trem não vai ser uma exceção à regra.

— A gente pode comprar uns iogurtes para o café da manhã — Mimi diz enquanto andamos pelos corredores da loja — e uns sanduíches para o almoço.

— Como a gente faz em casa.

— Bird, se a comida for exótica e inusitada, você não vai querer comer.

— Consigo lidar se ela for levemente inusitada.

— Olha, eles têm presunto e queijo aqui.

Mimi pega um iogurte e dois sanduíches, além de algumas bananas. Eu investigo as embalagens de carne flutuando no gelo e as prateleiras de Kinder Ovo e as de chocolates embalados em papel fluorescente.

Mimi segura um coco e avalia o peso da fruta com a mão.

— O que você acha?

— Você quer comprar um coco pra gente levar na viagem até Budapeste?

Que tal se nós comprarmos o coco, Kitty diz, *mas continuarmos em Praga?*

— Você vai precisar de um martelo pra abrir.

Eu e Didi vamos querer um sorvete, Desi diz. *Sorvete sempre levanta a nossa moral.*

Não estou vendo as proteínas aqui, Chip diz.

— A gente pode bater contra alguma coisa dura ou talvez arremessar no chão — Mimi sugere.

O que vai fazer esse coco se despedaçar em um milhão de pedaços, Kitty diz, *e acabar acertando o olho de alguém.*

Deixamos o coco no cesto e pagamos as compras. Mimi anda até o terminal principal e fica em pé na frente da tela que informa as partidas e as chegadas. De tempos em tempos, os horários dos trens são atualizados. Às sete e quarenta e cinco, a nossa plataforma ainda não foi anunciada.

— Talvez o trem tenha sido cancelado — eu digo, tentando, sem muito sucesso, soar mais preocupado do que esperançoso.

Às sete e cinquenta e três, o número do nosso trem aparece na tela. Plataforma doze. Embarque imediato. Todos a bordo.

— Por aqui — Mimi diz.

Eugene empurra Kitty. As gêmeas pulam na nossa frente. Chip vem logo atrás. Carrego a mochila e Mimi carrega as passagens e os folhetos.

E assim partimos para a nossa aventura na Hungria.

VI

Portanto, estamos em Praga.

E, apesar de não conhecermos absolutamente nada da estação, Mimi encontra a plataforma doze já na primeira tentativa.

Até Kitty fica impressionada.

Só que, na sequência, cometemos o erro de entrar pelo lado errado do trem e, como resultado, somos obrigados a nos espremer entre os passageiros e pular as bagagens empilhadas pelos corredores. Para piorar, ainda estamos atravessando de um vagão para o outro quando o trem decide começar a viagem e me joga contra um homem gigantesco, nem um pouco amistoso, que se irrita muito mais ao perceber que eu não conheço o idioma e que não tenho condições de compreender toda a dimensão da sua raiva.

Logo depois, encontramos nossos lugares.

Mimi se senta na janela, eu pego a poltrona do corredor. Em países onde não falamos nada da língua local, não importa muito se o trem está cheio ou vazio. Estamos por nossa própria conta e risco e, a menos que a estúpida sorte resolva se intrometer e jogue no nosso colo um turista que por acaso fale inglês, nossa única opção é realmente tentarmos conversar um com o outro.

— Você está com fome?

— Não.

— Às vezes, quando está com fome, você fica mal-humorado.

— Não estou mal-humorado.

— Mas você não acha que ir para Budapeste é uma boa ideia.

— É uma aventura.
— Aqui — Mimi diz. — Coma uma banana.
— Não quero comer banana.
— Coma mesmo assim.

Nosso trem de Praga para Budapeste não é tão equipado quanto o trem que usaram na refilmagem de *Assassinato no Expresso Oriente*, de 2017, com seus vagões ornamentados e opulentos, todos com estofamento em tecido brocado e cortinas pesadas, superfícies delicadas e penumbras.

Um salão vitoriano sobre rodas.

O nosso é coberto de aço e ferro, um trem frio e brutal, um transporte transiberiano de prisioneiros em direção a um gulag qualquer.

— Não é ruim — Mimi me diz. — É melhor do que dirigir pela rodovia 401 no horário de pico.

Com vinte minutos de viagem, uma senhora idosa entra na nossa cabine e senta. Eu sorrio para ela. Ela sorri para mim. Eu olho para a janela com uma indiferença deliberada e coloco em prática meu jogo de deduções sherlockianas.

NÓS FOMOS PARA A GRÉCIA logo depois do colapso financeiro e um pouco antes dos grandes incêndios. Mimi passou um mês inteiro planejando a viagem.

— Primeiro vamos para Creta — ela me disse.
— Creta?
— E aí Santorini. A gente não pode ir para a Grécia e não visitar nem Creta, nem Santorini.

Em Chania, nos hospedamos no Palazzo di Pietro, na Agion Deka, um pequeno hotel administrado por uma mulher e pelo pai dela. Passeamos pela Cidade Velha, vagamos pelas ruas estreitas, paramos nas lojinhas e nos estandes de artesanato ao ar livre e comemos nos pequenos restaurantes recomendados pelo nosso guia de viagem.

Também caminhamos pelo quebra-mar que protegia o porto e pedimos a um casal australiano para tirar uma foto nossa em frente ao farol veneziano.

Em Oia, alugamos um apartamento que terminou não sendo tão bom quanto parecia ser pela propaganda. Ele deveria ter vista para a caldeira do vulcão e, no final das contas, tinha, desde que você se inclinasse na pontinha do telhado. O resto da paisagem era bloqueada por uma loja de conveniências com um restaurante no segundo andar. Então, do nosso quarto, a gente assistia os turistas se divertindo com a vista que nos tinha sido prometida.

Fiquei irritado com essa situação, mas Mimi não perdeu a compostura.

— Não é tão importante assim — ela disse. — Se você quer ver a caldeira do vulcão, tudo que a gente precisa fazer é andar pela rua principal.

Passeamos por Oia. Vagamos pela rua principal, paramos nas lojinhas, comemos nos pequenos restaurantes recomendados pelo nosso guia de viagem. Descemos trezentos degraus até a baía de Amoudi, desviando de turistas montados em mulas e pulando por cima das várias pilhas de esterco. Pegamos o ônibus para Fira e caminhamos pela trilha ao redor da borda do vulcão.

— Atenas não vai ser tão turística — Mimi prometeu. — Vamos pesquisar sobre Tio Leroy e o show de faroeste e aí vamos para Kymi procurar pelo seu avô.

Nós não íamos encontrar meu avô. Ele morreu quando eu tinha três anos de idade. Eu só o conhecia pelas histórias que minha mãe contava.

Aquela vez que eu tentei subir atrás dele em uma escada.

O dia em que coloquei um chapéu de caubói e roubei todos os seus pertences sob a mira de uma arma.

A tarde em que me sentei com ele no jardim e comi tomate direto do pé.

— Talvez você encontre alguma tia-avó — Mimi disse.
— Ou algum primo distante.

— Ele foi embora de Kymi no início do século vinte. Não vamos encontrar ninguém que ainda se lembre dele.

E, mesmo que descobríssemos algum parente meu, o que eu iria fazer? Eles seriam completos estranhos para mim. O laço sanguíneo não é o único elemento que conecta uma família. Nós não teríamos nenhuma história para compartilhar. Não teríamos nenhuma memória para lapidar. Teríamos apenas um ancestral em comum, algum dinheiro no bolso e nada mais.

— Você está animado pra conhecer Kymi?

— É um ouro de tolo.

— E nós somos os tolos que vão garimpar aquele lugar.

A MULHER SENTADA PERTO da gente veste um leve terno de lã, com uma padronagem xadrez e lapelas largas demais para serem contemporâneas. Do tecido, exala um suave aroma de naftalina. É uma roupa que devia estar guardada no armário ou em um baú há um certo tempo já.

Será que Mimi também percebe esse tipo de detalhe?

Decido que o nome da mulher é Olga.

Ela é de meia-idade. A pele é clara, o cabelo está bem cuidado, os dentes são alinhados. Olga é uma pessoa meticulosa.

E então as contradições aparecem. Suas roupas sugerem que ela não é uma mulher rica, mas sua presença em uma cabine da primeira classe contesta esse meu argumento. O fato dela viajar para Budapeste sem nenhuma bagagem de mão me leva a acreditar que ela é uma viúva que vive à base de pensão, uma húngara que retorna para casa depois de visitar uma filha ou um filho em Praga, e que foi essa pessoa a quem Olga acabou de visitar que comprou para ela uma passagem na primeira classe.

Quero compartilhar minhas descobertas com Mimi, mas existe a remota possibilidade de Olga falar inglês, e pode ser que ela não queira ter sua pobre vida exposta desta maneira em público.

Pela janela, a paisagem tcheca passa pelos meus olhos em alta velocidade. Não vejo nenhuma diferença em relação a outras partes do mundo. Poderíamos estar viajando de Guelph para Toronto ou até pelo Vale Central, na Califórnia.

Mimi se encosta no meu ombro.

— É impressionante — ela murmura. — Semana passada, a gente estava em Guelph e agora estamos em um trem para Budapeste.

Não percebo o homem até vê-lo na entrada da nossa cabine. É um homem largo, loiro, com a cara suada, vestindo calça social, camisa polo azul e uma jaqueta corta-vento escura. Ele chega acompanhado de duas malas enormes.

— Na próxima vez — ele diz em inglês para minha pensionista húngara —, a gente vai de avião.

EM RELAÇÃO A TIO LEROY e à bolsa Crow, Atenas foi um fracasso. Nós não encontramos nenhum registro de um show de faroeste no período que ele teria visitado a cidade e, no fim, não descobrimos qualquer informação que sequer sugerisse a presença de Leroy Bull Shield pela capital grega.

— Mas temos o cartão-postal — Mimi me disse —, então sabemos que ele esteve aqui.

Fomos para a Acrópole, caminhamos pelo Arco de Adriano, visitamos o Museu da Acrópole e o Museu Arqueológico Nacional e atravessamos a anarquia do trânsito de Atenas até uma loja de komboloi na praça Amerikis.

— Você deveria comprar um.

— Um índio carregando um cordão de contas grego contra estresse?

— Você não é uma coisa só, Sr. Mavrias — Mimi disse. — *Eu sou imenso. Eu contenho multidões.*

Nunca dei muita importância para Walt Whitman, mas fiquei particularmente interessado em um cordão com contas de ébano e detalhes em bronze.

— A gente pode levar para o próximo pow-wow — Mimi disse. — Blackbird Mavrias. Baqueta de tambor em uma mão e um komboloi na outra.

Então comprei o cordão e o cara da loja me mostrou como rodar o komboloi no dedo e segurá-lo na mão.

— Quem diria, hein? — Mimi disse. — Você tem um talento natural.

Dormimos por duas noites em Atenas. Kymi ficava somente a duas horas e meia de distância, só que, depois de assistir os motoristas e pedestres se estapearem pela avenida Andrea Syngrou, preferi contratar um translado para nos levar até lá. Claro, eu poderia ter alugado um carro, mas, no final das contas, dirigir por estradas desconhecidas e tentar ler as placas em grego enquanto Kitty repetia sua ladainha catastrófica no banco de trás me pareceu ser a pior ideia possível.

Na manhã seguinte, nosso motorista já estava nos esperando na saída do hotel. Ele segurava uma placa com um *Mavrias* escrito à mão.

— Eu sou o Mavrias.
— Bom dia, bom dia.
— Translado até Kymi?
— Kymi? Sim.
— Quanto tempo demora a viagem?
— Kymi. Sim.

Quando contratei o serviço, pedi por um motorista que soubesse falar inglês. Eu só não especifiquei o nível de fluência desejado.

— Você fala inglês, então?
— Kymi. Sim.

A viagem teria sido bem melhor se o nosso motorista nos apresentasse os pontos turísticos da região, ou se ele não passasse o caminho inteiro conversando com alguém pelo telefone.

— É a namorada dele — Mimi sussurrou no meu ouvido, quando pegamos a estrada no sentido norte. — Ou talvez a esposa.

— Você não sabe falar grego.

— Não preciso — Mimi respondeu.

Olhando o mapa, eu imaginava que Kymi estaria à beira do mar Egeu. Mas não estava. Você precisa subir as colinas em cima do porto até chegar a uma vila com mais ou menos dois mil habitantes, construída nas encostas e entroncamentos de uma paisagem rochosa.

— Devia ser menor quando seu avô era criança — Mimi me disse enquanto atravessávamos a rua principal de carro. — Mas aposto que não mudou muito desde aquela época.

Reservei um quarto no Archontiko Kymis, com vista para a vila e para o mar.

— Só são quatro e meia, mas estou morrendo de fome.

A recepcionista falava inglês o suficiente para nos recomendar um restaurante, um lugar chamado Kapitsalio, era só descer a rua e dobrar a esquina.

— É o restaurante que nós vimos logo quando entramos na cidade. Aquele com um cara segurando uma cerveja e um garfo na placa — Mimi disse. — Tomara que eles tenham um cardápio em inglês ou alguma coisa com imagens.

O Kapitsalio ficava em um prédio de estuque amarelo, com um pequeno pátio coberto na frente.

— Você quer sentar do lado de fora ou lá dentro?

— Do lado de fora — Mimi disse. — Estamos na Grécia.

Não entendi muito bem a conexão entre *Grécia* e *do lado de fora*, mas o clima estava agradável e nós podíamos sentar e ver os carros passando pela rua.

O cardápio veio todo em grego. Meu conhecimento do idioma não era tão inexistente assim: eu sabia como pedir para a pessoa me emprestar um carro e conseguia cantar a *Christos anesti*, a saudação pascal da Igreja Ortodoxa Grega.

— Signomi, milate agglika? — perguntei para a mulher que nos trouxe os cardápios.

— Okhi — a mulher respondeu, com um movimento de cabeça.

— Então vamos precisar adivinhar? — Mimi perguntou. — Acho que pode ser uma brincadeira bem animada.

— Perimene ena lepto, parakalo — a mulher ergueu uma mão, depois abaixou e voltou para dentro do restaurante.

— O que você quer fazer?

— Acho que o melhor é a gente fechar os olhos e apontar para um item aleatório no cardápio — Mimi disse. — Vamos colocar nosso destino nas mãos dos deuses.

— Os deuses não existem.

— Se você tentar imitar uma galinha, talvez a gente consiga algum prato com ovo.

Estudei o cardápio na esperança de encontrar alguma palavra vagamente familiar. E eu já estava lendo o negócio pela segunda vez quando uma motocicleta estacionou ao lado do restaurante e um homem alto com barba se aproximou da gente.

— Olá, olá — ele disse, com um leve sotaque.

— Olá — Mimi respondeu.

— Eu sou Nikos — o homem disse, abrindo os braços como se fosse abraçar o mundo. — Eu sou o seu cardápio em inglês.

Nikos, no final das contas, era o dono do restaurante e, para diversão de Mimi, ele se sentou com a gente e explicou todas as nossas opções no cardápio. Mimi pediu espaguete e frango. Eu escolhi um prato de porco servido com um molho branco cremoso e batatas fritas.

— Eu trabalhei em Nova Iorque — Nikos nos disse. — Meu inglês veio de lá.

— Mimi Bull Shield — Mimi se apresentou para Nikos. — Sou dos Blackfoot de Alberta, no Canadá.

— Blackfoot?

— E esse aqui é Blackbird Mavrias. Ele é um Cherokee.

— Mavrias?

— Isso.

— Mas esse é um sobrenome grego.

— O avô de Bird era grego — Mimi explicou. — Ou melhor, ele nasceu e foi criado em Kymi.

— Não!

— Sim.

— Seu pappou?

Pappou. Outra palavra que eu conhecia. Avô.

— Ele é de Kymi?

— Sim — eu disse. — Estou na esperança de descobrir algum parente meu por aqui.

— Sim, claro — Nikos disse. — Mas Mavrias não é um nome que eu já tenha ouvido falar em Kymi.

— Não?

— Mas existem várias vilas ali, ali e ali — Nikos disse, apontando para várias direções ao mesmo tempo. — Bem perto. Pode ser que ele seja de alguma delas.

A comida era excelente. Aquele tipo de comida caseira que é realmente comida caseira. Provei um pouco do frango de Mimi. Ela comeu quase todo meu porco.

— Androniani — Nikos nos disse durante o café. — E temos também Vitala e Maletiani.

— Minha mãe me disse que ele era de Kymi.

— Você precisa ir na prefeitura. Eles têm todos os registros lá. Se ele nasceu aqui, eles vão ter o nome dele nos livros.

— Escuta isso, Bird — Mimi disse. — A prefeitura tem os registros.

— Você tem a sorte de ter sido o seu pappou — Nikos emendou. — Se tivesse sido sua avó, seria mais difícil encontrar os registros.

Eu não quis perguntar por quê. Já tinha entendido. E imaginei que Mimi também tivesse entendido, mas ela, no fim, fez a pergunta.

— Por quê?

— Bom — Nikos disse —, até perto da Segunda Guerra, ninguém registrava as mulheres.

— A menos que elas se casassem — Mimi não estava sorrindo, mas, para alguém que não a conhecesse, aquela expressão no seu rosto até *poderia* ser um sorriso. — E se elas tivessem filhos.

— Exatamente — Nikos disse. — Claro, hoje em dia isso seria...

— Sexista?

Nikos se encolheu.

— Mas naquele tempo...

Entramos pela noite no Kapitsalio enquanto Nikos se revezava entre seus outros clientes e suas histórias dos tempos de Manhattan.

— Agitado. Barulhento. Qualquer coisa que você quer, você consegue. Algumas coisas que você não quer, você consegue também.

Mimi não conhecia Nova Iorque.

— Mas por que você foi?

— Porque todos os gregos querem conhecer Nova Iorque. A Grande Maçã. Os Yankees. A Estátua da Liberdade. O Central Park. Meu tio se mudou para Nova Iorque. E outros dois primos meus também.

O jantar todo custou menos de quinze dólares.

— Foi por lá que o avô de Bird entrou no país — Mimi pagou a conta e deixou uma gorjeta generosa. — Pela Ellis Island.

Nikos nos acompanhou pela rua até a esquina. As luzes da vila eram suaves e aconchegantes. As estrelas preenchiam o céu sobre as nossas cabeças. Eu me perguntei quanto do lugar tinha realmente mudado desde que meu avô era criança.

— Prefeitura — Nikos gritou ao voltar para o restaurante. — Amanhã. Prefeitura.

A MULHER NO TREM se chama Trudy. O marido dela se chama Jim. Eles são os Blunds, de Orlando, Flórida. Trudy dava aulas para crianças. Jim era um representante de vendas da Nestlé. Agora os dois estão aposentados.

— Acabamos de vender a nossa casa — Trudy nos diz — e aqui estamos nós.

— Tchau, Orlando — Jim diz.

— A gente tinha uma casa adorável — Trudy diz. — Campo de golfe. Piscina comunitária. Quadras de tênis.

— Segurança vinte e quatro horas — Jim diz —, o que sempre foi ótimo pra gente.

— Mas seis meses atrás, alguém invadiu a nossa casa — Trudy diz, enquanto alisa o cabelo. — Levaram duas tevês, várias joias, nosso sistema de som e o computador de Jim.

— Depois descobriram que um dos seguranças estava envolvido — Jim diz. — Vou dizer pra vocês, eu não dou mais dois centavos por esses condomínios fechados.

Quero que a conversa morra aí e todo mundo continue em silêncio pelo resto da viagem, mas dá para ver que Mimi está curiosa com a história de Trudy e Jim.

— Então vocês não têm uma casa pra voltar depois?

— Nada.

— E onde vocês vão morar?

— Bom — Trudy diz —, primeiro nós vamos cruzar o rio e depois a gente decide.

— De Budapeste até Amsterdã — Jim diz.

— Alguns amigos nossos fizeram essa viagem no ano passado — Trudy diz. — Disseram que é espetacular.

— Apesar dos problemas com o nível da água.

— Eles precisaram descer em dois pontos da viagem e seguir de ônibus.

— Não é exatamente um cruzeiro, se você precisa pegar um ônibus — Jim diz.

— Então pesquisei todos os cruzeiros que vão de Budapeste para Amsterdã — Trudy diz — e descobri uma empresa com um barco de calado raso que consegue navegar mesmo com o nível baixo da água.

— Vocês pensam em voltar pra Flórida depois? — Mimi pergunta.

— Acho que não — Trudy diz. — A Flórida está cada vez mais cheia.

— E cheia com as pessoas erradas — Jim diz. — Nós perdemos o controle das cidades.

— Nossa filha mora no litoral do Oregon — Trudy diz. — Eu não acharia ruim morar perto do mar.

— Eu não dou dois centavos pelo oceano, pra falar a verdade.

— Nosso filho mora no Colorado — Trudy diz. — Mas é difícil saber onde você vai ficar confortável, até já ser tarde demais.

— A gente deveria dar uma pesquisada no Texas — Jim dá um apertão em Trudy. — Aposto que você consegue descobrir umas roupas bem decentes em Dallas.

Trudy abre sua jaqueta para podermos ver a etiqueta.

— Eu tenho essa paixão por roupas antigas.

Jim solta um rosnado.

— Ela se veste igual à minha avó.

Trudy devolve um sorriso e dá um tapinha no joelho de Jim.

— Ele não quer me magoar. Mas acaba me magoando.

— Um touro em uma loja de porcelana — Jim se esparrama no assento e abre bem as pernas, como se fosse dono de todo o espaço do planeta. — Essa é minha descrição mais perfeita.

— Mas ele é meu touro — Trudy diz. — Então, vocês são do Canadá?

— Somos — Mimi responde.

— Sistema métrico? — Jim diz. — Dois idiomas? Sistema de saúde público?

— Exatamente.

— Não dou dois centavos por essa medicina socializada.

Eu me inclino e fecho os olhos. Mimi que se vire com Trudy e com Jim Dois Centavos. Quero guardar minha energia para Budapeste. Se conheço Mimi, sei que ela vai querer caminhar pela cidade inteira.

— E por que vocês estão indo para Budapeste? — Trudy pergunta.

— Vocês sabem, né, a Hungria enfrenta um problema sério com os refugiados — Jim diz. — Os sérvios estão invadindo o país.

— Os sírios — Trudy diz. — Nós vimos no jornal.

Demoro um pouco, mas então lembro. A reportagem na televisão. Os homens com mochilas, as mulheres com placas, as crianças com brinquedos, os policiais com capacetes, escudos e armas.

Não tinha acontecido nenhum tumulto.

Jim tira o celular do casaco e ergue o aparelho.

— Eu recebo todas as dicas de viagem aqui. Tem uma sobre Budapeste.

— O que você fazia na Nestlé? — Mimi pergunta.

— Subdivisão de água engarrafada — Jim responde. — Eu cuidava da maior parte da Costa Leste.

Minha mão aperta a coxa de Mimi na mesma hora, mas já é tarde demais.

— No Canadá — ela diz —, existe toda uma discussão em relação ao consumo de água engarrafada.

Jim revira os olhos.

— Deixa eu adivinhar — ele diz. — Água engarrafada deveria ser uma coisa proibida. As garrafas de plástico são uma praga pro meio ambiente. Leva setecentos anos pro plástico se decompor. Oitenta por cento das garrafas nunca são recicladas. A cada ano, mais de trinta e oito milhões de garrafas acabam em aterros sanitários — Jim faz uma pausa e ajeita os ombros. — É por aí?

Eu aperto a coxa de Mimi um pouco mais forte.

— Você se esqueceu de falar da quantidade de óleo e de água que se usa pra fabricar todas essas garrafas — ela diz. — Ou que noventa por cento do custo de uma garrafa de água é na verdade a própria garrafa.

Jim ergue as mãos.

— Eu confesso. Eu sou o diabo encarnado.

— As garrafas de água são muito populares — Trudy diz. — Se as pessoas querem comprar, elas vão comprar.

— Tentaram proibir o álcool lá em 1920 e olha no que deu — Jim ajeita as pernas e se levanta. — Vou procurar a salinha dos meninos. Mas, se vocês se apressarem, conseguem preparar uma forca até a hora que eu voltar.

Mantenho minha mão na coxa de Mimi. Ela não fala nada. Até que ela fala.

— Me desculpe se eu irritei seu marido.

Trudy endireita o corpo.

— Ele não é um homem ruim, mas ele não é particularmente flexível.

— Bird também não é — Mimi responde.

Jim Dois Centavos demora para voltar. Trudy e Mimi conversam sobre roupas antigas por uma hora e, como Jim continua sem aparecer, Trudy resolve sair para procurar o marido.

— Eles não vão voltar — eu digo a Mimi, depois que Trudy sai da cabine.

— Mas as bagagens deles continuam aqui.

— Eles vão pegar as malas quando o trem chegar em Budapeste.

— É triste não ter uma casa — Mimi diz. — Mas deve ser melhor assim.

— Por que melhor?

— Porque é óbvio que eles não vão continuar juntos — Mimi diz. — Não ter uma casa vai facilitar o divórcio. Você realmente precisa prestar mais atenção nas pessoas, Bird.

NA MANHÃ SEGUINTE, saímos para procurar a prefeitura. Kymi não era assim tão grande, mas encontrar a prefeitura se mostrou uma operação muito mais labiríntica do que eu imaginava. As orientações chegavam em fragmentos. Suba a rua. Desça aquela viela. Atrás da igreja. Em cima da estação de ônibus. Logo depois da escada.

Mas não estávamos com pressa, e aproveitei para praticar com o meu komboloi.

— Esse é o jeito certo de se conhecer um lugar — Mimi disse depois de darmos a volta em um quarteirão pela terceira vez.

Até que, em algum momento, encontramos a tal prefeitura, um prédio que já tínhamos visto inúmeras vezes. Mimi foi quem notou a bandeira.

— Uma bandeira grega — ela disse, apontando o prédio. — É a prefeitura.

— Tem certeza?

— Eles não vão hastear uma bandeira no mercado de peixe.

A maioria dos guias de viagem não destaca as prefeituras do mundo como grandes destinos turísticos, e essa displicência é, na verdade, bastante justificada. A prefeitura de Kymi não era uma exceção à regra. Era uma estrutura velha, que não desabava, mas também não conseguia ficar exatamente de pé. Meio que um prédio público daqueles que você encontra em qualquer cidade do planeta, de Havana a Missoula, de Lethbridge a Limerick, de Quito a Chengdu. Uma fachada branca tediosa com um interior escuro de luzes suaves e sombras. Não chegava a ser sombrio e pantanoso. Era só envelhecido. A casa de sua avó com as janelas e as persianas fechadas.

— Você vai ter que falar com eles — Mimi me disse.
— Claro.
— Seu grego é bom o suficiente pra isso?
— Pode apostar que sim.
— Você quer o guia de frases?

A primeira coisa que um viajante de língua inglesa precisa saber quando vai para um país estrangeiro é como se diz *Você fala inglês?* no idioma local. Em grego, essa pergunta primordial se traduz como *Signomi, milate agglika?*

E as pessoas geralmente te respondem: *Okhi*.

Mas, se você repetir a pergunta várias vezes, você talvez consiga encontrar alguém que te responda: *Nai*.

E eu encontrei.

Um homem de seus cinquenta anos que parecia ter nascido no prédio e nunca ter saído de lá.

Expliquei a situação do melhor jeito que consegui.

— Seu pappou nasceu aqui?
— Nasceu.
— Mas ele vai para a América?
— Para se juntar com o irmão mais velho dele — eu disse.
— E não volta mais.
— Exato — eu disse. — Ele foi para a Califórnia, conheceu minha avó e eles tiveram quatro filhos.
— Mas você volta para a Grécia — o homem disse.
— Eu sou o primeiro da família a retornar — eu respondo a ele.

O funcionário pensou por um momento, caminhou até um computador, apertou algumas teclas, olhou para a tela. Aí ele foi até uma estante e retirou um livro de registro. Era um daqueles livros que você só vê nos filmes. Alguma coisa no estilo de *Harry Potter*. Grande, dourado, empoeirado. Um livro que já existia antes mesmo dos egípcios construírem as pirâmides.

— Mavrias?
— Isso — eu disse. — Correto.

Ele abriu o livro e correu o dedo por colunas de primorosos registros manuscritos. E então virou a página. E mais uma. E mais uma.

— Aqui — ele disse, apoiando o dedo em cima do papel. — Mavrias. Giannis.

— Era esse o nome do meu bisavô.
— A esposa dele é Eleni?
— Exato. Giannis e Eleni Mavrias.
— E seu avô?
— Thomas.
— Sim — o homem disse. — Aqui está ele. E um irmão, Georgios.

Eu não esperava encontrar vestígios do meu avô. E, mesmo assim, ali estava ele. Um nome em um livro mais velho do que eu. Meu avô e o irmão dele. E meus bisavós. Vivos de novo.

— Mas — o funcionário da prefeitura me disse — ele não nasceu em Kymi. A família é de Maletiani.

— É uma das vilas que Nikos comentou — Mimi disse. — Que ótimo.

— Quatro quilômetros até Maletiani — o homem disse.

— Você ouviu isso, Bird? Quatro quilômetros — Mimi me abraçou. — A gente pode ir até lá caminhando.

EU ESTAVA CERTO. Os Blunds não reaparecem até o trem parar na estação ferroviária Budapeste Keleti.

— Qualquer dia desses — Trudy diz —, eu adoraria visitar o Canadá.

— Tomem cuidado em Budapeste — Jim diz, puxando suas malas pelo corredor. — Os tempos estão desesperadores. E as pessoas estão desesperadas.

Mimi demora para se levantar. Ela espera sentada enquanto os outros passageiros passam pela nossa cabine.

— Que pena que nós tivemos tão pouco tempo.

— Como assim tão pouco tempo?

— Com Jim. Eu realmente queria conversar com ele sobre fórmula infantil.

A televisão gosta de transformar adversidades corriqueiras em catástrofes massivas e, no momento em que Mimi e eu atravessamos a plataforma, estou pronto para encontrar a estação vazia e silenciosa, sem qualquer presença de refugiados.

Mimi está de ótimo humor.

— O que você quer fazer primeiro?

— Você quer mesmo dormir em Budapeste?

Normalmente, as estações de trem são agitadas e barulhentas. A Union Station, em Toronto, é sempre frenética, com os anúncios publicitários e os sons das pessoas se movimentando de um lado para o outro. Mas, assim que nós saímos da plataforma e entramos de fato na estação, o mundo real surge na nossa frente e, pela primeira vez, parece que a imprensa não exagerou nem um pouco ao descrever a situação.

O andar inferior da Budapeste Keleti está abarrotado de barracas e cobertores, caixas e mochilas. Os homens estão em pé em grupos coesos, enquanto as mulheres sentam no chão com os bebês e as crianças mais novas. As crianças mais velhas correm pela multidão, em um grande empurra-empurra, jogando uma partida de futebol improvisada com um copo de papel.

Uma garotinha se encolhe contra uma parede, segurando um macaco de pelúcia.

Mimi de repente para de andar. Espero por um segundo e tento empurrá-la para frente, mas ela não se mexe.

— Não acho que a gente queira ficar parado bem aqui.

— Você está vendo o que eu estou vendo?

Jovens mulheres com coletes de segurança no corpo distribuem bananas e garrafas de água enquanto homens em uniforme de combate formam um corredor para os passageiros dos trens poderem atravessar o acampamento com o máximo de velocidade e eficiência. Não sei se esses homens são do exército ou da polícia, mas, no fundo, não me importo. Posso ver que eles estão armados, como se esperassem que os refugiados de repente conseguissem conjurar tanques e jatos de combate de dentro daquelas mochilas.

— São bebês ali.

Um dos guardas gesticula para Mimi. Ele quer que a gente continue andando.

— Honem! — o homem grita para Mimi.

Ela permanece no mesmo lugar.

— Andem! — o homem grita em inglês.

Mimi me empurra contra a parede, liberando a passagem.

— A gente deveria ficar e ajudar.

— Como?

— Jesus Cristo, Bird. Eles trouxeram até os bebês.

O homem atravessa a multidão e se aproxima da gente.

— Americanos?

— Blackfoot — Mimi diz, é o que ela fala quando cruza uma fronteira ou precisa lidar com funcionários públicos arrogantes.

— Canadenses — eu digo.

— Ah, Canadá — o homem diz, com um sotaque forte. — Vocês sempre preparados, não é isso?

Nunca gostei dessa expressão. O hino canadense é um pouco militar demais para o meu gosto. Com a facilidade que os países têm para entrar em guerra, não acho que a gente ainda precise de um incentivo musical.

— A gente sempre preparado também — o soldado diz. — Difícil a situação. Você pode ver. Muita gente. Todo mundo nervoso. Então, vocês precisam sair.

— O que vai acontecer com essas pessoas todas?

O soldado se encolhe.

— Ninguém sabe. Mais gente o tempo todo. Então, vocês precisam sair.

— Nós queremos ajudar.

— Sim — o homem ajeita seu rifle no ombro. — Mas agora vocês precisam sair. Não podem ficar aqui. Aqui não é lugar de turistas do Canadá.

Mimi me puxa da parede e começamos a atravessar a multidão. O soldado nos acompanha até chegarmos às escadas.

— Ninguém gosta disso — o homem diz. — Tenho três filhos. Ninguém gosta disso.

Os refugiados tomaram também o último andar da estação ferroviária e se espalharam pela rua e pelo parque do outro lado da avenida. Não sou muito bom com estimativas, mas imagino que são milhares de pessoas acampadas ao redor da estação.

Tento pensar no lado positivo da coisa.

— Pelo menos eles têm um bom clima na cidade.

Mimi está andando em círculos, o que nunca é um bom sinal.

— Vamos embora.

— Para onde?

— Vamos voltar para Praga.

— Achei que você queria dormir aqui e conhecer Budapeste.

— Não quero mais.

Mimi volta à estação para procurar pela bilheteria. Espero do lado de fora, debaixo do sol. Sei como ela se sente. Não é fácil ver as pessoas sofrendo daquela forma e andar por elas como se não existisse ninguém ali, como se essas pessoas fossem completamente irrelevantes.

Claro, costumo ignorar esse tipo de problema. Homens que esperam do lado de fora das lojas e pedem por um trocado. Mulheres que se sentam nas esquinas com xícaras e cachorros. Idosos que ficam em pé, nos semáforos, carregando placas. Eu sequer paro para pensar como foi que eles acabaram chegando no lugar em que eles chegaram. Vício em drogas, álcool, doenças mentais. Azar.

Não quero nem saber.

Então por que vou me importar com as pessoas na estação Keleti?

Mimi não volta e, depois de vinte minutos, começo a me preocupar com a possibilidade de que ela tenha mergulhado nos intestinos da estação para lutar contra as forças da injustiça e da indiferença, de que ela esteja, neste exato momento, arrebanhando guerreiros para a sua esquadra.

Lá dentro, as pessoas quebraram algumas placas e rasgaram algumas bandeiras. Ouço músicas e cânticos e gritaria. Um grupo de jovens começou uma discussão que ameaça se transformar em um conflito sério.

A gente pode levar um tiro, Kitty se encolhe atrás do meu ombro. *Ou até coisa pior.*

Eugene acaba de recuperar um pedaço de papelão que diz *Eu sou um ser humano*. Chip e as gêmeas estão em algum lugar no meio da multidão, mas não consigo enxergá-los.

Tiro minha câmera do bolso. Não sei por que hesito em fotografar os refugiados. Quase todo mundo hoje tem uma câmera ou um telefone celular. Várias equipes de televisão estão trabalhando no local. Mulheres muito jovens, esmaltadas e envernizadas, circulam pela área com seus microfones, à procura de uma bela imagem de fundo — crianças se escorando umas nas outras, um idoso com sangue no rosto, três adolescentes animados agitando uma bandeira húngara no rosto dos refugiados, uma mãe acalentando uma criança aos prantos.

Eugene levanta o cartaz em cima da sua cabeça. *Eu estou aqui*, ele grita.

A última vez que isso aconteceu, Kitty sussurra, *eles mandaram os tanques.*

Mimi está sumida há muito tempo. Abro caminho pela multidão para tentar encontrá-la.

— Bird!

E ali está ela, na entrada da estação, parecendo tão infeliz quanto antes.

— Tem um trem às cinco e quarenta — ela diz. — Vamos chegar em Praga logo depois da meia-noite.

Não sinto vontade nenhuma de brigar.

— Quer dizer — ela diz —, se o trem sair mesmo. Eles estão falando sobre fechar a estação.

— Por causa dos refugiados?

— Ou seja, nós temos um pouco menos de quatro horas — Mimi prende o cabelo por detrás da orelha. — O que você quer fazer?

— Salvar o mundo.

— Você quer um café, não quer?

— Claro, um café agora, depois a gente salva o mundo.

PELO QUE EU ENTENDI, Vogiatzi era a rua principal de Kymi. A praça central da vila, com sua estátua de Georgios Papanikolaou, o homem que desenvolveu o teste que leva seu sobrenome, ficava em Vogiatzi, assim como a igreja e a maioria das lojas.

— Que mundo pequeno — Mimi disse.

Um táxi estava estacionado junto ao meio-fio e, ao lado, o mesmo cara que tinha nos buscado no hotel em Atenas.

— O motorista que sabe tudo de inglês.

Dentro do carro, um adolescente. Assim que o homem nos viu, ele começou a falar acelerado com o menino.

— Bom dia — o menino disse. — Como vocês estão hoje?

O inglês dele não era maravilhoso, mas com certeza era melhor do que o meu grego.

— Oi — Mimi disse. — Nós precisamos de um táxi.

— Eu sou Talos — o menino disse. — Meu pai se chama Stavros. Ele é um motorista ótimo.

— Poso tha kostisei na paei Maletiani? — eu disse, gastando todo o meu grego.

Talos rapidamente consultou o pai.

— Exi — ele disse.

— Euros? — eu perguntei, e sacudi meu komboloi algumas vezes, na esperança deles, quem sabe, oferecerem um descontinho para os seus amigos gregos.

— Sim.

— Ida e volta?

Eu tentava imaginar o que Talos iria fazer da vida. Boas maneiras. Boa aparência. Ele poderia ser ator. Ou músico.

— Okto — ele disse. — Oito. Ida e volta.

— Você vai vir junto e traduzir?

— Claro, sim, deka. Dez. Você entende?

Advogado. O menino tinha todas as qualidades para ser um advogado.

O percurso até Maletiani durou um pouco mais de dez minutos. Eu queria saber toda e qualquer informação a respeito de Kymi, mas Talos só queria conversar sobre Toronto.

— Toronto é muito grande.

— Sim, é muito grande — eu disse a ele. — Assim como Atenas.

— Sim — Talos disse —, mas sem emprego em Atenas.

— Você nasceu em Kymi?

— Sim — Talos disse. — A família vai pra Atenas. Dois anos. Mas sem emprego, então a gente volta.

A estrada para Maletiani era lenta e fustigada pelo vento, com curvas fechadas em torno de afloramentos rochosos e árvores fortes e fibrosas.

— Por que vocês em Maletiani?
— Meu pappou é de Maletiani.
— Seu pappou? Você é grego?
— Por parte de mãe.
— Você veio aqui comprar a vila?
— Como assim?
— Maletiani — Talos disse — é pequena. Ekato. Cem pessoas.
— Em Maletiani?
— Sim. Muito velho.
— As pessoas?
— Você deve comprar a vila.

Mimi ficou curiosa.

— Por que a gente deveria comprar a vila?
— Americanos. Dólar americano — Talos disse. — Eles chegam em Ellada e compram, compram, compram.
— Nós somos canadenses.
— Se você comprar Maletiani — Talos disse —, você pode resolver.
— Olha, não acho que a gente vá comprar a vila.
— Se você resolver — Talos disse —, as pessoas vão amar você. E você pode ser o rei.

MIMI E EU FICAMOS em pé na calçada em frente à estação Keleti e ignoramos as pessoas passando por nós.

— Bom, aqui estamos nós — eu digo, me esforçando para impregnar minha voz com o entusiasmo mais artificial do mundo. — Budapeste.

Mimi não me dá atenção e desenterra os folhetos da sacola.

— A gente pode pegar um táxi, tomar um café, andar um pouco, ver os buracos de balas e os sapatos e voltar a tempo de pegar o trem — eu digo, e espero para ver se é a hora certa de apresentar a minha ideia. — A gente poderia inclusive conseguir alguns doces pros refugiados.

— Como assim doces?

— Não pra todo mundo — eu digo —, mas a gente poderia comprar uns doces pra alguma família, antes de embarcarmos no trem.

— Doces.

Eu sei que soa um pouco condescendente, mas é uma ideia factível, e quem sabe uma fatia de bolo ou um pedaço de chocolate não acabe melhorando o dia daquelas pessoas?

Toda grande cidade no mundo tem pelo menos um lugar onde se toma um café excelente. O Café El Escorial, em Havana, o Spella Caffe, em Portland, o Capital Espresso, em Toronto. E toda grande cidade no mundo tem pelo menos uma cafeteria famosa. O Café Brasilero, em Montevidéu, o Caffè Florian, em Veneza, o Le Procope, em Paris, o Caffe Regio, em Manhattan.

Às vezes, os lugares famosos, os cafés onde a história e o cenário são a grande atração, não servem o melhor café. E, às vezes, os lugares que servem os melhores cafés, os cafés que atraem os clientes pela qualidade das sementes e da torra, estão instalados em espeluncas com todas as qualidades e a atmosfera de um galinheiro.

— Beleza — Mimi diz, examinando o material que ela recolheu na estação de Praga —, nós temos aqui o New York Café. Aberto em 1894 e ponto de encontro de escritores e artistas. Bem bonito e opulento.

— Parece bom.

— Mas, em 2006, foi anexado ao New York Palace, um hotel de luxo, e agora atrai toda uma profusão de turistas endinheirados.

— Acho melhor não.

— Então temos o Café Astoria, que fica no hotel Astoria.

— Não era o lugar onde você queria passar a noite? Aquele com nazistas, russos e uma decoração estalinista chique?

— Esse mesmo.

— Então também acho melhor não.

— O que nos deixa com o Central Café — Mimi diz. — Famoso ponto de encontro para escritores como... — Mimi vira o folheto. — Frigyes Karinthy e... Lőrinc Szabó. Claramente, o lugar era um criadouro de arte e de política. Aqui diz que os comunistas fecharam a maioria dos cafés, mas que, depois da queda da ditadura, em 1989, o Central Café foi um dos primeiros a serem reabertos.

— Vamos dar uma passada por lá.

— E é perto da universidade — Mimi guarda os folhetos de volta na bolsa. — É só falar de escritor dissidente que você se anima, né?

— Só espero que o café seja bom.

STRAVOS E O FILHO nos deixaram no meio de uma intersecção entre três ruas, cada uma delas não muito mais larga do que um pequeno beco.

— Maletiani — Stravos disse.

— É isso?

— Isso — Talos me entregou um pequeno cartão com um telefone. — Maletiani. Quando terminar de comprar, liga e a gente chega.

O prédio à nossa frente ostentava uma placa onde se lia: ΚΟΙΝΟΤΗΤΑ ΜΑΛΕΤΙΑΝΟΝ. Eu sabia que o significado de κοινοthta era *comunidade* e, em relação à segunda palavra, deduzi que provavelmente era o nome da própria vila, Maletiani.

— Bom — Mimi disse —, chegamos.

O prédio estava fechado. E não tinha nenhum indício de ter sido aberto um dia ou que se planejava abri-lo em algum momento no futuro.

Mimi espiou pela porta de vidro.

— Parece ser algum tipo de prédio oficial.

Presumi que encontraríamos algum mercado ou alguma loja em Maletiani, um lugar em que poderíamos entrar e começar uma conversa sobre um parente perdido ou sobre um neto perdulário. Mas, em uma vila tão pequena quanto aquela, não existia mais nada a não ser as casas.

— Talvez só abra em alguns dias da semana. Ou talvez em apenas um dia da semana.

Mimi contornou o prédio para tentar chegar em uma janela, mas não dava para alcançar ali do chão.

Você sabe como é, tipo no Velho Oeste, com os juízes que viajavam por determinadas cidades ou os dentistas que trabalhavam em um vagão itinerante.

Vilas instaladas em colinas tendem a ser acidentadas e Maletiani não decepcionava nesse quesito. Caminhamos por uma rua que de repente se inclinava para cima e depois descemos em ziguezague pela rua seguinte. Seguimos assim, para cima e para baixo, costurando todo nosso caminho pela vila.

— A gente poderia tirar uma foto de alguma casa bonita e fingir que essa era a casa onde seu avô nasceu e foi criado.

Na terceira volta, dobramos uma esquina e demos de frente com uma carroça puxada por um burro. A carroça estava repleta de vegetais, tomates, batatas, pimentas e cebolas, e um grupo de homens e mulheres, todos mais velhos do que eu, a cercava.

— É isso aí — Mimi disse. — Agora é sua hora de mostrar serviço.

O MAIS ESTRESSANTE de se chegar em uma cidade nova é que você não faz a menor ideia da geografia do lugar e, depois de cinco minutos dentro do táxi, nem eu e nem Mimi sabíamos onde estávamos. Pedimos para o táxi seguir até o Central Café e mostramos o endereço ao motorista, mas, no final das contas, poderíamos muito bem estar a caminho de Bratislava.

— Americanos? — o taxista pergunta.
— Blackfoot — Mimi diz.
— Canadenses.
Mimi me dá uma cotovelada nas costelas.
— Você precisa parar de me retrucar.
— Ele não sabe quem são os Blackfoot.
— E vai continuar sem saber se a gente não contar pra ele.
— Cinema — o taxista diz. — Bruce Willis. Bangue-bangue. Tom Cruise. Bangue-bangue.

Levando seu histórico em consideração, imagino que o Central Café está localizado em uma área temerosa de Budapeste, um daqueles estabelecimentos que ficam bem-ao-lado-do--beco-mais-escuro, um pequeno buraco esfumaçado frequentado por poetas, espiões e pela polícia secreta. Por isso, é meio decepcionante descobrir que o café fica na ponta de um shopping center de luxo. O prédio parece velho o suficiente, mas, convenhamos, quando o assunto é cafeterias, não existe nada mais importante do que a atmosfera, e o Central Café, no fundo, parece ter abandonado sua exuberante história para se transformar em um cliente da Zegna e da Ferragamo.

— É isso então?
— Muito famoso — o taxista diz. — Número um dos turistas.

O Central Café está incrustado em um prédio de pedra com portas e janelas arqueadas. O pé-direito é alto, os pisos são de madeira e vemos couro vermelho por todos os lados.

Tudo ali é limpo e reluzente. Pegamos uma mesa na frente, de onde posso observar a vitrine com os doces húngaros. Eu até tento, mas não consigo me imaginar passando um dia em um cenário tão luxuoso enquanto escrevo poesia, bebo um expresso, como uma torta e organizo intrigas políticas com meus amigos.

— Não é exatamente um café boêmio — eu digo a Mimi. — Você quer um doce?

— Quero ir ao banheiro, na verdade — ela diz e se levanta. — Se o garçom aparecer, peça um cappuccino pra mim e mais algum doce com chocolate.

A parede está forrada de fotografias, a maioria delas contendo homens em ternos que já saíram de moda há mais de cinquenta anos. Presumo que são os artistas que frequentavam o café no auge da sua história, mas eles também podem ser apenas encanadores e motoristas de caminhão. Na parede do fundo, uma pintura imensa, o retrato de um jovem homem que parece encarar os clientes. Tem alguma coisa meio perturbadora em relação a esse quadro. Um dos olhos está na sombra e a boca do retratado foi desenhada como se ele estivesse à espera de alguma notícia desagradável. Ou cruel.

Quando o garçom aparece, pergunto a ele sobre o quadro.

— Ah — o garçom diz, em um inglês perfeito. —, aquele ali é Endre Ady. Você conhece o trabalho dele?

Sou obrigado a admitir que não.

— Ele era poeta e jornalista. Muito famoso.

Confiro o cardápio mais uma vez, apesar de já saber o que eu quero.

O garçom tira a caneta do bolso.

— Americano?

ASSIM QUE AS PESSOAS ao redor da carroça nos viram, elas pararam de falar e pararam de se mexer, como se alguém tivesse apertado o botão de pause no controle remoto. Sorri para eles e ataquei o grupo com o meu fabuloso conhecimento do idioma grego.

— Kalimera.

O funcionário da prefeitura tinha feito uma cópia para mim da página com a data do nascimento de meu avô e com os nomes de todos os meus parentes. Puxei o papel do meu bolso e mostrei para eles.

— Meu pappou — eu disse, gesticulando.

Uma mulher mais velha deu a volta na carroça e examinou a lista.

— Pappou?

— Nai — eu disse, e apontei para o nome do meu avô. — Maletiani.

A mulher apontou para o chão sob seus pés.

— Pappou? Maletiani?

— Nai. Milate agglika?

Eles reagiram com movimentos de cabeça e um coro de *okhi*. Apontei para o nome de meu avô mais uma vez.

— Pappou. Thomas. Athanasios — e aí apontei para o nome do meu tio-avô no papel. — Georgios. Adeltos.

Essa minha última frase fez disparar um bate-papo animado entre as pessoas ao redor da carroça, com as mulheres dominando a conversa e os homens se intrometendo aqui e ali.

Mimi se encostou em mim.

— O que eles estão falando?

— Não faço ideia.

— O que aconteceu com *eu falo grego*?

— É um dialeto diferente.

— Certo. Mas, então, eles conhecem seu avô?

— Não sei.

E, tão rápido quanto a conversa começou, ela acabou, e os moradores da vila voltaram a examinar os vegetais na carroça.

Mimi e eu ficamos por ali, fingindo admirar a produção, e então fugimos em silêncio.

No alto da rua, paramos e olhamos para trás.

— Era assim que a vida costumava ser — Mimi disse. — Simples. Descomplicada.

— A vida nunca foi simples.

— Olha — Mimi disse —, não vai te machucar tentar ver as coisas por uma perspectiva positiva de vez em quando.

— É silencioso — eu disse. — O lugar é silencioso.

— Pois então — Mimi disse. — Foi difícil?

Não que esse silêncio fosse tão revigorante assim. Apesar de não termos nenhum sinal de carros ou de caminhões subindo e descendo as ruas, nenhum sinal de ambulâncias com as sirenes ligadas ou rádios com a música alta, também não tínhamos o barulho das crianças brincando ou as vozes dos vizinhos conversando.

Enquanto rodávamos pelas ruas da vila, o único som era o som do vento.

— Que tal essa? — Mimi parou na frente de uma casa com uma parreira no jardim. — Parece com uma casa que teria sido do seu avô?

No dia seguinte, o translado iria nos levar para o aeroporto de Atenas, onde pegaríamos o voo de volta para casa. Aquele era meu único dia disponível para descobrir o lugar onde meu avô tinha nascido, o único dia disponível para eu fechar um dos círculos inacabados da minha vida.

— Ou talvez aquela ali.

Balancei minha cabeça.

— Não é assim que funciona.

— Você é jornalista — Mimi disse. — Escolha uma casa e construa uma narrativa pra ela.

Mimi tinha uma certa dose de razão. Uma daquelas casas foi mesmo a casa onde meu avô nasceu e foi criado. Os registros na prefeitura de Kymi confirmavam essa suspeita. Quantas casas existiam na vila? Qual era o problema de escolher uma e reivindicar aquela história? As chances de estarmos certos eram infinitamente maiores do que se comprássemos um bilhete de loteria ou se enfiássemos moedas nas máquinas caça-níquel dos cassinos de Niágara.

— Fique em pé na frente da casa que você mais gostar — Mimi disse — e eu vou tirar uma foto.

Eu estava prestes a explicar o quão ruim era aquela ideia quando um velho saiu de uma das casas e avançou na nossa direção.

— Herete.

E mais uma sequência de palavras incompreensíveis em grego.

O homem provavelmente já tinha mais de oitenta anos, talvez fosse até mais velho. Baixinho, imponente, o tipo de homem que vi meu avô ser em várias das fotos que sobreviveram ao tempo.

— Mavrias — ele disse, e indicou com a mão uma velha casa de pedra do outro lado da rua, uma casa com uma corrente na porta e as janelas lacradas. Uma cerca de arame farpado e um portão de ferro protegiam o terreno. — Mavrias.

Levei um segundo para entender.

— Mavrias? — eu perguntei, apontando para a casa deserta.

— Nei, nei — o homem disse. — Georgios Mavrias.

— Mavrias — eu disse. — Pou einai?

— Ah, ah — o homem disse, descansando o rosto nas mãos como se representasse o sono. — Nekros.

— Nikros? — Mimi disse. — Ele está falando sobre necropatia? Tipo, ele está falando sobre... morte?

— Athina — o homem disse. — Nekros. Athina.

— Atena? — Mimi falou mais alto, na expectativa de que o volume da voz ajudasse na compreensão. — A deusa da sabedoria e da guerra?

— Acho que ele está falando sobre a cidade de Atenas. Que eles estão mortos ou que eles foram para Atenas.

— Nei, nei — o homem foi até o portão de ferro e o segurou aberto. — Mavrias — ele disse de novo, desta vez mais enfático. — Mavrias.

A casa era um quadrado de dois andares. Ela dormia sozinha em um pedaço de terra com vista para o vale, na direção oeste. Tinha uma árvore enorme no jardim, que provavelmente já estava lá desde quando meu avô era criança. Na lateral da casa, no segundo andar, uma varanda virada para a igreja distante.

O velho ficou parado ao lado da cerca e me incentivou a entrar.

— Olha, Bird — Mimi disse —, ele está dizendo que a casa é sua.

— Talvez.

— O legado da família — Mimi disse. — A casa do seu avô. Caramba, Bird, não é possível que você não esteja feliz com essa descoberta.

— Claro que estou.

Fiquei em pé na frente da casa e observei a paisagem. As nuvens distantes que ainda demorariam a chegar. O ar quente e tomado pelo cheiro de grama seca e das oliveiras.

Mimi se abaixou, catou uma pedra branca e cinza e a depositou nas minhas mãos.

— Thomas Blackbird Mavrias — ela disse. — O Senhor do Palácio.

QUANDO MIMI VOLTOU para a mesa, o cappuccino e o bolo de chocolate já esperavam por ela. Eu tinha dado uma mordida no seu bolo, e essa é a primeiríssima coisa que ela nota ao sentar.

— Você comeu meu bolo.

— Você sempre come o meu.

— É diferente — Mimi toma um gole do cappuccino. — Estava bom?

— Normal.

— Você está deprimido de novo?

— Só meio cansado.

— São os refugiados, né? — Mimi diz. — Você não gosta de ver nenhuma criança sofrendo.

Não consigo imaginar que alguém goste de ver outra pessoa sofrendo, mas, assim que esse assunto me surge no pensamento, percebo que estou errado. Na maioria das vezes, ninguém se importa com o que acontece com as outras pessoas, desde que não aconteça nada com elas mesmas. Nós temos a capacidade de sermos compassivos, mas simplesmente não exercemos essa capacidade.

É mais como um princípio que penduramos na parede, em uma altura acessível aos olhos e não tanto ao toque.

— O bolo está ótimo — Mimi diz. — Você deveria pedir uma fatia também.

— Não estou com fome.

— Mas aí eu poderia comer um pedaço do seu.

— A gente deveria voltar pra estação — eu digo, e dou uma conferida no relógio na parede. — Você ainda quer tentar visitar a universidade e procurar por aquela tal faixa de cobre?

— E os refugiados?

A raiva explode de repente na minha voz.

— Talvez a gente possa convencer Jim Dois Centavos a doar um carregamento de garrafas de água.

— Você sabe que essa sua resposta não foi lá muito legal.

— Ou melhor, a gente pode enfiar umas famílias na nossa bagagem e levar elas pra casa com a gente.

— Bird...

— Tipo, levar de lembrancinha mesmo, sabe? Não existe nada que o Canadá goste mais do que um bando de refugiados.

— Pare!

— Ou talvez a gente possa só fuzilar essa gente e acabar logo com a confusão.

Mimi se encolhe na cadeira e seu olhar se perde pelo café. Aperto minha xícara entre os dedos e escuto minha respiração.

Devagar. Calma. Devagar. Calma.

— Aquele quadro — eu digo, depois de me reestabelecer — é de Endre Ady. Ele era um poeta. E também jornalista.

Mimi está com lágrimas nos olhos. Ela empurra o bolo na minha direção.

— Pode comer — ela diz.

Sentamos em silêncio até o garçom trazer a conta. Nós dois, no coração de Budapeste, no meio de uma tarde de verão. Eu provavelmente poderia dizer alguma coisa, eu provavelmente deveria dizer alguma coisa, mas, no fim, nós apenas vamos embora do café e pegamos um táxi de volta para a estação.

VII

O trem de volta para Praga é uma trégua desconfortável, uma travessia silenciosa. Sento e olho pela janela, assisto a paisagem passar na minha frente, canto trilhas sonoras na minha cabeça.

The impossible dream, de *O homem de La Mancha*.
If I loved you, de *Carrossel*.
Some enchanted evening, de *Ao sul do Pacífico*.

Esse exercício é perigoso e desaconselhável. Musicais tendem a me deixar emotivo e não dá para saber quando a cantoria vai sair do controle.

Mimi passa a viagem inteira lendo um livro em inglês que ela comprou na estação de Budapeste. Pela capa, a premissa da história é uma reunião de estrelas pornôs em um hospital. Não é o que Mimi costuma ler, mas, na verdade, ela lê qualquer texto que cair na sua frente.

A culpa é minha. Tenho consciência do meu erro. Deve ter sido a parte do *vamos fuzilar essa gente*, ainda que esse comentário, no fundo, no fundo, fosse somente uma reflexão satírica — ou pelo menos é do que tento me convencer, agora que já não estou mais com aquela raiva toda dentro do corpo.

Mas a minha vontade mesmo é colocar a culpa nos refugiados.

Se eles não estivessem tentando escapar da devastação provocada pela guerra, eles não estariam amontoados na estação Keleti. E, se nós não tivéssemos viajado para flanar por Budapeste, nós não teríamos visto as crianças. E, se nós não tivéssemos visto as crianças, Mimi não estaria brava comigo.

É uma lógica falaciosa e egoísta, eu sei, então entendo que o melhor é continuar calado.

No momento em que passamos por Bratislava, já esgotei meu estoque mental de trilhas sonoras.

— O livro é bom? — eu pergunto, tentando quebrar o gelo. Silêncio.

Do lado de fora, os terrenos são planos e posso ver que não existe nenhum perdão no horizonte.

Portanto, estamos em Praga.

Chegamos à estação antes da meia-noite e pegamos um táxi de volta para o nosso hotel. O ar-condicionado continua funcionando, o quarto continua quente, as aranhas continuam passeando pelo teto, os turistas continuam cruzando a ponte de um lado para o outro.

Vou direto para o banheiro e, quando volto, Mimi já está na cama, protegida por uma fortaleza de cobertores e travesseiros.

Sento na cadeira e assisto os canais da televisão tcheca no mudo. É a beleza da televisão e também da vida. Você não precisa de som para entender o que está acontecendo.

Ainda estou na cadeira na manhã seguinte. Olho meu relógio. O refeitório acabou de abrir. Eu poderia acordá-la, mas deixo Mimi dormindo e desço as escadas. Ela vai me encontrar em breve. Depois de Budapeste, talvez seja melhor que a gente comece o dia em público e em terreno neutro.

A mesa do canto está livre. Me sento com as costas viradas para a parede e faço uma minuciosa retrospectiva da minha vida e das minhas conquistas.

Fotojornalista.

É isso.

O especialista em questões indígenas. Meu grande passaporte para a fama. O homem que cobriu todos os principais eventos contemporâneos. Ilha de Alcatraz, 1969. A trilha dos Tratados Quebrados, 1972. O massacre de Wounded Knee,

1973. A controvérsia envolvendo os Seminoles e os bingos, 1979. A crise Oka, 1990. A crise de Ipperwash, 1995. O movimento Idle No More, 2012. Os protestos de Elsipogtog contra os fraturamentos hidráulicos, 2014. Os protestos contra o Dakota Access, 2017.

Se o assunto envolvia penas e um tambor, eu estava lá.

Por quarenta anos, tirei fotos e escrevi histórias. E depois fui embora.

Mark Twain uma vez disse: *É preciso que seu pior inimigo e seu melhor amigo trabalhem juntos para você ter seu coração alvejado; o primeiro para criar calúnias a seu respeito, o segundo para te contar as notícias.* E eu sei bem do que ele está falando.

Não preciso de ajuda. Posso fazer o trabalho sozinho.

Um dia, eu cobria as principais notícias na minha própria coluna no jornal. No dia seguinte, eu estava sentado em casa assistindo reprises de *Assassinato por escrito* e *Murdoch mysteries*.

Não usei a palavra *desistência* quando contei a Mimi.

— Aposentadoria? Do quê?

— Do trabalho.

— Eu achava que você queria salvar o mundo, não?

— Não posso salvar o mundo das pessoas — eu disse a ela.

— Me parece a desesperança falando.

— E eu estou cansado.

— E agora é a depressão pedindo passagem.

PARQUE PROVINCIAL WRITING-ON-STONE.

Norte da fronteira entre Alberta e Montana. Domingo, 10 de julho de 2016. Um acampamento improvisado se materializou ao longo do rio Milk. Quatro tipis, sete homens, seis mulheres, cinco crianças. Todas essas pessoas estavam acampadas há duas semanas quando um grupo de turistas que percorria as trilhas do parque provincial Writing-on-Stone notou a fumaça de uma fogueira e chamou as autoridades florestais.

O acampamento foi idealizado por Annie Littlechild, uma Cree de Wetaskiwin. Ela tinha recentemente abandonado um trabalho administrativo na Shell Canadá e decidiu mimetizar o estilo de vida dos seus ancestrais. O resto do acampamento consistia em um conjunto dissonante de nativos vindos de Rocky Boy e Wetaskiwin, Siksika e Bella Coola, além de um professor universitário alemão cujo currículo inclui um livro publicado sobre o escritor Karl May.

O Toronto Star me encarregou de tirar fotos e escrever uma história sobre o acampamento, uma reportagem de interesse humano para a editoria de vida. Eu me lembro de sair da trilha naquela manhã e ver o acampamento pela primeira vez. Não ia ganhar nenhum prêmio de autenticidade. As tipis eram todas novas, de tecido áspero, recém-saídas das caixas. Alguém amarrou um varal entre dois choupos. Esse varal estava tão abarrotado de roupas que a calça jeans no centro chegava a tocar o chão. Havia ainda um gerador de gás decrépito de um lado e uma fogueira tosca rodeada de pedras do rio.

Mesmo com muito esforço, não dava para acreditar que aquilo era um diorama do século dezenove.

Entrevistei as pessoas, tirei foto dos adultos em frente às tipis, segui as crianças quando elas foram na direção do rio procurar por insetos e pequenos peixes. Ajudei com as tarefas domésticas, comi com o grupo, escutei as histórias que eles tinham para me contar. Eu esperava relatos tristes de abuso de álcool e de drogas, pobreza e desespero, mas, de modo geral, essas pessoas no acampamento eram pessoas comuns, de classe média, ex-funcionários de escritórios e fábricas.

O projeto deles não era transformar o mundo, Littlechild me disse logo na primeira noite. Eles só procuravam um sentido para a própria vida e queriam descobrir como é que essa vida poderia ser vivida.

Fui mais cético do que o necessário, confesso. Como eles iriam lidar com questões como fornecimento de água e saneamento básico? Como eles iriam se alimentar? Como eles iriam enfrentar o inverno, quando a terra terminasse coberta por uma camada de gelo?

Eu me fiz essas mesmas indagações quando cobri a ocupação de Alcatraz alguns anos antes. Presenciei muita bravata, punhos cerrados e tambores, discursos políticos e visitas de celebridades. A cobertura da imprensa e a distância da prisão em relação a São Francisco transformou o protesto em um romance midiático que ajudou a unir e fortalecer a ocupação muito tempo depois que ela já tinha sido debelada.

Nas pradarias de Alberta, no entanto, longe das câmeras de televisão, das estrelas de cinema e das frases de efeito, o acampamento no parque provincial Writing-on-Stone pareceu ter tanta chance de sobreviver quanto um piquenique no meio de uma tempestade.

NÃO VEJO OZ até que já é tarde demais. O pequeno homem aparece pela porta e atravessa o salão em um piscar de olhos.

— Olá — ele diz. — Você continua por aqui então.

— Continuo.

— Você não veio ontem.

Não sinto vontade nenhuma de conversar, mas meu desânimo não vai impedir Oz de seguir em frente.

— Nós fomos para Budapeste.

— Budapeste?

— De manhã cedo — eu conto a ele. — E depois voltamos.

— No mesmo dia?

— Isso.

Oz esfrega a lateral do nariz.

— Que sorte vocês deram.

— Sorte?

— A circulação de trens foi interrompida hoje — ele diz,

arrumando o garfo e a faca para que os talheres fiquem paralelos. — Eles fecharam a estação de Budapeste.

— Os refugiados fecharam a estação?

— Não, não — Oz responde. — O governo fechou a estação. São muitos refugiados e também muitas pessoas revoltadas.

A atendente se aproxima e decido que, no final das contas, estou com fome e não vou esperar Mimi. Peço o prato com presunto. Oz pede o mesmo.

— Você viu os refugiados?

— Vi — eu digo. — Uma situação bem triste.

— Ver os refugiados é triste — Oz diz. — Mas ser um deles é... *bouleversant*, apesar dessa palavra não ser forte o bastante.

— Dilacerante?

— Sim — Oz responde. — Dilacerante. Moria. Zaatari. Calais. Mae La. Dadaab. Ser um refugiado é estar dilacerado.

Vou atrás dele no buffet. O serviço hoje oferece uma boa seleção de frutas e também pequenos doces com passas.

— Então, qual é a programação do dia?

— Não sei. O que você sugere?

Oz pega dois doces.

— Vocês viram o relógio?

— Vimos o relógio e o museu de Kafka e o castelo e a estátua do menino e andamos na Viela Dourada.

— E, claro, a ponte.

— Andamos no antigo quarteirão judaico e vimos o cemitério, mas não entramos.

Oz para na frente dos iogurtes.

— Vocês visitaram o museu da KGB?

Sinto vontade de contar a Oz sobre a bolsa Crow e sobre Tio Leroy.

— Quando vocês estavam em Budapeste, vocês foram no castelo? — Oz balança uma colher na frente do meu rosto.

— Eles têm um museu. No porão do castelo. O Hospital

na Pedra. Cheio de estátuas de cera. A minha favorita é um oficial alemão sentado no vaso sanitário com as calças nos tornozelos.

— Nazistas de cera?

— Médicos, enfermeiras, pacientes, soldados — Oz diz. — Uma lição histórica em cera.

Terminamos de nos servir e voltamos para a mesa. Ainda são oito e meia. Mimi deve demorar pelo menos mais uma hora. Mas, agora que tenho comida na minha frente, não estou mais com fome. O que eu quero realmente fazer é subir para o quarto, me encolher na cama e ficar lá pelo resto do dia.

O que eu faço, no entanto, é beber meu café e esperar Oz terminar sua refeição. Através da janela, posso ver o sol esturricando a cidade e escutar o escapamento das lambretas que sobem e descem pelas ruas estreitas da região.

— Me diga uma coisa — eu pergunto enquanto ele come seu último doce —, o que você sabe sobre os shows de faroeste?

NO MEU SEGUNDO DIA no acampamento de Littlechild, alguns guardas florestais, com suas vozes oficiais de prontidão, apareceram e disseram aos campistas que eles precisavam ir embora ou iriam levar uma multa e passar um tempo na cadeia. Littlechild foi amigável, mas convicta na resposta. Esta é uma terra indígena, ela disse aos funcionários do parque. Eles não estavam incomodando ninguém. E eles não iam para lugar nenhum.

Ah, e os guardas querem se juntar ao acampamento para o almoço?

Na manhã seguinte, subi uma encosta para tirar uma boa foto que mostrasse o acampamento e o rio e o céu flutuando por cima da terra. Eu tinha acabado de preparar a câmera quando os oficiais da Real Polícia Montada do Canadá chegaram com quatro viaturas, seguidos de uma van. Eles estavam muito distantes de mim, então eu não conseguia escutar a conversa, mas não era difícil notar que os policiais não tinham ido lá para negociar um acordo.

Houve um rápido confronto e de repente os policiais atacaram e prenderam todo mundo. Littlechild ainda tentou se refugiar dentro de uma tipi, mas, de longe, pude apenas assistir enquanto ela era arrastada, algemada e arremessada no banco de trás de uma das viaturas.

Depois, ágeis e eficientes, os policiais recolheram o acampamento. Eles quebraram as tipis, juntaram os sacos de dormir, as cadeiras dobráveis, a churrasqueira e o gerador e jogaram tudo no fundo da van.

A operação durou menos de uma hora.

Eu não tinha muito o que fazer. Então não fiz nada. E, no espaço de tempo em que a polícia prendeu todo mundo e desmontou o acampamento, não consegui mexer um músculo sequer do meu corpo.

EM ALGUM MOMENTO da minha carreira como fotojornalista, escrevi uma reportagem sobre os shows de faroeste para o Saturday Night, e o mais divertido da pesquisa foi poder selecionar as fotografias.

Usei quatro fotos no meu artigo.

A primeira era uma foto despretensiosa tirada durante a exposição panamericana de 1901, em Buffalo, Nova Iorque. Ela mostrava alguns indígenas a cavalo, ostentando cocares vistosos e se preparando para uma corrida.

Ou para um ataque.

A segunda fotografia, tirada em 1905, era uma reencenação da morte de George Custer. Era uma imagem montada, provavelmente fotografada em um estúdio. Custer estava em pé, com uma espada erguida em uma das mãos e uma pistola na outra. Aos seus pés, três indígenas mortos — e a conclusão era que George Armstrong Custer não tinha morrido sem antes lutar pela sua vida. Um quarto indígena aparecia em pé na frente do tenente-coronel, enfiando uma faca no peito de Custer.

Não era Sitting Bull, diga-se de passagem. Não que esse detalhe seja importante.

De qualquer jeito, independente de quem era, ele usava um cocar completo, com todas as penas, como os cavaleiros naquela primeira foto.

O verdadeiro Sitting Bull aparecia na terceira imagem. Tinha sido tirada um pouco antes, em 1885, e o mostrava lado a lado com Buffalo Bill Cody. Cody erguia uma das mãos na altura do coração, como se prometesse alguma coisa para o líder Lakota, enquanto a outra mão descansava sobre um rifle. Sitting Bull está em pé ao lado do famoso homem da fronteira, com um cocar, os olhos fechados como se estivesse com sono ou simplesmente entediado com todo o processo de criação de mitos.

A última fotografia, sem data, mostrava Buffalo Bill e um grupo de mais ou menos trinta indígenas, todos com cocares, em frente a um cenário cheio de tipis e barracas. Duas crianças nativas apareciam nessa foto. Elas também usavam cocares nas cabeças.

Em todas as quatro fotografias, os cocares eram a característica em comum, a evidência de que aqueles sujeitos eram indígenas e não trabalhadores chineses na hidrelétrica das Três Gargantas ou mineiros em um intervalo para o café em West Virginia.

Alguns dos indígenas nas fotografias tiradas nos shows de faroeste não usavam cocares na cabeça, e fui obrigado a concluir que a produção, na verdade, não conseguia ter muitos à disposição e, portanto, se você chegava atrasado para a foto, você precisava se conformar com uma pena solitária ou com uma faixa de couro para adornar sua cabeça.

A HISTÓRIA DE TIO LEROY e da bolsa Crow deixa Oz contente.

— Ele pintou a casa com cocô de vaca?
— Exato.
— E depois ele se juntou a esse show de faroeste?
— O Empório Selvagem do Capitão Trueblood.
— E veio para a Europa?
— Paris, Atenas, Amsterdã — eu conto a ele. — Nós temos os cartões-postais.
— E ele conheceu Praga?
— Conheceu.
— E ele visitou o relógio astronômico?
— Provavelmente.
— Tão longe de casa. Mas ele retornou em algum momento?
— Não — eu digo. — Nunca retornou.
— Ser um refugiado — Oz balança a cabeça, triste. — Uma vida muito pesada.

Nunca pensei em Tio Leroy como um refugiado, mas, claro, era exatamente o que ele era. Expulso da reserva, arrastado por vários países e idiomas. Sem casa.

O velho na estação Keleti com os olhos vazios. As mulheres encolhidas no canto. A criança com o macaco de pelúcia. Os jovens homens com os rostos raivosos, preparados para a luta.

— Mas me fale mais sobre essa bolsa Crow.
— O que você quer saber?
— O que se guarda dentro dela?

Eu nunca vi a bolsa, nem Mimi. Nem mesmo a mãe de Mimi tinha nascido na última vez que ela foi aberta.

— Pode ser qualquer coisa — eu explico a Oz. — Uma pedra, um dente, uma pena, um pedaço de tecido, algum tipo de osso.

— E isso é sagrado?

— Não — eu respondo —, é mais uma história da família, uma coleção de histórias.

— Ossos e pedras?

— Lembranças das histórias.

— E agora vocês vão confeccionar uma nova bolsa?

— Ideia da minha esposa.

— Para substituir a bolsa perdida.

— Exato.

— Mas náilon? Com um zíper?

— Uma das mulheres da reserva fez um bordado na maleta — eu digo a Oz. — Ficou bem bonito.

— Claro — ele diz —, claro. Culturas são organismos vivos. Elas devem continuar a mudar ou vão morrer. É verdade, não é?

Não discordo de Oz, mas uma bolsa Crow feita de náilon ainda me incomoda um pouco.

— E o que vocês vão colocar nessa nova bolsa?

Penso em alguns dos itens que Mimi já reuniu até o momento. Um pedaço de torrone de mel enrolado em uma folha dourada que ela comprou em uma loja no centro histórico de Nice. Um botão de vidro que encontramos em Veneza, na Praça de São Marcos, depois de uma acqua alta. A pedra da vila do meu avô na Grécia. A rolha da nossa primeira garrafa de vinho em Paris.

— Eu tenho uma amiga — Oz comenta — em Copenhague. Ela sempre prepara um álbum dos lugares que ela visita.

— É meio que a mesma ideia.

— Mas, para a bolsa Crow, existe uma cerimônia?

— Não sei — eu digo. — Provavelmente.

— Uma música? — Oz pergunta. — Uma dança? Sálvia queimada?

— Melhor você perguntar pra minha esposa.

— Preciso contar pra essa minha amiga — Oz diz. — Ela vai adorar ter uma cerimônia.

Dou uma olhada para a porta. Mimi vai se atrasar mais uma vez para o café.

— Mas a vida chama — Oz se levanta e abotoa seu casaco. — E tenho promessas pra cumprir.

Estou tentado a completar a estrofe, mas apenas devolvo um sorriso e desejo a ele um ótimo dia.

— Amanhã — ele me fala da porta do refeitório. — Amanhã, as Abelhas e os Ursos.

O ACAMPAMENTO DE LITTLECHILD não foi a primeira tentativa de se voltar a uma vida mais simples. Em junho de 1971, enquanto os agentes federais removiam os últimos manifestantes de Alcatraz, voei para Edmonton para escrever um artigo sobre um acampamento instalado em 1968 à beira do parque provincial Brazeau Canyon Wildland, debaixo da sombra das Montanhas Rochosas Canadenses.

O acampamento dos Cree nas montanhas.

O ancião Cree, Robert Smallboy, e mais ou menos cento e quarenta pessoas da reserva dos Ermineskin, perto de Wetaskiwin.

Esse acampamento era grande e organizado. Tirei fotos, conversei com os líderes, me alimentei com os integrantes do grupo. A ideia por trás do movimento era simples: fugir do mundo contemporâneo e da destruição provocada pelo alcoolismo e pelas drogas. E, de alguma maneira, tentar conter a epidemia de suicídios entre os nativos canadenses.

Nada muito diferente do que Littlechild queria.

Mas, ao contrário da incursão liderada por Littlechild, o acampamento Cree era maior e mais isolado. E, embora a Coroa Canadense tenha demarcado as planícies de Kootenay como terra federal, as autoridades decidiram não retirar as pessoas de lá. O acampamento de Littlechild era muito menor, mas tinha sido instalado em um parque provincial e, portanto, a ameaça em potencial que um pequeno bando de índios representava para a sensibilidade dos turistas não podia ser tolerada.

E 1971 fica a um mundo de distância de 2016.

Não que o desfecho de Robert Smallboy tenha sido muito melhor. Em uma viagem para Banff, no inverno de 1984, ele foi obrigado a dormir na neve depois que os hotéis da cidade decidiram que, se nativos a cavalo na parada municipal do Dia do Índio eram completamente aceitáveis, um chefe indígena solitário querendo alugar um quarto para o pernoite não era. A noite estava fria e ele terminou com queimaduras de frio nos dedos dos pés. Essas feridas gangrenaram e, no verão daquele ano, Smallboy já estava morto.

VOU PARA O BUFFET e pego um segundo doce. Duvido que esses doces sejam recomendados para diabéticos, mas eles são pequenos e o truque é comê-los bem devagar, com café. A mãe de Mimi leu um artigo que indicava o quanto o café inibia a rápida absorção do açúcar pelo corpo.

Não acredito muito nessa ladainha. Muito provavelmente esse é apenas mais um trabalho do Instituto da Confusão e da Desmoralização. Mas, ainda assim, pensar na possibilidade é reconfortante.

O refeitório está deserto agora e, sentado sozinho na mesa, me imagino de volta a Guelph, sentado no meu sofá enquanto assisto uma partida de futebol. A menininha da estação Keleti está sentada ao meu lado, com seu macaco de pelúcia nos braços. Muffy, o cão perfeito, está no meu colo. Juntos, assistimos o Toronto Argonauts perder mais um jogo. A menina quer saber por que os jogadores não possuem armas, e eu digo a ela que futebol é um jogo e que, se os jogadores tivessem armas, eles iriam se matar, e aí não seria um jogo, seria uma guerra.

Talvez, a menina me diz, a gente devesse tirar as armas das mãos dos soldados e dar para eles algumas bolas de futebol.

Eu tenho esses devaneios moralistas de tempos em tempos. Eles nunca duram muito e, na verdade, o efeito também é um tanto quanto efêmero.

Eugene senta na cadeira ao meu lado, tempestuoso. As gêmeas estão em pé, perto da janela, de mãos dadas, balançando para frente e para trás e cantando *Reme, reme, reme seu barco*.

Tão cheio de boas intenções, Eugene diz. *Claro, desde que você não precise tomar alguma atitude.*

Observo os funcionários do hotel limpando o refeitório.

Didi se aproxima e se inclina sobre a cadeira. *Você também quer cantar?*

Cantar sempre faz eu me sentir melhor, Desi diz.

Kitty não fala uma palavra sequer. Ela está na porta, inquieta, mastigando as unhas.

Vai ser um ótimo dia, um dia para caminhar e conhecer os pontos turísticos da cidade. Então eu me levanto, deixo uma gorjeta e sigo na direção das escadas.

No meio do caminho, dou um encontrão em Eugene com o ombro. Só porque me deu vontade.

Mimi está sentada na cadeira ao lado da janela. Ela está imóvel e, a princípio, acredito que está dormindo.

— Sabe o que eu estou pensando? — ela pergunta.

— Você perdeu o café da manhã.

— Estou pensando que deve ser assim que os ricos se sentem.

Sento na cama e espero. Mimi observa a ponte e os turistas e o rio pela janela.

— Nós podemos viajar para qualquer lugar, podemos nos hospedar num hotel legal, comer num restaurante decente, visitar os pontos turísticos e voar de volta pra casa. E é isso aí.

— Budapeste não é culpa nossa.

— E, se a gente dá de cara com alguma situação complicada, a gente pode simplesmente ignorar.

— Você precisa se alimentar.

— Quantas vezes?

— Que tal a gente deixar o guia de viagem descansando no quarto hoje?

Vou para o banheiro e me injeto insulina, oito unidades, por causa dos doces. Vai que aquela terapia do café seja apenas um mito.

— A gente poderia só sair caminhando pela cidade, o que você acha?

Quando volto, Mimi está me esperando. Ela está em pé ao lado da cama, com o casaco na mão.

— Quantas vezes?

— Árabe — eu guardo a câmera na minha mochila. — Eu pesquisei. Os refugiados sírios falam árabe.

Mimi está certa. Quantas vezes fechamos os olhos diante de injustiças? Quantas vezes ignoramos a intolerância? Quantas vezes retribuímos o racismo e o preconceito com nada mais do que o silêncio? No momento em que descemos as escadas e pisamos do lado de fora do hotel, eu já me lembrei de pelo menos uma dúzia de exemplos dolorosos — e nem precisei me esforçar para chegar a essa marca tenebrosa.

— Não estou com raiva — Mimi diz para mim, em cima da ponte, depois de nos embrenharmos no meio da multidão. — Estou decepcionada. Só isso.

Lá na frente, turistas de uma excursão se reúnem em volta de um santo enquanto o guia explica para eles a importância dos mártires.

Na metade da ponte, Mimi para e contempla a cidade e o rio.

— Entre todas as escolhas possíveis — ela diz —, olha o que a gente decide fazer.

Como o mundo é o que é, confesso que considerei, em inúmeras ocasiões, o suicídio. Mas nunca consegui escrever uma boa carta de despedida. Uma vez, cheguei a pesquisar na internet para ver se descobria alguns exemplos de sucesso dentro desse, por assim dizer, gênero literário.

O poeta John Berryman escreveu *Eu sou um estorvo* no verso de um envelope. Vachel Lindsay, outro poeta, deixou a seguinte mensagem: *Eles tentaram me pegar — mas eu peguei eles antes.* O ator George Sanders, por sua vez, escreveu três cartas de suicídio, sendo que a mais significativa das três dizia: *Querido mundo, vou embora porque estou entediado. Sinto que já vivi o suficiente. Deixo você se virar com os seus problemas neste adocicado esgoto. Boa sorte.*

Nenhuma das cartas me impressionou. A minha vontade era escrever algo como o verso da música de Gloria Shayne Baker.

Adeus, mundo cruel, vou fugir com o circo.

Curto e perspicaz.

Mas Baker passou na minha frente, ainda que ela não tenha cometido suicídio. Ela morreu de câncer de pulmão aos oitenta e quatro anos, então o verso talvez ainda esteja disponível.

Em um dos meus piores momentos, expliquei o dilema a Mimi.

— Você quer se matar?

— Estou pensando no assunto.

— Mas você está preocupado com a carta de despedida?

— Acho que é uma questão importante.

— Bird — Mimi disse —, se você está preocupado com a qualidade da sua prosa, você não tem tendências suicidas. Você só está em um dia ruim na escrita.

— Tá certo. Mas o que você faria?

— Eu o quê? Em relação a suicídio?

— Isso.

— Eu reservaria um quarto em um hotel legal com uma banheira enorme — Mimi respondeu, sem parar muito para pensar. — Chocolate amargo. Um pouco de vinho. E iria pendurar um aviso na porta do banheiro escrito: *Não entre, suicídio em andamento.*

— Estou falando sério.

— E por que você acha que eu não?

DEPOIS QUE OS POLICIAIS FORAM EMBORA, caminhei pelo que sobrou do acampamento de Littlechild. Encontrei um brinquedo infantil na grama e também um recipiente de plástico arremessado na água pelo vento. Uma colher e um garfo esperavam ao lado de uma estaca de tipi, enterrada até o talo no chão.

A única coisa ainda de pé era a fogueira.

No fim, a confusão em Writing-on-Stone não gerou uma grande história. As pessoas foram levadas para Lethbridge, onde foram autuadas e liberadas. Littlechild foi acusada de invasão de propriedade. Ela depois foi condenada a um ano de condicional e banida de qualquer parque nacional ou provincial.

Alguns estudantes nativos organizaram um protesto na Universidade de Calgary em apoio ao acampamento. Littlechild deveria fazer um discurso no evento, mas não apareceu, e ninguém nunca explicou os motivos da sua ausência.

Naquele momento, eu já estava de volta a Guelph.

São e salvo. Sem um arranhão sequer.

Alguns meses depois daquele incidente, o Calgary Herald publicou uma reportagem sobre uma família que tinha acabado de visitar o acampamento abandonado. Uma das crianças da família tirou uma foto dos restos da fogueira e postou na sua página no Facebook. Essa imagem mostrava tímidas nuvens de fumaça brotando do solo.

Naquele dia em Writing-on-Stone, assisti a polícia apagar o fogo com água e revirar as cinzas, mas, apesar de todos os esforços das autoridades, o carvão sobreviveu e continuou a arder.

PORTANTO, ESTAMOS EM PRAGA.

O sol brilha forte. O dia está mais quente do que aquilo que considero confortável, mas Mimi adora calor, então estou torcendo para que a temperatura dê uma boa animada nela. Com sorte, até o final do dia ela já vai ter esquecido de Budapeste e dos refugiados.

Tento fazer minha parte.

— Tem alguma igreja que você queira visitar?

Mimi inclina a cabeça e aperta os olhos.

— Quem é você e o que você fez com o meu coraçãozinho?

— Hoje o dia é seu — respondo depressa. — Vamos fazer o que você quiser.

— E o que aconteceu com aquela história de *vamos caminhar pela cidade*?

— A gente pode caminhar e também visitar uma igreja.

— Nós já vimos uma igreja no outro dia — Mimi diz. — No castelo.

— Deve existir mais de uma igreja em Praga.

— Acho que eu prefiro fazer compras.

Paro de andar e espero.

— Praga deve ter um ou dois brechós.

Brechós, para mim, estão na mesma categoria dos depósitos de lixo, logo atrás dos restaurantes de fast food. Brechós, para Mimi, são minas de ouro prontas para serem exploradas.

Tento manter um tom neutro na voz.

— Você vai viajar essa distância toda até Praga pra sair procurando um brechó?

— Qual é o problema com reciclagem?

Não tenho problema nenhum com reciclagem. Separo os plásticos dos orgânicos. Uso sacolas de cânhamo. Temos inúmeros painéis solares no telhado da nossa garagem. Estamos até pensando em comprar um carro elétrico.

— Não entendo por que você acha tão ruim o conceito de

roupas usadas — Mimi diz. — Você tem uma variedade de escolhas muito maior.

— A moda de ontem com os preços de hoje.

— Você está falando como se fosse um rico esnobe.

— Cuecas usadas?

— Todas as roupas são lavadas — Mimi diz — e você pode lavar de novo quando chegar em casa.

— Uma calcinha fio-dental. Você compraria uma calcinha fio-dental usada?

— Não dá pra todo mundo comprar roupa nova, jogar essa roupa fora e depois comprar outra roupa nova — Mimi está com as mãos no quadril. — Talvez a gente consiga encontrar uma camisa pra você.

— Qual é o problema com a minha camisa?

Atravessamos tranquilos a ponte. Mas, na primeira encruzilhada, precisamos tomar uma decisão.

— O guia de viagens fala de algum brechó?

— Fala — Mimi responde. — Mas nenhum deles é perto — ela pega a rua da direita e logo depois interrompe o passo.

— A gente pode caminhar ou pegar um táxi.

— É mais longe do que a pizzaria?

— Talvez — ela me diz. — Ou seja, o que *você* quer fazer? Só não me machuque dizendo que quer ir pra casa.

Dois homens de terno passam ao nosso lado. Um deles dá uma olhada rápida no pulso e vejo um reflexo dourado, o que me faz lembrar de Oz naquela nossa primeira manhã na cidade.

— Relógios — eu digo, antes de acabar pensando demais no assunto. — Quero dar uma olhada em relógios de luxo.

— Você já tem um relógio.

— Sempre dá pra melhorar.

— Você nem gosta tanto assim de relógios.

— Tem muitas coisas que eu faço, apesar de não gostar.

Mimi balança a cabeça.

— Como me acompanhar nos brechós.

— Quem sabe, talvez, se eu tiver um relógio legal, eu me sinta um pouco melhor comigo mesmo.

— Não acho que seja essa a solução — Mimi diz —, mas não vejo mal nenhum em procurar.

A loja que Mimi quer visitar é o Brechó de Praga, na rua Budečská, que fica no distrito de Vinohrady. Ela entra pela porta do lugar e imediatamente desaparece pelas araras de roupa. Não conheço todos os brechós do mundo, mas os que eu entrei têm exatamente o mesmo cheiro. E todos eles se parecem. O brechó da rua Budečská poderia ser o Value Village da Silvercreek, em Guelph. Ou o Mission Thrift da Victoria Road. Ou o St. Vincent de Paul na rua Elizabeth.

Mesmo cheiro. Mesma cara.

Quase como ficar preso em um cesto de roupa suja.

Na superfície, a doação de roupas parece ser uma proposta simples. Você doa roupas para instituições de caridade. Essas instituições vendem as roupas nas suas lojas. O dinheiro ajuda pessoas em situações de necessidade.

Se esse fosse o resumo da ópera, seria ótimo. Só que não é bem assim.

As instituições de caridade recebem muito mais roupas do que conseguem dar conta, e também aceitam roupas que nunca poderão ser vendidas. De todas as toneladas de doações, ou seja, de todas essas roupas doadas por um público bem-intencionado, os brechós só têm capacidade de lidar com uma pequena porcentagem. O resto é despachado para países em desenvolvimento, como a Índia ou o Quênia ou o Chile ou a Tunísia, onde entra em competição com as indústrias têxteis locais, ou é jogado em aterros sanitários, ou termina sendo incinerado.

Em 2016, Uganda, Tanzânia e Ruanda tentaram banir a importação de roupas de segunda mão como uma forma de proteger suas indústrias têxteis, ao mesmo tempo em que tentavam manter os despojos da América do Norte longe dos seus aterros sanitários. Quase que de imediato, os Estados Unidos subiram o tom da conversa e ameaçaram esses países com sanções econômicas se eles continuassem tentando fechar a lixeira favorita do mundo livre.

Mencionei essa questão para Mimi em inúmeras ocasiões, e ela concorda que é um assunto problemático.

Ainda assim, é difícil resistir a uma blusa de organza da Dolce & Gabbana por menos de sete dólares.

Neste momento, ando pela loja tentando não tocar em nada. Todos os meus suspeitos de sempre estão por aqui. Calças jeans, tops, bolsas, cintos, chapéus, roupas infantis e brinquedos, casacos, livros. Toda a mercadoria organizada em corredores estreitos, sem espaço nenhum para uma pessoa passar.

Uma cornucópia de detritos do Primeiro Mundo.

A loja nem é tão grande assim, mas Mimi já desapareceu. Alguns brechós possuem provadores individuais. Alguns possuem cortinas suspensas que escondem um pequeno esconderijo na parede. Alguns te obrigam a segurar as roupas na mão e adivinhar se elas cabem em você ou não.

As roupas masculinas ficam na parte de trás. Para manter o tédio sob controle, passo os olhos pelas camisetas, quem sabe alguma delas não chama minha atenção.

Mimi e eu temos pontos de vista muito conflitantes em relação às camisetas. Mimi não gosta delas, não importa a cor ou a estampa. Para ela, uma camisa sem colarinho e sem botões não é uma camisa.

É um pano sujo manchado de tinta.

Para mim, camiseta é a configuração padrão para os meus dias, desde que ela seja preta, tenha gola redonda e não venha com um bolso no peito.

O brechó pendurou uma dúzia de camisetas pretas nos cabides. Somente três do meu tamanho, o que torna a decisão um pouco mais fácil. Uma das camisetas diz: *Existem 99% de chance de eu não estar nem aí.* A segunda tem o símbolo da Nike, o que acaba com qualquer possibilidade de eu ser encontrado vivo com esse tecido no meu corpo. A última camiseta preta tem a imagem de um índio estilizado em cima de um cavalo atravessando as pradarias.

Estou segurando a camiseta na frente do meu tronco, me avaliando no espelho, quando Mimi entra pelo corredor.

— Essa é pior do que a que você está vestindo agora — Mimi comenta.

— Eu meio que gosto dela.

— Que tal *meio que* botar ela de volta no cabide?

— Você encontrou alguma coisa?

É uma pergunta retórica. Mimi está com o braço coberto de roupas.

— Ainda estou pensando.

Ergo a camiseta de novo.

— Eu poderia usar em dias especiais.

Mimi fecha os olhos por um segundo. E depois abre mais uma vez.

— Você se lembra daquele cara branco vendendo camisetas no último pow-wow de Toronto?

— O cara vestido como se fosse Buffalo Bill?

— Lembra aquela camiseta específica?

Além das tradicionais camisetas com dizeres como *Segurança Interna*, *Nação Vermelha*, *Guerreiros* e *Orgulho Nativo*, esse cara também vendia camisas de diferentes cores com uma estampa bem grande, na qual se lia *Troco Dança por Bebida!*

— Essa é quase tão ruim quanto aquela — Mimi diz. — Sem falar que é preta.

Continuo, então, a perambular pela loja enquanto Mimi prova as roupas que ela não vai comprar e me pergunto, não pela primeira vez, se a maioria daquele lixo não chegou até aqui graças a uma ajudinha da morte.

Quando uma pessoa morre, as pessoas que sobram são obrigadas a lidar com os acúmulos de uma vida. Jerry fica com o piano. Thelma com a prataria. Angela leva a pintura que ficava pendurada acima do sofá, aquela que os pais compraram durante um cruzeiro. A mesa de jantar e as cadeiras vão para uma sobrinha que acabou de se casar, e a televisão termina no porão de um sobrinho que está montando uma caverna do homem e agora só vai precisar de um letreiro luminoso de cerveja para completar a decoração.

O resto vai para um brechó, porque é mais barato do que alugar um depósito. Estritamente falando, não é reciclagem. É uma nova abordagem para o abandono.

Quando Mimi me encontra de novo, estou examinando um utensílio de cozinha, ou algo assim, que poderia muito bem se passar por um brinquedo sexual.

— Nem fique muito animado — ela diz. — É pra macarrão.

— Você achou alguma coisa?

— Conversei com uma das mulheres no caixa — Mimi responde. — Ela me deu o nome de uma rua.

— Uma rua?

— Perto do relógio astronômico.

— A gente já viu o relógio.

— Mas — Mimi diz —, se você quer um relógio de pulso, Pařížská é o lugar certo pra realizar seu desejo.

— Você quer sair pra comprar relógio?

— Não — Mimi revira os olhos. — *Você* quer comprar um relógio. *Eu* só quero mesmo é ficar olhando.

A orientação passada pela mulher do caixa foi a seguinte: andem até o relógio astronômico, deem a volta na praça, encontrem as pessoas ricas e sigam atrás delas. E foi mais fácil do que imaginamos. Pařížská é uma rua apinhada de lojas de relógios.

— Escolha uma e somente uma — Mimi diz.

— Eu sou o senhor do meu destino.

— Portanto, escolha com sabedoria.

Andamos por algumas quadras da rua Pařížská, em ambas as direções. E depois percorremos tudo de novo. Olho para as lojas de relógio enquanto Mimi lê os cardápios dos restaurantes que encontramos pelo caminho.

— Pois então — ela diz —, quem é a grande vencedora?

Escolho uma loja com portas de segurança e um vigilante armado, uma loja com madeiras escuras e latão polido na fachada. Preciso tocar a campainha e aguardar que alguém autorize nossa entrada em um pequeno saguão. Depois, esperamos o fechamento da primeira porta até que a segunda porta se abre e somos autorizados a entrar na loja propriamente dita.

Quando piso na loja e sou liberado pelo segurança, já me sinto como se fosse uma pessoa importante.

Lá dentro, eu imaginava que poderia caminhar livre, passear pelas vitrines e bancadas, analisar os relógios, acenar com a cabeça em sinal de aprovação, mas não é o que acontece. Assim que chego perto da primeira bancada, uma mulher alta e elegante flutua na nossa direção como se ela fosse um iate se aproximando da marina.

— Bom dia — ela diz, com um leve sotaque britânico. — Americanos?

— Canadenses.

— Melhor ainda — o sorriso dela é impressionante, lábios carnudos e dentes brancos brilhantes, e fico feliz de não ter comprado aquela camiseta. — Como posso ajudá-los?

— Relógios — Mimi diz, também com um sorriso, em certo tom de chacota. — Este senhor do seu destino e capitão da sua própria alma quer dar uma olhadinha nos relógios.

— *Invictus* — a mulher responde. — William Ernest Henley.

Conheço um pouco da história de Henley. Quando ele tinha uns dezesseis anos de idade, perdeu uma perna por causa da tuberculose. E, menos de dez anos depois, recebeu o diagnóstico de que perderia a outra também. O que ele fez, no entanto, foi procurar um famoso cirurgião inglês e aí, graças a múltiplas cirurgias, a perna foi salva. Ele escreveu *Invictus* durante a recuperação.

Esse era um dos poemas preferidos da minha mãe. Sempre interpretei como uma briga entre Henley e a medicina. Minha mãe entendia como uma cama de proteção contra a desgraça e a pobreza e contra o abandono do seu ex-marido.

— Meu nome é Sophia. Vocês estão interessados em alguma marca em particular?

— Alguma coisa cara — Mimi responde. — Meu capitão aqui está se sentindo pressionado pelo calor do momento.

— Bird — eu digo. — Pode me chamar de Bird.

— Sr. Bird, é um prazer conhecer você e a Sra. Bird.

— Bull Shield — Mimi retruca, e seu sorriso já desapareceu.

Sophia é muito alta, com um cabelo ruivo e olhos de um azul-acinzentado. Ela está com um vestido preto bem justo, além de um colar de pérolas, e parece que acabou de sair de uma limusine no festival de Cannes ao invés de estar aqui mostrando relógios para um casal de idosos do Canadá.

— Bull Shield — Sophia diz. — É um nome Blackfoot?

Mimi fica atônita com a pergunta.

— Meu marido é alemão — Sophia continua. — Ele é louco pelas culturas indígenas. O sonho dele é participar de um pow-wow em Alberta. Ele vai ficar com bastante inveja de mim.

— Qual é o relógio mais caro da loja? — Mimi pergunta.

— No momento — Sophia explica —, temos um Patek Philippe, em consignação de um colecionador, por três milhões e seiscentos mil euros.

Um silêncio profundo preenche o ambiente.

— Mas imagino que vocês queiram um relógio para o dia a dia, não? — Sophia retoma a conversa.

— Sim, claro, com certeza — Mimi responde.

— Então, acho que talvez o Patek não seja o mais recomendado. É um relógio que você coloca em um cofre e admira sua beleza à distância.

Quando me sento na cadeira, percebo que Rolex é a única marca que eu conheço dentro do mercado de relógios de luxo.

Sophia balança a cabeça.

— Você não vai querer um Rolex. Todo mundo tem um Rolex. Você dirige um Chevrolet ou um Ford?

Eu não dirijo nem um Chevrolet, nem um Ford, mas não sei se quero contar para Sophia que dirijo um Subaru.

— Então você não deve comprar um Rolex — Sophia se afasta da bancada. — Esperem aqui, vou trazer alguns relógios excelentes para vocês poderem avaliar melhor.

Assim que ela sai, um homem mais jovem se aproxima. Ele poderia ser o irmão mais novo de Sophia.

— Posso trazer um café ou uma taça de vinho para os senhores? — ele pergunta. — Uma garrafa de água com gás?

Estou me divertindo de verdade com a situação. Tento não olhar para Mimi.

— Acho que um vinho seria ótimo — eu respondo.

— E a senhora, o que deseja?

— Água — Mimi diz, com a voz impregnada por uma opacidade militar, como se ela tivesse acabado de ordenar a destruição de um pequeno vilarejo.

Sophia volta quase que de imediato com uma bandeja de veludo e cinco relógios alinhados em intervalos equidistantes. Na superfície, todos eles lamentavelmente se parecem com os Citizens e os Seikos que decoram os shoppings do mundo.

— Relógios de qualidade são uma aquisição muito pessoal.

Tento ler as marcas nos mostradores de cada relógio na esperança de que algum nome consiga acordar o meu inconsciente, mas as letras são pequenas demais.

— Não sei — eu olho para Mimi. — Você gosta de algum desses?

Mimi não morde a isca.

— Ah — ela diz —, eu gosto de todos.

Sophia, por sua vez, não perde a oportunidade.

— Vamos começar com o Audemars Piguet — ela diz, e ergue o primeiro relógio contra a luz. — Este é um modelo da coleção Royal Oak.

— Claro — eu digo, com autoridade.

— Ouro rosa. Trinta e sete milímetros. Pulseira de couro de crocodilo. Observem como a caixa é diferenciada e todo o trabalho extraordinário que foi feito no mostrador. É um relógio imediatamente reconhecível.

— E o preço? — Mimi diz.

— Vinte e três mil e setecentos euros — Sophia diz.

— E esse aqui? — Mimi pergunta.

— Ah — Sophia diz. — Esse é o meu favorito. O Jaeger-LeCoultre Reverso. Também em ouro rosa. Caixa retangular. Mas, enquanto o Piguet é um automático, o Jaeger é um relógio de corda manual.

Sophia pressiona a lateral da caixa do relógio com o dedão. O mostrador se solta e se levanta, revelando um segundo mostrador.

— Dois mostradores — ela diz. — Em essência, são dois relógios. Um mostrador em preto. Outro mostrador em branco.

— Para o dia e para a noite — eu digo, querendo não ficar para trás.

— Exato — Sophia diz. — E somente quinze mil euros.

— E esse aqui de prata?

Sophia ergue um relógio de aparência um tanto quanto ordinária.

— Não é prata — ela explica. — É platina.

— Outro Jaeger?

— Por causa da caixa retangular? — Sophia diz. — Não, este aqui é um A. Lange & Söhne.

— A. Lange & Söhne — eu repito, para não esquecer como se pronuncia a marca.

— Você tem um olho excelente — Sophia diz.

— Eis o meu capitão — Mimi diz.

— Este é um dos modelos Cabaret Tourbillons. Uma obra-prima de corda manual. Duzentos e dez mil euros.

Faço uma conta rápida com o valor acumulado dos cinco relógios alinhados naquela caminha de veludo na minha frente. Mais de trezentos mil euros. Meio milhão de dólares canadenses.

— Posso fazer uma pergunta? Esse relógio é para a sociedade ou para o psicológico?

Eu dou um sorriso.

— Muitos dos nossos clientes vêm aqui em circunstâncias de trabalho. Nesses casos, um relógio caro é parte do... Como posso dizer... Uniforme?

— Claro — Mimi diz —, consigo imaginar Bird em um uniforme.

— Enquanto outros compram relógios por questões mais pessoais.

— Pra eles tentarem se sentir melhor com a própria vida?

— É uma escolha absolutamente legítima — Sophia diz —, mas quase nunca dá certo.

— Você ouviu isso, Bird? — Mimi diz. — Quase nunca dá certo.

Ergo minha taça contra a luz e me impressiono com o bordô suntuoso do vinho.

— E, claro, pode-se comprar um relógio de prestígio simplesmente pela excelência do material — Sophia diz. — Se você possui o dinheiro necessário, todas as justificativas são válidas.

No resto do dia, passeamos por Praga. Percorremos o pequeno bairro artístico de Novy Svet, almoçamos no Café Louvre, que um dia foi frequentado por Einstein e também por Kafka. Encontramos a estátua de Sigmund Freud pendurada no ar e visitamos o memorial das vítimas do comunismo, uma série perturbadora de figuras humanas descendo um número interminável de degraus, homens de metal que parecem ter sido dilacerados por uma explosão inesperada.

E caminhamos até o parque Letna. É uma área mais alta em relação ao rio e à cidade. Em algum momento, quando os soviéticos controlavam Praga, havia um monumento gigantesco em homenagem a Josef Stalin que dominava a paisagem. Pouco depois da morte de Stalin, em 1953, Nikita Khrushchov, que não era um grande fã do Tio Josef, ordenou a destruição da estátua de dezessete toneladas. O espaço permaneceu desocupado até 1991, quando Vratislav Novák projetou e construiu um metrônomo funcional no lugar.

Hoje, o parque Letna é uma vitrine para grafiteiros e skatistas.

Mimi e eu vemos os adolescentes deslizarem os skates pelos vários obstáculos e quicarem por bancos de pedra e degraus.

— Você já tentou andar de skate?

Subi uma vez em uma prancha com rodas. Não deu muito certo.

— Aquilo ali são sapatos?

São. Pendurados em um pesado cabo de energia que conecta o metrônomo ao poste de energia, estão vários pares de sapato, todos com os cadarços amarrados um no outro.

— Por que alguém faria isso?

— Talvez seja um protesto.

Mimi não está muito convencida.

— Mas contra o que eles estão protestando?

— Vai ver é como aquela ponte em Paris.

— Aquela com os cadeados?

Um grupo de turistas para de repente ao lado do metrônomo. Dez ou doze homens e mulheres aglomerados em volta de uma mulher alta que segura um guarda-chuva amarelo fosforescente. Dá para sentir Mimi se inclinando em direção à voz da mulher.

— É em inglês — Mimi diz.
— Vá em frente.
— Tem certeza?
— Vou sentar um pouco.
— Você está se sentindo bem? — Mimi pergunta. — Não é um problema com o açúcar?

Encontro um banco e Mimi se apressa para fazer sua dancinha ao lado da excursão. Chip surge no meio de um grupo de skatistas. Ele está praticando ollies e kickflips.

Ei, velhinho, ele grita ao passar por mim, *você devia tentar esse negócio aqui.*

Kitty e as gêmeas estão atrás de um poste de luz. *Cuidado*, elas gritam para Chip. *Você está sem capacete.*

Relógios de luxo?, Eugene se senta ao meu lado no banco. *Jesus Cristo, Birdman. Que tipo de idiota patético paga aquela quantidade de dinheiro por um relógio?*

Mimi já se juntou à excursão e agora faz sua imitação de Ginger Rogers.

Chip tenta uma manobra no corrimão de ferro e desaba em cima de uma lixeira.

Eugene balança a cabeça e começa a gargalhar. *Você quer se transformar no Jim Dois Centavos, é isso?*

Quando eles explodiram a estátua de Stalin, Kitty diz, *alguém morreu durante a explosão?*

Didi e Desi ajudam Chip a se levantar. Ele está com alguns arranhões no cotovelo e a calça está rasgada na altura do joelho.

Ignoro os demônios e me concentro nas nuvens que pairam por cima da cidade. Uma delas se parece com um urso, enquanto outra se parece com um enxame de abelhas.

É uma alegoria, Eugene diz. *A ganância dos ricos e dos poderosos. A impotência da plebe.*

— Eu sei disso — eu digo para Eugene.

Todas as abelhas têm um ferrão e, toda vez que uma abelha pica um urso, a abelha morre.

Quem morre?, Kitty pergunta.

Só existe um jeito das abelhas ganharem. Somente uma maneira delas controlarem os ursos, Eugene se remexe no banco. *Quando você encontrar seu coleguinha do café da manhã, diga que ele só sabe mesmo é falar merda.*

Choque anafilático, Kitty diz. *É terrível.*

Diga a ele que os ursos sempre vão ganhar, Eugene diz. *Enquanto as abelhas produzirem mel, os ursos vão atrás delas.*

Abandono Eugene no banco e vou caminhar ao longo do paredão de pedra. Mimi já se afastou dos turistas e segue na minha direção.

— Ótima vista — ela diz, quando chega perto de mim. Um vento forte sopra pelo parque e deixa a temperatura mais amena. — Mas eu estou com frio.

Mimi não espera minha iniciativa. Ela se aconchega no meu corpo e esquenta as mãos debaixo das minhas axilas. Os dedos dela estão congelantes, mas não reclamo nem me afasto.

— Como foi a excursão?

— O mundo parece pacífico daqui de cima — Mimi diz.

— A maioria das coisas ganha uma beleza a mais quando se vê de longe.

— Você se arrependeu de não ter comprado aquela camiseta?

— Um pouco.

Mimi me dá um beliscão.

— E os relógios?

— Não achei nenhum que me agradasse.

Mimi permanece no mesmo lugar.

— Relógios e refugiados — ela diz. — Como é que acontece uma combinação como essa?

Abraço Mimi e esfrego suas costas.

— E, ainda assim, esse é o mundo que nós criamos.

Ficamos ali em pé, nós dois. As sombras da noite suavizaram a paisagem e transformaram o rio em uma enxurrada de água prateada. Mais um pouco e o céu vai escurecer por completo e tudo o que vamos conseguir enxergar são as luzes da cidade.

VIII

No meio da noite, vou ao banheiro no escuro e sou obrigado a tatear meu caminho até o vaso sanitário. Mal comecei meu serviço por ali quando escuto um gemido e tomo um baita susto.

Mimi está encolhida ao lado da banheira, esmagando uma toalha com as mãos.

— Você está bem?

Outro gemido.

Coloco a mão na sua testa.

— Você está com febre.

Se soubéssemos que um de nós dois ficaria doente durante a viagem, eu não suspeitaria que seria ela.

— O vaso — Mimi diz. — Acho que vou vomitar.

Existem algumas coisas que os homens conseguem fazer melhor do que as mulheres. Urinar não é uma delas. Por algum motivo, fomos treinados para urinar em pé. As mulheres se sentam, mas nada impede que os homens se sentem também.

— Espere, não vomite ainda.

Pego uma toalha de rosto e limpo a área do vaso que foi atacada graças ao susto que levei — e que, tecnicamente, não foi minha culpa.

— Vou buscar um pouco de água.

Dou descarga, enxáguo a toalha e deixo a torneira correr.

— Aqui — eu digo a Mimi —, você precisa beber água.

Algumas pessoas, quando ficam doentes, são ótimas pacientes, e outras não. Só que não dá para identificar quem é quem só de olhar para a cara da pessoa. Se você olha para Mimi, por exemplo, você imagina que ela é uma paciente compassiva, alguém que valoriza o esforço dos outros, alguém que agradece pela gentileza.

— Não quero água.

— Que tal uma compressa gelada? — eu digo, antes de lembrar que a única toalha disponível tinha acabado de ser inutilizada.

Mimi consegue de alguma maneira sentar e se arrasta até o vaso sanitário. Eu, no fim, volto para a cama para que ela não se sinta pressionada enquanto vomita suas tripas para fora.

Na cama, dou uma olhada no relógio. Quatro e meia. Três horas antes da abertura do refeitório, quando vou poder arranjar algo que acalme seu estômago.

Tento repassar o que comemos no jantar. Fomos em um restaurante e sentamos em uma mesa coletiva, compartilhando pratos de salsichas e repolho cozido com os outros clientes. Quero pôr a culpa no repolho, que veio em tigelas enormes e cheirava como o vestiário masculino de uma escola secundária, mas nós dois comemos as mesmas coisas e eu não estou passando mal.

— Me ajude aqui um pouco.

Vou até a porta do banheiro.

— O que você precisa?

— Um travesseiro seria bem útil agora.

Mais vômito.

Quando eu era criança, toda vez que ficava doente, minha mãe me receitava um copo de refrigerante de gengibre e torrada seca. Hoje não consigo nem mais imaginar quais seriam as propriedades medicinais desses dois excepcionais remédios.

Mimi está deitada no chão. Tento não olhar para o vaso sanitário.

— Você não pode dormir aí.

— Só me traga um travesseiro.

Pego um travesseiro e um cobertor e deixo Mimi o mais confortável possível.

— Volte pra cama — ela me diz. — Você é inútil aqui.
— Eu posso ser um ombro amigo.
Mimi se vira de lado e enterra o rosto no travesseiro.
— Por que o chão está com esse cheiro de urina?

Deito na cama e cochilo de vez em quando, mas não consigo realmente dormir. Escuto Mimi vomitar mais algumas vezes. Minha vontade é abrir o guia de viagem e pesquisar pelos hospitais da região.

Mas não faço nada.

Kitty anda de um lado para o outro do quarto. *Você não vai querer levar ela em um hospital de Praga.*

Eugene senta na cadeira com as pernas esticadas e o chapéu cobrindo os olhos.

Eles podem cometer um erro, Kitty continua, *e ela terminar em coma.*

Relaxa, garotão, Eugene diz, *só fique aí sentado e não me venha querer ser o salvador da pátria justamente agora.*

Remexo nas nossas malas à procura dos medicamentos que Mimi sempre carrega nas viagens.

— Nós temos Imodium — eu grito.
Escuto Mimi se revirar no chão do banheiro.
— É pra diarreia.
— Paracetamol?
— Pra dor de cabeça.
Encontro uma caixa com vários tubos azuis compridos.
— Vagifem?
— Dramin — Mimi diz, sua voz amplificada pela acústica do vaso sanitário. — Encontre o Dramin.

Perto das sete horas, Mimi para de vomitar e a febre diminui. Ela se apoia em mim e volta para a cama.

— Estou me sentindo melhor — Mimi diz, sem acreditar nas próprias palavras.

— Vou precisar descer pra comer — eu digo a ela. — Posso trazer alguma coisa pra você?

— Estou sem fome.

— Claro — eu digo. — Não agora. Mas uma hora você vai ficar.

— Antes de sair — Mimi diz —, você pode trazer o vaso sanitário pra mais perto da cama?

Chego cedo para o café da manhã. O refeitório ainda está fechado e não vejo nenhum sinal de atividade lá dentro. Estou em dúvida entre esperar a abertura do salão ou dar uma caminhada rápida pela ponte quando Oz entra pela porta da frente com um jornal debaixo do braço.

— Você resolveu aparecer — ele diz, bastante animado.

— Resolvi aparecer.

— E sem a sua esposa de novo.

— Ela está doente.

— Doente?

— Uma irritação no estômago ou alguma coisa assim — eu conto a ele. — Mas já está melhorando.

Oz assente com a cabeça.

— Sempre que eu viajo, fico doente. Em Los Angeles, fico doente. Na Cidade do Cabo, fico doente. Sempre fico doente em Mumbai.

— Mas não em Praga.

— Em Praga também, claro, mas não hoje — Oz pisca um olho para mim. — É o avião. O ar ruim. Você precisa viajar de trem.

— Ou de navio?

— Exato — ele diz. — Ou a cavalo. Índios e cavalos. Vocês são amigos, não é verdade?

Eu me lembro de Yellowstone e daquelas duas horas de cavalgada até o inferno.

— Posso te acompanhar no café da manhã?

Começo a dizer a ele que o refeitório ainda não está aberto, mas, quando viro o corpo, descubro que agora está.

— Tenho uma notícia — Oz diz. — Não é boa. Nem ruim. Existe um ditado em inglês, *Nenhuma notícia é uma ótima notícia*, não é? Mas eu sempre me pergunto: será que essa é uma recomendação para a pessoa ser ignorante?

O refeitório está vazio. Somos os primeiros a entrar, então podemos escolher qualquer mesa. Oz escolhe a do canto.

— É a melhor mesa — Oz descansa o jornal, uma edição em inglês do New York Times, em cima do tampo. — Daqui você pode assistir o mundo entrar pelo salão.

A manchete do jornal fala do presidente dos Estados Unidos e da condenação de mais um dos seus principais assessores.

— Por mentir para o Congresso — Oz me devolve um sorriso, dando um tapinha no jornal. — Como se isso fosse um crime na política...

Olho para o buffet e tento imaginar o que eu poderia levar para uma pessoa doente comer.

— Então, a notícia — Oz diz. — Conversei com um amigo meu que trabalha no Museu Nacional. E, sim, os shows de faroeste passaram por Praga. Existe, inclusive, a história de um índio que caiu de um cavalo e se machucou, ele me disse. E esse meu amigo também me disse que esse índio ficou em Praga para se recuperar dos machucados.

Sinto uma pequena onda de excitação.

— Leroy Bull Shield?

— Por que não?

— Mas seu amigo não sabe. Ele mencionou alguma bolsa Crow?

— Não, mas, se você quiser, podemos acrescentar a bolsa à história — Oz responde.

— Então esse homem não era Leroy Bull Shield.

— Quem sabe? — Oz diz. — É assim que acontece com as histórias. A verdade é o que a gente quer que seja verdade.

195

Os itens do cardápio são diferentes do dia anterior, e agora não sei mais o que pedir de entrada.

— Vamos imaginar que Tio Leroy esteve em Praga — Oz diz. — E que, durante o show, ele se machucou ao atacar o vagão de um trem.

— Como ele se machucou?

— Uma queda — Oz responde. — Pode ser que ele tenha sido levado para o hospital e que lá ele tenha se recuperado, talvez até, quem sabe, por ter sido tratado por uma excelente enfermeira, uma bela mulher tcheca. Os dois então se apaixonaram, eles se casaram e se mudaram para Karlovy Vary, a terra da família dela.

— Karlovy Vary?

— É no oeste, uma cidade famosa pelas suas fontes termais. Então, em Karlovy Vary, nosso índio se tornou uma celebridade.

A atendente se aproxima e deixo Oz pedir por nós dois.

— Eles tiveram três, não, tiveram quatro filhos e todos viveram felizes pra sempre.

— O que explica Leroy nunca ter voltado pra casa.

— Exato. Essa parte é meio triste, mas inevitável.

— E a bolsa Crow?

— Ah — Oz diz. — Ainda está com a família. As crianças guardam a bolsa e, toda vez que abrem ela, lembram do pai.

— Do avô.

— Sim, claro. Do avô.

— Uma ótima história — eu digo.

— É como as verdades começam — Oz diz. — Precisamos contar as histórias de novo e de novo e de novo até que, um dia, elas conseguem andar com as próprias pernas.

— Mesmo que não sejam reais.

— Adão e Eva — Oz diz. — Oferta e demanda. Armas de destruição em massa. Não é a verdade que faz uma história prosperar. Uma grande mentira pode ser um grande sucesso.

Eu me levanto e vou para o buffet. Oz permanece na mesa e lê o jornal.

Confeccionar uma nova bolsa Crow para substituir a antiga é uma coisa. Inventar uma história sobre Tio Leroy e a vida que ele levou depois de sair do Canadá é outra. Claro, o relato que Oz me sugere é certamente plausível. Talvez a Europa no começo do século vinte não fosse tão racista quanto as fronteiras do Canadá. Talvez Leroy tenha compreendido que trabalhar em um show de faroeste era melhor do que viver sob a tirania da Igreja e do Estado. Talvez não poder rever sua família ou a terra onde ele nasceu tenha sido o preço da sua liberdade.

Mesmo que esse preço, sem dúvida nenhuma, seja bastante alto.

Oz me espera voltar com a bandeja para retomar a conversa.

— Bom, existem várias outras histórias que nós podemos contar — ele diz. — Histórias não tão agradáveis também. Seu Tio Leroy, por exemplo, podia ser somente um bêbado. Ele arranjou uma confusão com a lei e, como ele era um covarde, roubou a bolsa Crow e viajou com o show de faroeste. Na Europa, ele foi obrigado a vender a bolsa pra poder ganhar dinheiro pra bebida. E, no final, acabou morrendo em Plzeň com o rosto enfiado na sarjeta.

— Plzeň?

— É no caminho até Nuremberg — Oz me explica, limpando o garfo no guardanapo. — Mas, me diga, qual história a gente deve contar?

— Talvez a gente não precise inventar nenhuma história.

— Ah — Oz diz. — Um mistério.

— Talvez não tenha nada de errado em não saber.

— A imaginação sempre quer saber — Oz se recosta na cadeira e sorri. — É por isso que temos as histórias.

— E qual é a sua história?

— A minha?

— Por exemplo — eu digo —, você mora aqui no hotel?

— Ninguém mora em um hotel. A pessoa só pode alugar um quarto no hotel.

— Certo — eu digo, seguindo em frente. — Então quem é você?

— Qual história você quer saber?

— Que tal a das abelhas e dos ursos?

— Ah — Oz diz. — As abelhas e os ursos. As abelhas produzem o mel. Os ursos destroem as colmeias pra roubarem o mel. As abelhas tentam afastar os ursos pra poderem salvar a própria casa e a comida. Como se resolve esse impasse?

— As abelhas precisam se organizar.

— Uma união de abelhas.

— Os ursos são vulneráveis — eu pondero. — Os narizes ficam expostos, assim como os olhos e os ouvidos.

— Mas cada abelha que pica um urso morre.

— De fato.

— Aí está sua resposta — Oz diz. — Pra incomodar os ursos, as abelhas precisam se dedicar muito mais do que elas pretendem se dedicar.

— Essa história não é exatamente um jogo.

Oz se levanta e abotoa o casaco.

— Por favor — ele diz, depositando o jornal nas minhas mãos —, entregue pra sua esposa e mande lembranças. Eles têm uma reportagem sobre os refugiados que ela com certeza vai se interessar.

Oz mal saiu pela porta quando Eugene senta na cadeira vazia. Eu me concentro no meu café da manhã e tento ignorá-lo.

Ele está certo, Birdman, Eugene diz. *Se você é uma abelha, é melhor você se dedicar.*

O doce está particularmente delicioso hoje. Canela com maçã.

Mas você não se dedica nem um pouco, né?

Melhor levar um para Mimi também. Se ela não comer, eu como.

Você só fica aí gastando saliva, e Eugene se espalha pela cadeira com os dedos cruzados atrás da própria cabeça.

Olho para o relógio da parede. Mimi ainda não desceu, então presumo que ela continua na cama. Pego uma banana e o doce e vou para o quarto. Eugene fica para trás.

Abelhinha, abelhinha, abelhinha, ele grita. *Writing-on-Stone? Lois Paul? Que tal a gente conversar sobre Lois Paul, hein?*

Como eu imaginava, Mimi continua na cama.

Kitty está sentada na cadeira ao lado da janela, com o rosto inchado de tanto chorar. *Ela está morrendo.*

Deixo a banana e o doce na mesinha de cabeceira.

Kitty encara a comida. *Você está tentando matar ela?*

Eu me inclino sobre a cama e dou um tapinha na saliência que imagino ser a bunda de Mimi.

— Você está se sentindo melhor?

— Você trouxe alguma coisa pra eu comer?

— Uma banana.

Mimi rola pelo colchão e coloca a cabeça para fora da coberta.

— Nenhum docinho?

— Não sabia se você iria querer comer um doce.

Mimi se senta.

— Aquilo ali parece um doce.

— Acho melhor você começar pela banana.

— Porque aí você vai comer o doce.

— Não, não vou.

Mimi assoa o nariz no lençol.

— Você me ama?

Kitty se vira para a parede. *Ele deixou você aqui pra morrer.*

— Amo — eu digo. — Bastante.

— Então me dê o doce.

Mimi come o doce e depois come a banana.
— Foi só o que você trouxe?
— Posso conseguir uma pizza.
— Engraçadinho — Mimi diz, e dá para ver que ela está se sentindo melhor. — O que é isso?
— Isso o quê?
— Embaixo do seu braço.
Eu tinha me esquecido do jornal.
— É um jornal?
— O New York Times.
— Em inglês?
Além de ler cardápios e registros históricos, e também qualquer tipo de placa, Mimi adora ler jornal. E ela não se limita às reportagens.
— Leia pra mim.
— É um jornal enorme.
Mimi volta a se esconder debaixo das cobertas.
— Eu estou doente.
Percebo o olhar de Kitty e a encaro de volta.
— Mas você não está morrendo.
— Claro que eu não estou morrendo — Mimi diz. — Comece com as manchetes.

Mimi embola todos os travesseiros e as cobertas e prepara um verdadeiro ninho para ela. Eu sento na beirada da cama e leio o jornal em voz alta.
Assessor do presidente condenado por mentir para o Congresso. Os lucros dos bancos batem novos recordes. Multinacionais, a nova face do crime organizado. O iPhone que todas as pessoas estão comprando. Outro tiroteio dentro de uma escola na Flórida.
— Você não está pulando as matérias, está?
— Não estou.
— E os anúncios das imobiliárias?

— Você quer que eu leia até os anúncios das imobiliárias?

Mimi se enrosca ainda mais em um travesseiro. Tenho esperança de que ela me ofereça um, mas não é o que acontece.

Leio então uma reportagem sobre os refugiados da Síria, um texto que descreve a rota que eles usam para conseguir chegar à Alemanha, e também uma outra matéria sobre o cientista japonês que alega ter criado uma enzima capaz de prolongar o prazo de validade de alguns produtos industrializados, especialmente os que envolvem peixes.

— Pulo as notícias dos esportes?
— Por quê?
— Porque você não gosta de esportes.
— Não é verdade — Mimi diz. — Os escândalos são sempre interessantes de acompanhar.

Quase durmo na editoria de moda.

— Vamos pros obituários. Os mais velhos e os mais novos.

Sempre que Mimi pega um jornal, ela termina nos obituários, comparando a idade dos mortos com a nossa.

Os mais velhos e os mais novos.

Começo a ler a coluna.

— Mais novo, mais novo, mais novo, mais novo...
— São quatro na sequência, Bird.
— E logo depois tem mais um.
— Nós estamos tão velhos assim?
— Aqui tem um mais velho.

Mimi senta.

— Você está bem?
— Sim, com certeza.
— Você ainda acha que está próximo de morrer?

Kitty apoia os pés em cima da cadeira e ergue a mão como se ela soubesse a resposta para essa pergunta.

— Pense sobre o assunto — Mimi se encolhe debaixo das cobertas de novo. — Vou tirar um cochilo e, quando eu acordar, quero uma resposta.

Portanto, estamos em Praga e já é quase noite. Mimi acorda do cochilo e está se sentindo melhor.

— Vou tomar um banho — ela diz. — Um mergulho na banheira é sempre uma ótima ideia.

— Com certeza.

— Quer me acompanhar?

— Na banheira?

— Você sabe o que acontece quando eu tenho uma febre leve.

— Você fica com tesão.

— As mulheres ficam sensuais — Mimi diz. — Ficar com tesão é uma coisa dos homens.

Não adianta querer contra-argumentar.

— Você está com tesão?

Encho a banheira com água quente e me sento no vaso sanitário enquanto Mimi dá um longo mergulho.

— Por que você sempre coloca uma toalhinha nos seus peitos?

— Para as meninas aqui não ficarem com frio.

De tempos em tempos, ela abre as torneiras com os dedos dos pés, então a água permanece quente. Volto a ler o jornal.

— Tem uma matéria sobre umas meias tecnológicas que supostamente ajudam na sua circulação. A empresa alega que essas meias melhoram até sua disposição no dia a dia.

— Meias tecnológicas?

— São recomendadas pra diabéticos.

— Talvez você possa fazer um teste, Bird.

— Não preciso de meias novas.

— As que você usa terminam no meio das suas batatas — Mimi rearruma a toalhinha nos seios. — Toda vez que você tira as meias, parece que alguém tentou estrangular suas pernas. Quais são os outros benefícios dessas meias aí?

— Dizem que também ajudam com os sintomas de depressão.

— Talvez essas meias te salvem dos seus demônios.

No topo da reportagem, tem uma caixinha que diz *Conteúdo publicitário*.

— Esquece, não é real — eu digo. — A empresa que produz as meias pagou pra ter essa reportagem publicada.

— Ah — Mimi diz —, a tênue fronteira entre ficção e realidade.

— Existe uma fronteira?

— Ache os classificados — Mimi diz. — Os classificados são sempre divertidos, especialmente os anúncios pessoais.

Folheio as páginas do jornal de seção em seção. Depois repasso página por página.

— Nada, nenhum classificado.

— Como é que é?

— Parece que o New York Times não tem mais uma seção específica de classificados. Talvez seja tudo online agora.

— Nossa, que decepção — Mimi molha a toalhinha e a posiciona de volta em cima dos seus seios. — Vamos ter que criar os nossos próprios anúncios.

Dobro o jornal e coloco ao lado do vaso sanitário.

— Deslumbrante mulher Blackfoot procura homem indígena viril — Mimi declama da banheira. — Deve ter uma picape nova e não usar dentaduras. Emprego estável é um bônus. Que goste de viagens e aventura, pizza e cachorro-quente. Fumantes e alcoólatras não serão aceitos — e Mimi brinca com a água. Pequenas ondinhas se formam e quebram nas bordas da banheira. — Agora é a sua vez.

— Não quero que seja minha vez.

Não sobrou nenhuma comida do café da manhã e provavelmente vou precisar sair para procurar alguma coisa.

— Como vai ser o seu?

— O meu o quê?

— O seu anúncio pessoal — Mimi responde. — Se você colocar um anúncio pessoal nos classificados, como vai ser?

— Eu não colocaria um anúncio pessoal no jornal.

— Eu também não colocaria — Mimi diz —, mas se você colocasse...

— Não é algo que eu faria.

— Esfarrapado fotojornalista Cherokee quer dividir sua vida com bela mulher Blackfoot — Mimi diz. — Ou então: desgrenhado fotojornalista grego quer dividir sua vida com bela mulher Blackfoot. Qual das duas versões você prefere?

— Esfarrapado? Desgrenhado? Sério?

— Beleza. *Idoso* então.

— Onde você quer chegar com essa história?

— Estamos aqui — Mimi diz. — Você no vaso sanitário, eu em uma banheira quente. A vida é isso, Bird. Esta é a nossa vida. É a nossa vida agora.

Quando Mimi sai da banheira, ela está pardacenta e enrugada. Não é um visual muito convidativo e, embora eu goste de vê-la pelada, não acho ruim que ela vista a roupa.

— Não jogue o jornal fora — Mimi me diz.

— Mas nós já lemos tudo.

— Não tem nada de errado em ler o jornal duas vezes — Mimi diz. — Você sempre perde algum detalhe importante na primeira leitura.

O céu escurece do lado de fora e posso sentir meu açúcar começando a vacilar.

— Preciso comer.

— E eu não? — Mimi diz. — Não comi nem o café da manhã.

— Você comeu uma banana e um doce.

— E também não almocei.

A luz do dia já está mais suave. Em mais ou menos uma hora, vai ser noite cerrada. Se sairmos agora, não preciso nem levar meus óculos escuros.

— Como você está se sentindo?

— Estamos em Praga, Bird — Mimi diz. — Não viajamos até aqui pra ficarmos trancados dentro de um quarto de hotel.

— Oz acha que deveríamos inventar uma história sobre Tio Leroy.

— Como assim inventar uma história?

— Exatamente isso — eu digo. — Que a gente deveria contar pra sua mãe, que, sei lá, descobrimos que Tio Leroy se machucou em Praga, que ele conheceu uma mulher, os dois se casaram, tiveram vários filhos e que ele morreu feliz.

Mimi me olha cética.

— Certo — ela diz. — E o que aconteceu?

— Como assim?

— Na história. Como ele se machucou?

— Ele caiu do cavalo.

— Qual era o nome da esposa?

— A gente não precisa inventar um nome.

— Talvez o melhor seja você perguntar pra esse Oz então — Mimi diz. — Já que a ideia é dele.

— Eu só estou te contando o que ele me disse.

— E por que a gente deveria seguir esse conselho?

Se pararmos para pensar, inventamos histórias pelos mais diferentes motivos. Para nos proteger. Para nos sentirmos superiores. Para fugir da culpa. Para ressignificar uma tragédia. Ou simplesmente porque temos essa capacidade cognitiva e qualquer justificativa é só uma justificativa.

— Não estou dizendo que a gente *deveria* fazer isso — eu digo a ela. — É só uma opção.

— Mentir pra minha mãe?

— Você mente pra ela o tempo inteiro. Você lembra daquela vez quando você...

— Eu não minto pra ela — Mimi diz. — Às vezes eu omito alguns detalhes.

— Como naquela vez que você...

Mimi senta na beirada da cama. Dá para ver que ela está pensando em se levantar, mas o tom do seu rosto não é dos mais saudáveis e os seus olhos estão opacos.

— Você está bem?

— É óbvio que não — ela diz e se deita. — Acho que vou ficar aqui só um pouquinho deitada.

— Posso sair e pegar mais comida.

Mimi puxa as cobertas e se encolhe em posição fetal.

— Sabe o que eu queria mesmo?

— Ir para casa?

— Pêssegos em calda — Mimi diz. — Minha vontade é comer pêssego em calda.

— A gente pode comprar pêssegos em calda lá em Guelph.

— Você pensou no que eu te perguntei? — Mimi me olha de baixo das cobertas. — Sobre morrer?

Eu me levanto e me estico.

— Você não está morrendo, você sabe, né?

Eu me estico um pouco mais.

— E quando você voltar — Mimi diz —, você pode ler o jornal pra mim mais uma vez.

IX

Portanto, estamos em Praga.

O céu está escuro, a cidade está iluminada, as ruas estão tomadas por turistas animados. Eu caminho sem rumo, tentando pensar qual tipo de comida posso levar para o hotel. Não deve ser difícil encontrar bananas. E não tenho lá muita certeza sobre os pêssegos, mas sempre dá para comprar um pacote de bolachas.

Ou arroz branco.

Não sei por que não pensei em arroz branco antes. Inválidos e arroz branco. Estômagos irritados e arroz branco. Aquela coisa sem graça, sem graça, sem graça e disponível em qualquer restaurante chinês no mundo. Se Tio Leroy e a bolsa Crow fossem um restaurante chinês, nós já teríamos encontrado os dois há muito tempo.

Descubro um logo, em uma ruela lateral, antes da praça da Cidade Velha. É um lugar pequeno, bem iluminado, com as fotos dos pratos expostas em um cardápio bastante vagabundo. Em termos de qualidade, nunca é um bom sinal, mas, convenhamos, é muito difícil alguém arruinar arroz branco.

Estou prestes a alcançar a porta quando ela se abre de repente, me acerta no peito e me arremessa no chão. Eu sequer percebo que caí até olhar para o alto e ver uma mulher em pé ao meu lado.

— Ah, meu Deus!

Minha cabeça está explodindo e minha vista parece desfocada. Bati a cabeça no chão. É o que consigo entender. E o lado direito do meu quadril não para de doer. Mexo as mãos. Depois mexo as pernas. Não acho que tenha quebrado algum osso.

— Você está bem?

A mulher é jovem, não deve ter nem mesmo trinta anos. Cabelo escuro. Olhos castanhos. Não é branca. Também não é negra. Corpulenta. Uma mulher bonita, que não chega a ser linda — embora eu não fosse estar melhor mesmo que tivesse sido atropelado por uma modelo de lingerie.

Um homem sai do restaurante e se aproxima da mulher.

— Jesus Cristo, Kal, o que diabos você fez com esse cara?

— Foi um acidente — ela diz.

— Ele está machucado?

— Foi um acidente.

— Ei, velhinho — o homem se abaixa e aperta os olhos na minha direção. — Você está bem?

Eu já não gosto dele.

— Quantos dedos você vê aqui?

A mulher me ajuda a ficar de pé e espana a poeira da minha roupa.

— Me desculpe, realmente, me desculpe.

— Está tudo bem — eu digo a ela.

— Olha — o homem diz. O sotaque é americano. Costa leste. — Ele está ótimo. E, se ninguém se machucou, não existe crime. Não é isso?

— Meu nome é Kalea — a mulher diz. — Tem certeza que você está bem?

— Ele está perfeito — o homem diz. — Vamos voltar lá pra dentro.

— Pelo amor de deus, Bryce, tenha um pouco de respeito.

— Nossa comida vai esfriar.

— Estou bem — eu digo. — Não deixem a comida esfriar.

Kalea permanece no mesmo lugar, com as mãos apoiadas nos quadris, e por um segundo ela me lembra Mimi.

— Por favor, venha comer com a gente — ela diz.

— Oi? Fala sério, Kal.

— Eu insisto — Kalea diz. — É o mínimo que posso fazer. Por favor — e ela me estende a mão.

Kalea Tomaguchi e Bryce Osbourne. Kalea possui origem havaiana e japonesa. Bryce é um branquelo de Boston. Ele é o terceiro Bryce Osbourne, mas, segundo ele mesmo, não assina *Bryce Osbourne Terceiro* porque soa pretensioso e antiquado.

— Herança do meu avô — Bryce me diz.

— Blackbird Mavrias — eu digo e aperto as mãos deles.

— Italiano? — Bryce pergunta.

— Mavrias é um nome grego — Kalea diz. — Não é?

— Grego e Cherokee — eu digo.

— Olha aí, Bryce — Kalea diz —, todas as melhores pessoas do mundo são mestiças.

Bryce dá um sorriso e ergue as mãos.

— Como assim? — ele diz. — Agora é crime ser branco?

Kalea e Bryce estavam sentados em uma mesa para quatro pessoas, então me juntar a eles não é exatamente um problema. Tudo o que os funcionários precisam fazer é trazer um prato e mais talheres.

— Espero que você goste de frango do General Tso — Kalea diz.

— Toda vez que a gente come comida chinesa — Bryce explica —, Kal pede esse prato.

— E você sempre pede chow mein.

— Nós somos previsíveis — Bryce diz. — Mas também muito compatíveis.

— Talvez.

— Caramba, Kal — Bryce diz. — Quantas vezes vou precisar te pedir desculpas?

Independente da ofensa, dá para ver que Kalea ainda não está preparada para perdoar ou esquecer. Não é uma situação confortável estar ali com eles, mas, depois de ter sido atacado, percebi que estou com fome.

— A gente pode pedir mais, caso precise — Kalea diz.

— Os bolinhos ainda vão chegar — Bryce diz. — E a carne com molho de feijão preto.

Kalea pega um pouco do frango.
— Você é casado, Sr. Mavrias?
— Fala sério, Kal.
— Estou com alguém.
— Há muito tempo?
Eu dou um sorriso.
— Talvez há mais tempo do que você tem de vida.
Kalea se vira para Bryce.
— Você escutou isso, Bryce? Esse é o tipo de relacionamento que eu quero.

Bryce assume um ar arrogante. É uma mudança brusca de comportamento, como se ele tivesse um interruptor interno pronto para ser acionado a qualquer hora do dia.

— Pois é — ele diz, com um sorriso malicioso —, e onde está a esposa dele?

— Está no hotel — eu digo. — Acho que ela está doente.

— E você saiu pra procurar um remédio pra ela?

— Meio difícil encontrar um remédio se ele está aqui comendo com a gente — Bryce diz.

— Imaginei que podia comprar um pouco de arroz branco pra ela comer. Talvez uma banana.

— Que fofo — Kalea diz, esticando o braço e fazendo carinho na minha mão.

NAOMI GALLANT.

Tally tinha cinco anos de idade quando Mimi e eu nos separamos. Nenhum motivo em especial, só uma série de incômodos e frustrações, palavras raivosas e atitudes cruéis. Nós éramos jovens, cheios de si, sem nenhuma compreensão do que significa viver uma vida junto de alguém. Ficamos afastados por seis meses antes de decidirmos tentar mais uma vez, antes de começarmos a trabalhar dentro do nosso relacionamento um firme propósito de reconstrução.

Um firme propósito de reconstrução. Era esse tipo de bobagem que os Irmãos da Caridade me ensinavam na escola paroquial. Mas não foi a religião que nos reaproximou.

Foi a nossa filha.

No início, nos perguntamos: o que ela vai fazer sem ter a gente por perto? Depois, quando expulsamos aquela ponta de egoísmo do nosso sistema, é que nos fizemos a pergunta mais importante: o que nós vamos fazer sem tê-la por perto?

Só que, naquela época, naqueles meses de distância e dissonância, eu tive um pequeno caso.

Naomi Gallant.

QUANDO KALEA TOCA MINHA MÃO, ela me faz pensar em Naomi Gallant. É uma lembrança inesperada. E é também um sentimento agradável, que me faz deixar a coisa seguir em frente.

Bryce batuca na mesa com os palitinhos.

— Então acho melhor você se apressar.

— Pois é — eu digo —, acho que sim.

— Não vá ainda — Kalea diz, e aperta minha mão. — Talvez você possa nos ajudar.

— Fala sério, Kalea — Bryce diz —, a gente não precisa de conselhos de um estranho.

— Com todo esse tempo de relação — Kalea diz —, imagino que você aprendeu uma lição ou outra sobre o amor.

— É melhor você fazer essa pergunta para Mimi.

— Mas estou perguntando para você.

Agora eu já perdi a fome.

— Apenas sejam cuidadosos um com o outro.

— Você quer dizer sermos respeitosos um com o outro.

— Claro — eu digo. — É sempre um ótimo começo.

Kalea se vira para Bryce e espera.

— Eu te respeito — Bryce diz, mas diz atrasado, e parece que ele precisou de um tempo para pensar sobre o assunto.

— Não é como eu me sinto a maior parte do tempo.

— Quem é que quis vir para Praga? Eu falei *não*, por acaso? Kalea se vira para mim.

— Sua esposa está doente e você sai e procura alguma comida pra ela comer. Isso é amor.

Eu me encolho.

— E alguma vez você já teve um caso?

O rosto de Bryce fica completamente vermelho.

— Eu já te pedi desculpas. Deus do céu, você não precisa sair por aí anunciando pro mundo.

Kalea continua me olhando.

— Já teve?

— Não.

— Quando eu perguntei para Bryce — Kalea continua —, ele me deu essa mesma resposta.

— Nós concordamos em deixar essa história pra trás — Bryce afunda na cadeira e cruza os braços na altura do peito. — Não vai funcionar se você trouxer o assunto pra mesa o tempo inteiro.

O garçom se aproxima e peço arroz branco para viagem. Também peço um pouco de shoyu, para o caso de Mimi estar se sentindo melhor e querer dar uma recauchutada naquela refeição que, verdade seja dita, não é nada mais do que insípida.

— E sua esposa te perdoou?

— Sim — eu digo —, ela me perdoou.

CONHECI NAOMI GALLANT durante uma pesquisa para uma reportagem romântica sobre a ressurreição das máquinas de escrever. Um café na zona leste de Toronto organizou um *Escreva conosco*, mas acabou que o evento era somente uma exposição de mais ou menos trinta máquinas de escrever antigas, que você podia olhar e mexer se você não conseguisse controlar o seu desejo.

Nunca entendi aquele fascínio.

Claro, as máquinas da metade do século vinte eram bem interessantes de se ver, mas eu não conseguia imaginar qualquer uma delas competindo com a facilidade e a conveniência de um teclado de computador. Sentei na frente de uma máquina verde-clara que parecia uma tartaruga-marinha e estava brincando com as teclas quando ela andou na minha direção.

— Naomi Gallant — e ela me estendeu a mão. — Você tem bom gosto — ela disse. — Essa é uma Hermes 3000, de 1963. Produzida na Suíça. Um design icônico. Excelente mobilidade das teclas. Você é um colecionador?

— Não, infelizmente não.

— Você tem uma máquina de escrever?

— Já tive uma.

— Mas agora você trabalha em um computador.

Assim que contei sobre a reportagem, ela insistiu para me mostrar cada uma das máquinas expostas.

— Essa aqui é uma Olympia SM3. É uma máquina linda. Linhas elegantes. Um pouco difícil de digitar porque, ao contrário de outras empresas, a Olympia só mudou seu sistema de maiúsculas e minúsculas no modelo SM9.

Eu até tentava anotar as informações, mas Naomi não me esperava.

— Essa é uma Smith Corona Silent Super, uma das melhores máquinas da marca. É raro encontrar uma em perfeitas condições.

— E essa está em perfeitas condições?

— E eis aqui a máquina que todo mundo quer ter em casa.

Era uma máquina um pouco achatada, como se tivesse sido esmagada por uma prensa, com um teclado que parecia uma boca cheia de dentes podres. Mas era o vermelho vivo da carcaça que chamava mesmo a atenção.

— A Olivetti Valentine. Projetada por Ettore Sottsass e Perry King. Lançada em 1969. Foi um fracasso comercial. Design icônico, mas tecnicamente medíocre. Péssima mobilidade das teclas. Vinha também em branco, verde e azul, mas todo mundo sempre quer a vermelha.

Naomi, de fato, me mostrou todas as máquinas da exposição. Remington, Royal, Underwood, Voss, Oliver, Adler.

— L. Frank Baum, o autor de *O mágico de Oz*, usava uma Smith Premier. A preferida de Hemingway era uma Royal Quiet Deluxe. Orson Welles digitava em uma Underwood.

Naomi era de Barbados, nascida em uma pequena comunidade chamada Pie Corner. A família se mudou para Toronto quando ela tinha oito anos.

— Tom Hanks tem uma excelente coleção de máquinas de escrever — Naomi me disse. — Começou com uma Hermes 2000.

Naomi prendeu uma folha de papel no cilindro de uma Olivetti Lettera 10 e digitou algumas linhas. O som das teclas batendo no papel era surpreendentemente agradável.

— Eu tenho graduação em administração de empresas. Trabalhei com varejo de roupas por um tempo, mas não deu muito certo. Tentei o sistema bancário também, mas aí acabou sendo até pior.

— E agora você vende máquinas de escrever?

— Compro, conserto, vendo, coleciono. Faço tudo. Minha empresa, meus horários. Única desvantagem é que preciso lidar com uma negra muito mal-humorada.

— Mas você não trabalha sozinha?

Naomi tinha um sorriso lindo.

— É essa a questão — ela respondeu.

Também visitei sua oficina. Fiz anotações, fotografei o espaço, assisti Naomi retirar o cilindro de uma Halda.

E depois ela me convidou para conhecer seu apartamento.

BRYCE NÃO É um homem muito paciente.

— Vou voltar pro hotel — ele diz. — Você pode me encontrar por lá.

Desconfio que sua expectativa seja fazer Kalea correr atrás dele, mas ela não se levanta. Pelo contrário: Kalea continua sentada na mesa e espera, de olhos baixos.

— Ele foi embora?

Faço um movimento com a cabeça.

— Sim, foi embora.

— Não deve ter sido uma situação muito agradável pra você.

— Acontece.

— Bryce consegue ser um babaca sem nem mesmo se esforçar — Kalea diz. — Ele acha que sou obrigada a aceitar qualquer merda só porque sou apaixonada por ele.

Meu pedido chega na mesa. O garçom enrolou a embalagem com um jornal e colocou tudo dentro de uma sacola plástica.

Kalea nos serve um pouco de chá.

— Me diga, qual é a diferença entre ter um caso e ter uma transa casual?

Seguro o copo com as mãos, aproveitando o calor.

— Digo, um caso é uma relação que se estende por meses? E uma transa casual é um evento único? Uma única noite? Uma vez só?

Mimi e eu tivemos inúmeras discussões sobre as atividades sexuais e os costumes contemporâneos. Dá para considerar que o sexo é um *caso* se nenhuma das partes envolvidas é casada ou está em uma relação naquele momento? Se uma das partes for casada, a pessoa solteira está simplesmente transando, enquanto a pessoa casada está tendo um caso? Se você se envolve em uma série de transas casuais, estamos falando de liberdade sexual ou de promiscuidade? Esses termos significam alguma coisa? É uma questão de estar comprometido ou não, de ser confiável ou não, de ser leal ou não? Onde é que o poliamor entra nessa conversa? As relações sexuais são mesmo uma história simples e direta ou decididamente um terreno nebuloso?

Uma discussão que, claro, parte do princípio de que, em todos esses exemplos, as mesmas partes do corpo estão envolvidas nas mesmas atividades.

— Pois então, Bryce teve um caso?

— Segundo ele, não teve esse significado todo — os olhos de Kalea estão secos. — Se for verdade, então você precisa se perguntar como é que a outra mulher se sentiu. Mas, se não for, por que ele transou? Homens e mulheres precisam urinar, mas eles não precisam necessariamente transar. Você entende meu raciocínio?

Toco a sacola com o arroz. Ainda está quente.

— Bom, ele teve um caso com uma das minhas amigas. Ainda não conversei com ela, então não sei os detalhes. Eles estavam apaixonados? Foi apenas uma transa divertida? Eles continuam trepando? Tem mais alguém na história e eu não sei de nada?

— Acho que está na hora de eu ir embora.

— Sua esposa, né?

— Não quero que o arroz chegue frio.

— Veja. É essa a diferença entre você e Bryce.

Kalea paga a conta. Ando com ela até a rua.

— Posso te pedir um favor?

— Claro.

— Você pode me acompanhar até o meu hotel? Não é muito longe.

Não posso dizer não, então eu não digo.

— Praga é uma cidade segura. É só que está escuro e vou me sentir mais protegida se alguém me acompanhar.

— Com certeza.

— Você poderia dar umas aulas para Bryce.

Não é da minha conta, mas eu pergunto mesmo assim:

— E por que você continua com ele?

— Bryce me ama. Do jeito dele — Kalea diz. — E acho que estou grávida.

— Ah.

— Ele ainda não sabe. Eu estava esperando por um momento romântico pra poder contar.

— Como um jantar hoje à noite?

— Isso — Kalea começa a rir. — Como um jantar hoje à noite. Não deu muito certo, né?

— Você vai contar para ele quando você voltar?

Um trio de artistas de rua toca a versão de Leonard Cohen para *Hallelujah*. Kalea quer parar para escutar.

— Eu amo essa música. Você já assistiu *Amor, sublime amor*?

— Ali é Leonard Bernstein. Leonard Cohen é canadense.

— Sério? Você tem certeza?

— Positivo.

— Bom, tanto faz — Kalea enrosca o seu braço no meu. — Ainda gosto da música.

Andamos por uma rua bem iluminada que está bem animada por causa dos turistas. Me pergunto o que os pedestres imaginam ao ver essa mulher jovem junto com um idoso. Tento manter meu corpo o mais ereto possível.

— Suas costas estão doendo? — Kalea pergunta.

— Não, está tudo bem.

— Realmente, me desculpe por ter te derrubado daquele jeito.

— Mas aí a gente não teria se conhecido.

Kalea diminui o passo e de repente para.

— É aqui o meu hotel. Muito obrigada.

— Boa sorte com Bryce.

Kalea enfia a mão no bolso do casaco.

— Pronto — ela diz —, dê este presente pra sua esposa.

Um tubo roxo com detalhes em prata.

— É um perfume — Kalea diz. — A Bloomingdale's estava distribuindo algumas amostras grátis.

— A Bloomingdale's?

— Em Manhattan. Bryce me levou lá pra vermos umas porcelanas e uns aparelhos de jantar. Vocês têm porcelanas e aparelhos de jantar?

— Não, não temos.

— Foi uma noite ótima — Kalea me dá um beijo na bochecha. — Sua esposa é uma mulher muito sortuda.

Encontro uma pequena loja de conveniência e compro duas bananas e um pacote de bolachas supostamente orgânicas. Também pego um refrigerante de gengibre. E procuro por pêssegos em calda, mas não encontro nenhuma lata.

Eugene e os Outros Demônios me esperam do lado de fora da loja.

Patético, Eugene diz. *A morte e a donzela. Você por acaso tem se olhado no espelho nos últimos tempos?*

E se Bryce estivesse com uma arma?, Kitty diz.

Então é assim que você se sente quando fica velho?, Didi diz.

Acho que eu não gosto muito dessa sensação, Desi diz.

Se você tivesse tentado alguma loucura, Chip diz, *eles teriam que recolher seus pedaços até a próxima semana.*

Você pensou no assunto, não pensou?, Eugene dá um sorriso e faz um gesto obsceno.

É por isso que você sempre precisa ter uma camisinha de reserva, Kitty diz.

NAOMI E EU FICAMOS juntos por quase um mês inteiro. Nos encontrávamos no mercado de São Lourenço e perambulávamos pelas feirinhas de jardins e brechós à procura de máquinas de escrever. Depois voltávamos para o apartamento dela.

— Você e a sua esposa pretendem retomar o casamento? — Naomi me perguntou uma tarde.

— Não sei.

— Você acha que ela ainda te ama?

— Não sei.

— Acho que você deveria perguntar pra ela — Naomi se levantou da cama e preparou um café. — Porque não existe nenhum *a gente* aqui, ok?

— Tudo bem.

— Você poderia tentar falar uma frase com mais de duas palavras, quem sabe.

— Você gosta de ter seu próprio espaço.

— Claro que eu gosto de ter o meu próprio espaço. Todo mundo gosta.

Naquela tarde, Naomi me acompanhou até a estação de trem. Quando chegamos, ela me entregou uma maleta preta.

— Uma lembrancinha — ela me disse. — Converse com a sua esposa. Dê um abraço na sua filha.

Esperei até o trem sair da estação para poder abrir a maleta. Uma Olympia SM9 em perfeitas condições. Tinha também um bilhete no carrinho da máquina. *Escreva alguma coisa incrível.*

QUANDO ENTRO NO QUARTO, Mimi está sentada na cama, assistindo televisão.

— Não consigo entender uma palavra sequer, mas dá pra pescar um pouco pelos movimentos.

Retiro o arroz da sacola e abro o refrigerante de gengibre.

— São os refugiados sírios — Mimi gesticula para a tela. — Eles saíram da estação de trem em Budapeste e agora estão tentando andar até a Alemanha.

Pego uma toalha de rosto e improviso de prato para as bolachas e as bananas.

— Bananas — Mimi me dá um sorriso. — Que delícia.

— Tive um pequeno contratempo.

Mimi aperta o mute no controle remoto.

— Nada demais. Uma mulher me derrubou. Por acidente.

— Preciso arrancar a história de você ou você vai resolver me contar?

— É uma ótima história, na verdade — eu digo. — Não dá pra você contar uma história tão boa toda de uma vez só.

— Estou doente — Mimi diz. — Posso morrer. Talvez eu não tenha tempo pra versão da história que leva sete dias e é tão grandiosa quanto uma tipi no inverno.

Então Mimi come o arroz e as bananas. Ajudo com as bolachas e o refrigerante de gengibre.

— Mas veja se ele não é um grande cavaleiro errante, hein? — Mimi diz quando termino de contar a história.

— Kalea me lembrou você um pouco.

— Isso quer dizer que você é o Bryce então?

Eu não tinha pensado dessa maneira, mas, agora que Mimi diz em voz alta, percebo que eu e Bryce temos mais em comum do que eu gostaria de admitir. Tento lembrar de como eu era na idade dele, e não gosto do que eu lembro.

— Pois então, quer dizer que você conheceu uma jovem mulher em uma relação estremecida com um cara arrogante e ela está grávida?

— Talvez ela esteja grávida.

— Ainda assim, não me parece o melhor dos cenários.

— Nós superamos essa questão.

— Naquela época, nós já tínhamos uma filha — Mimi diz. — Isso provavelmente ajudou.

— O que você teria dito pra ela?

Mimi faz um sinal para eu me deitar na cama. Afasto a toalha com a comida e descanso a cabeça no seu colo.

— Muito pesado?

— Não — ela diz. — Pois então, o que é que realmente está no seu pensamento?

Fecho os olhos. É confortável por aqui. Depois de considerar todos os prós e os contras, não vejo por que não continuar no mesmo lugar.

— Você está se perguntando como é que fomos do ponto A para o ponto B? Como fomos de Calley pra mim?

— Kalea.

Mimi sorri e faz carinho no meu cabelo.

— E como fomos de Bryce pra você?

Às vezes, as brincadeiras cortam mais fundo do que a verdade.

— Estamos falando daquela mulher em Toronto? Aquela das máquinas de escrever?

MIMI E EU NÃO VOLTAMOS de uma hora para outra. Levamos quase o ano inteiro até ajustarmos nossas questões e deixarmos o passado para trás. Ela passou o seu *tempo perdido*, como ela chamava, com a família e com os amigos. E, pelo que me disse, não se envolveu com ninguém, não teve nenhum caso, nenhuma transa casual — seja lá qual for a diferença entre uma modalidade e outra.

Se é que existe alguma diferença.

Lá atrás, no começo da nossa relação, eu carregava uma Remington portátil de um lado para o outro do país. Depois, troquei para um processador de texto, um computador com um teclado que arrasava com a máquina de escrever em relação à eficiência, mas possuía tanto charme quanto um par de meias.

Mimi elogiou minha flexibilidade, apoiou minha transição tecnológica. Ela, inclusive, brincava com essa minha transformação. Eu era, nas palavras dela, um dinossauro que adentrava o século vinte.

Mas, agora que estávamos juntos de novo, eu tinha uma nova máquina de escrever, uma máquina melhor do que a minha antiga Remington. Uma estranha e inesperada máquina de escrever. Uma máquina de escrever que surgiu do vácuo da existência.

Mimi não reagiu muito bem à novidade. Ela apareceu no meu escritório, perguntou como andava minha escrita. Passou a mão pela máquina de escrever e esperou por uma explicação. No início, mantive minha boca fechada, fingi que a máquina estava desde sempre naquele mesmo lugar.

Não sei bem por que imaginei que o assunto iria morrer por ali. Um dia, ela puxou o tema de volta enquanto eu tomava um expresso.

— Aquela não é a sua máquina antiga, é?
— Não — eu disse a ela —, não é.
— Pois então, você comprou essa nova?

Àquela altura, eu ainda não tinha contado nenhuma mentira. Fui cuidadoso o suficiente para não cair nessa armadilha. Mas, a cada vez que fugia da pergunta, eu me sentia um farsante.

— Foi um presente — eu disse a ela.

Era a verdade. Mas não toda a verdade. E ela sabia muito bem.

— De alguém do trabalho?
— Isso.
— Eu conheço ele?

Merda.

E foi o que aconteceu, foi o mais longe que eu consegui chegar com aquela história sem me sentir esmagado pelo peso que a acompanhava.

— Uma mulher — eu disse a Mimi. — Naomi Gallant. Ela conserta máquinas de escrever.

MIMI E EU ESTAMOS DEITADOS na cama. As aranhas desapareceram. Imagino que elas tenham saído à procura de alimento e que muito em breve estarão de volta.

Mimi muda sua posição de apoio.

— Você quer fazer alguma coisa?
— Tipo o quê?
— Uma caminhada — ela diz. — Estou me sentindo melhor. O arroz ajudou. A banana também.
— Você quer sair pra caminhar? Agora?

— Passei o dia inteiro no quarto. O ar fresco vai me fazer bem.

— Ou a gente poderia só ficar aqui mais um pouco.

Mimi brinca com a minha orelha.

— Você gosta do quarto, não gosta?

Faço o mesmo som que eu faço quando Mimi prepara uma torta de maçã e me corta um pedaço enorme quando ela ainda está bem quente.

— Só que, infelizmente — Mimi diz —, minha bexiga está cheia e você está apoiando seu peso bem em cima dela.

Eu me sento e ajeito o cabelo com a mão.

— Ih, Bird, seu olho esquerdo está começando a inchar outra vez — Mimi toca meu rosto. — Venha cá, vamos colocar uma compressa gelada nele.

O pior é que agora não só o olho inchou como a parte branca está completamente vermelha. Sofri uma hemorragia sem perceber o que estava acontecendo com o meu corpo. Fico em pé na frente do espelho e puxo a pálpebra.

Vermelho por todos os lados.

— Não é câncer no olho — Mimi diz. — Não vá por esse caminho.

Pressiono o olho com uma toalha fria. Eu preferia uma toalha quente, mas Mimi insiste que qualquer coisa quente só vai piorar o inchaço.

— Você já pensou como seria sua vida se você não tivesse tomado as decisões que você tomou?

— Tipo o quê?

— Todo mundo pensa nessa questão. Tipo: e se eu tivesse estudado direito ao invés de artes? E se eu continuasse a morar na reserva? E se eu tivesse me casado com Martin?

— Quem é Martin?

— Ou com Guido?

— Quem é Guido?

— São só exemplos, Bird — Mimi diz. — Não são pessoas

de verdade. E, bom, eu certamente teria me dado um tiro antes de virar uma advogada. Mas e se eu tivesse virado uma advogada? Quão diferente minha vida seria?

— Entendi.

— O que aconteceria se o seu pai não tivesse abandonado a família? Se ele tivesse ficado e vocês todos se mudassem pra reserva em Oklahoma?

— As coisas funcionam um pouco diferente nos Estados Unidos, e os Cherokees não têm uma reserva.

— Ou se o seu avô tivesse se mudado de volta praquele vilarejo na Grécia com sua avó e sua mãe. Onde você estaria agora?

— Provavelmente na Grécia.

— Fala sério, Bird, não me diga que você nunca pensou nas possibilidades.

— Imagino que sim.

— Aquela mulher hoje de noite. Kalea. Quando você estava com ela, você não se perguntou o que teria acontecido se você por acaso fosse solteiro?

— Eu não estava *com* ela.

— Ela realmente se parecia comigo? — Mimi pega um pedaço de papel higiênico e esfrega o canto do meu olho. — Ou ela se parecia mais com a mulher das máquinas de escrever de Toronto?

Não existe uma boa resposta para esse tipo de pergunta, então continuo me concentrando no olho e sinto pena de mim mesmo.

— Você nunca me perguntou o que eu fiz quando a gente se separou.

— Nunca perguntei.

— Mas você deve ter ficado curioso.

Dou uma olhada no outro olho para conferir se a hemorragia estancou ou se ela se alastrou ainda mais.

— Você ficou com medo de perguntar?

— Nós estamos em Praga — eu digo. — Estamos em Praga e estamos juntos.
— É essa sua resposta final?
— É essa.
— Você não quer pedir a ajuda dos universitários?

Mimi pega sua jaqueta. Não está frio, mas, depois do dia que ela teve, o mais indicado é realmente manter o corpo aquecido.
— Perdi um dia — ela diz. — Quero esse dia de volta.
— Meio difícil de acontecer.
— Que tal uma reprise parcial? A gente pode começar pelo restaurante chinês, o que você acha?
— Onde eu comprei o arroz?
— E onde você se encontrou com Kalea.
— Eu não me encontrei com Kalea — eu digo. — Ela me atropelou.
— E depois a gente pode andar até o hotel onde ela está hospedada — Mimi diz. — Quem sabe a gente não esbarra nela bem no meio da rua. Ou com o namorado dela, talvez.
— Bryce?
— Você me acha esquisita?
— Um pouco.
— Estou curiosa pra saber o quanto esse Bryce se parece contigo — Mimi diz. — É só isso. Só estou curiosa.

DE TEMPOS EM TEMPOS, Naomi me enviava uma carta datilografada, aquele tipo de mensagem que você envia para um conhecido com quem você não conversa há alguns anos. Ela relatava suas recentes descobertas no mercado de máquinas de escrever. Ou comentava o número cada vez maior de jovens decepcionados com os eletrônicos modernos.
Em duas ocasiões, Naomi me enviou convites para exposições organizadas por ela, mas nunca mencionou o tempo que nós passamos juntos.

O que ela me escrevia era, de alguma forma, sempre escrito à distância.

E eu nunca respondi. Não acho que ela esperava uma resposta. Mas, ainda assim, eu gostava das cartas, gostava de correr os dedos pelo papel e sentir as marcas de cada tecla na superfície.

ENCONTREI O RESTAURANTE CHINÊS e mostrei a Mimi o lugar onde fui atropelado. Lamentei não ter sofrido um corte. Sangue seco na calçada teria deixado a cena um pouco mais dramática.

E, de certa maneira, heroica.

Depois acabei pegando uma rua errada, mas também consegui chegar ao hotel.

— É aqui que ela está hospedada?

— Exato.

— Vamos entrar.

— Por quê?

— Quero conhecer essa mulher.

— Você está chateada comigo?

— Curiosa, curiosa, estou apenas curiosa — Mimi diz. — Qual o problema de ser uma pessoa curiosa? Qual era o sobrenome dela? Tomaguchi. É isso?

O hotel não possui nenhum registro no nome de Kalea Tomaguchi.

— Bryce é quem deve ter feito a reserva — Mimi diz. — Que decepção.

— Sim, temos um Bryce Osbourne hospedado no hotel — o recepcionista nos diz. — Você quer que eu faça uma ligação para o quarto?

— O que você acha? — Mimi se vira para mim. — Talvez ela goste de me conhecer.

Eu digo: claro, por que não? Não temos nada melhor para fazer. Estamos aqui em Praga à procura de um tio morto e de uma bolsa Crow perdida, sem a menor esperança de encontrarmos qualquer um dos dois. Então, com certeza, incomodar um jovem casal bem no meio de uma crise é muito mais interessante do que visitar mais uma igreja.

Mimi não aprecia muito meu sarcasmo.

— Acho que seria legal conhecer essa mulher. Nós teríamos uma história pra contar e eles também.

O recepcionista liga para o quarto.

— Perdão — ele diz —, mas ninguém atende. Vocês querem deixar algum recado?

Andamos meio sem rumo por um tempo. A noite está agradável. O véu de nuvens desapareceu e as estrelas tomaram o céu escuro, luminosas. Toda vez que passamos por algum casal na rua ou avistamos um homem e uma mulher dentro de um café, Mimi pergunta se eles são Kalea e Bryce. Eu me esforço, mas na verdade o rosto deles já se perdeu na minha memória e tudo o que vejo, enquanto caminhamos de volta para o hotel, é uma cidade de pessoas estranhas.

X

Quando acordo no meio da noite para ir ao banheiro, Eugene e os Outros Demônios estão me esperando. Fico em pé diante do vaso sanitário e ignoro aquela minha plateia. Então a primeira câimbra estoura na minha perna — e todos nós começamos a gritar.

NO ANO EM QUE ME FORMEI no ensino médio, peguei carona até Oklahoma para tentar encontrar o meu pai. Não contei nada para a minha mãe, não sabia como ela iria reagir ao saber que eu queria correr atrás de um homem que a abandonou como se ela fosse uma roupa pendurada no varal. Eu não achava que ela fosse se irritar, mas sabia o quanto ela ficaria magoada. O que falei para ela, portanto, é que eu tinha arranjado um emprego construindo e consertando telhados nos chalés do South Shore, no lago Tahoe.

Não era mentira. Eu, de fato, consegui esse emprego, mas ele só durou duas semanas, apenas o suficiente para eu financiar minha ida até Oklahoma e a volta de lá.

Eu já tinha viajado de carona antes. Era bem tranquilo. Naquela época, todo mundo rodava de um lado para o outro. Mendigos, hippies, desempregados, adolescentes em busca de uma aventura. As rampas de acesso às principais rodovias pareciam pontos de ônibus.

Minha primeira carona foi de Truckee até Reno. O cara que me pegou na beira da estrada estava a caminho de um torneio de pôquer na Maior Pequena Cidade do Mundo.

— Você está indo para Oklahoma?
— Estou.
— Por que diabos?

Levei dois dias para chegar em Denver. Mais um dia até Tulsa. Quase uma manhã inteira para finalmente entrar em Tahlequah.

Eu não sabia quase nada sobre o meu pai. Minha mãe não perdia muito tempo revirando essa história. Nome, patente, número de registro. Ele tinha sido soldado durante a guerra. Em algum momento, meu pai foi transferido para Fort Sill e, comigo nos braços e meu irmão no útero, minha mãe pegou o trem para atravessar o país e visitar seu marido. Foi a única vez que ele me viu, e imagino que tenha sido a única vez que eu vi o meu pai.

Tudo o que eu sabia sobre ele vinha da minha mãe, e minha mãe praticamente não conhecia aquele homem.

— Onde ele nasceu?

— Em Tahlequah — minha mãe me disse —, mas ele foi criado em uma cidade chamada Clinton.

Tahlequah era uma cidadezinha aos pés das montanhas Ozark. Clinton era um dos vários pontinhos ao longo da US-40.

— Ele teve algum irmão ou irmã?

— Duas meias-irmãs. Mas por que você quer saber?

— Por nada.

Imaginei que Tahlequah seria um fracasso, mas eu queria conhecer o lugar onde a vida dele tinha começado.

E ter certeza de que ele não tinha voltado para lá.

Comecei minha investigação em um pequeno café na saída da rua principal, com um exemplar do Stilwell Democrat Journal. Li da primeira até a última página enquanto tomava um café e comia uma tigela de canja de galinha e uma fatia de torta de abóbora.

A reportagem principal do dia era sobre o lago Tenkiller e a conclusão dos engenheiros do exército de que a pesca na região havia de fato prosperado.

Não encontrei nenhuma citação a qualquer Blackbird no jornal. Minha esperança era esbarrar em algum parente deixado para trás quando meus avós se mudaram das colinas em direção às planícies, tias ou tios ou primos, qualquer remanescente da família capaz de me dizer se o meu pai continuava vivo e onde é que ele poderia ser encontrado.

Perguntei para o caixa da cafeteria.

— Blackbird?

— Melvin Blackbird. Cherokee.

— Esta aqui é a capital da Nação Cherokee — o homem me disse com um sorriso. — É o que você mais vai encontrar.

— Você tem uma lista telefônica?

— O telefone público fica na frente da farmácia. Como estava a torta?

Encontrei a tal cabine telefônica. A lista ficava pendurada por uma corrente. Havia alguns Blackbirds espalhados ao redor de Tahlequah. Peguei um punhado de moedas e comecei a ligar para os números.

Minhas opções acabaram ainda antes das moedas.

MEU GRITO ACORDA MIMI e ela corre para o banheiro.

— Bird, são duas da manhã.

A parte interna da minha coxa direita dói como se ela fosse um telhado e alguém estivesse tentando arrancar as telhas com a mão.

— Você vai ter que tentar gritar um pouco mais baixo.

— Estou tentando!

— E se eu esfregar sua perna?

— Não!

— Se você continuar gritando assim — Mimi diz —, alguém vai acabar chamando a polícia.

— E daí?!

— Então é melhor arranjarmos uma cueca pra você vestir.

Estou curvado em cima da pia, agarrando as bordas, com os dedos esbranquiçados de tanta pressão, e Mimi começa a cantar *Os dez patinhos*, a música que nós cantávamos para Nathan quando ele ficava nervoso.

Eugene e os Outros Demônios se juntam a ela para cantar o refrão.

Na estrofe dos três patinhos, Mimi interrompe a cantoria.

— Está se sentindo melhor?

As câimbras continuam estourando em ondas, mas não estão mais tão fortes quanto antes.

— Um pouco.

— Tente cantar também — ela diz.

— Não quero cantar.

— Mesmo sabendo que vai ajudar?

Estou encharcado de suor por causa da dor. Mimi pega uma toalha e cobre minhas costas com ela.

— Vamos lá — ela diz. — *Três patinhos foram passear...*

PASSEI A NOITE EM TAHLEQUAH e sondei alguns dos bares, com o mesmo resultado inútil. Na manhã seguinte, peguei uma carona para Oklahoma City, onde perdi o dia inteiro em uma rampa de acesso, até que um cara em uma van parou e me ofereceu carona.

Um vendedor. Floyd alguma coisa. Vendia peças de carro.

— Você vai pra onde?

Clinton.

— Clinton?

Clinton.

— Cruz-credo, menino, ninguém vai pra Clinton, a não ser os destrambelhados e os vendedores. Você vai fazer algum negócio por lá?

Talvez.

— Hora e meia de viagem. Mais se eu precisar parar. Próstata. Você não deve nem saber o que é.

Realmente, parece que não sei.

— De Atlanta até Las Vegas — Floyd me disse. — Se é peça pro seu carro, eu sou a pessoa certa pra você chamar.

Floyd tinha uma garrafa de Old Fitzgerald no porta-luvas e uma carteira de Camel no banco de trás.

— Vá lá e se sirva — ele me disse. — Você trabalha com alguma coisa ou fica só rodando por aí?

Visitando a família.

— Eu morava bem no sul de Ardmore. Segundo casamento. Tenho parente no estado inteiro. Você vira uma pedra e já dá de cara com um primo — saímos da interestadual em El Reno. — Que pena que não tem nenhum Furr's aqui por perto. Um bife de Salisbury, quiabo frito, merengue de limão, porra, que loucura seria.

Floyd dirigiu por El Reno e estacionou do outro lado da rua de um prédio baixo de estuque branco com toldos vermelhos.

— Robert's Grill — ele disse. — Você já comeu o famoso hambúrguer com cebola de Oklahoma?

A grelha ocupava toda a lateral do salão. O lugar não tinha nenhuma decoração, somente um balcão. Pegamos dois banquinhos e, de onde estávamos sentados, conseguíamos enxergar o preparo dos hambúrgueres.

Perguntei a Floyd se ele por acaso algum dia conheceu um tal Melvin Blackbird.

— Seu pai? Como é que você ficou com Blackbird como seu primeiro nome?

O hambúrguer com cebola era bem gostoso. Floyd comeu um hambúrguer e um cachorro-quente com pimenta e salada de repolho.

— Um homem precisa manter sua elegância. Você quer ir junto e me acompanhar no trabalho? Vender peça de carro não é uma carreira tão ruim assim.

Chegamos em Clinton depois do almoço.

— Não é da minha conta, mas não sei se correr atrás do seu pai é exatamente a melhor das ideias.

Não discordei.

— Muitas pessoas fazem várias coisas sem ter um motivo por trás, mas, depois que elas fazem, é isso, fizeram.

Um motivo.

— Seu velho poderia ter voltado. As mulheres sempre querem perdoar. Mas ele não voltou.

Não, ele não voltou.

— E se você achar ele? O que você vai fazer? O homem vai ser um estranho. E pode ser que ele seja muito pior do que você imagina.

Agradeci a Floyd pela carona e pelo almoço.

— Uma coisa que você precisa ver em Clinton é o índio gigante de plástico que eles têm lá na frente da Howe Motors. É imperdível. Atração turística número um da região.

PORTANTO, ESTAMOS EM PRAGA.
As câimbras finalmente foram embora. Deito no chão, exausto, com a perna espremida entre o vaso sanitário e a parede para poder manter a pressão no músculo.

Eu não tenho qualquer plano de me mexer daqui.

Mimi me traz um cobertor e um travesseiro.

— Vou voltar a dormir — ela me diz. — Tente não me acordar.

Kitty senta na porta, com os braços em volta dos joelhos. *Câimbras musculares podem ser um indicativo de doenças degenerativas, como esclerose lateral amiotrófica e distrofia muscular.*

Como é que a gente sempre termina tendo essa merda?, Chip diz.

O que você vai fazer quando Mimi te abandonar?, Kitty diz. *Ela não vai querer viver a vida inteira com um aleijado.*

Eugene tenta soar empático. *Não dá pra dizer que você não mereça essa confusão toda.*

As gêmeas se deitam no chão ao meu lado e me roubam quase toda a coberta.

Não consigo dormir direito. O chão do banheiro é muito duro. Cada vez que preciso me levantar para urinar, minha perna ameaça arrebentar outra vez. Desisto de dormir por volta das sete. Mimi continua na cama, depois de se revirar de um lado para o outro, com as cobertas tão justas ao redor do seu corpo que somente uma serra elétrica poderia libertá-la daquele cárcere.

— Você está acordada?
— Não.
— Está na hora do café da manhã.
— Vai lá você — ela diz. — Eu tive uma noite agitada.
— Você precisa conhecer Oz.
— Eu preciso dormir.

Toco a saliência que parece ser a cabeça de Mimi debaixo da coberta e dou um beijo nela.

— Eles encerram o serviço às nove e meia.
— Fique longe dos doces — ela me diz. — Você sabe muito bem o que acontece com o seu açúcar.

FLOYD ME LEVOU até a South Fourth.

— O que eu falei pra você? — Floyd batucava rápido em cima do volante. — Bem fodão, ele, hein?

O índio em pé no meio do estacionamento era enorme.

— Antigamente, se vocês fossem iguais a esse cara aí — Floyd disse —, as coisas teriam sido um pouquinho diferentes.

O cinto do índio tinha um *Howe* bem grande na fivela. Não entendi a piada de imediato. E aí eu entendi. Howe. How. Háu. O cumprimento dos Lakota. Não terrivelmente engraçado, não terrivelmente estúpido. Uma piada bem adolescente.

Floyd engatou a marcha do carro.

— Não tem muita coisa na cidade — ele disse. — Você segue essa rua, dobra à esquerda na West Gary e vai acabar de volta na estrada.

Fiquei em pé ao lado do índio gigante e observei a cidade. Meu pai tinha mais ou menos seis anos de idade quando a família se mudou para cá, saída das montanhas esverdeadas do nordeste de Oklahoma. Olhando para aquelas ruas e prédios, para os carros e para as pessoas, eu não conseguia não me perguntar qual crime os Blackbirds tinham cometido para acabarem confinados em um lugar como aquele. Talvez Clinton fosse a cidade em que Adão e Eva aterrissaram depois de serem expulsos do paraíso.

Debaixo do sol inclemente e do calor abusivo, a cidade parecia ter sido arrancada de uma forja quente e então moldada por pancadas em cima de uma bigorna, o tipo de lugar onde as pessoas vivem suas vidas na frente de uma geladeira aberta, o tipo de lugar onde os cachorros derretem bem no meio da calçada.

Eu não tinha nenhum lugar para ir e não me sentia com coragem suficiente para enfrentar a luz do sol, então esperei debaixo da sombra do índio gigante, até que uma mulher vestindo uma camisa verde-limão da Suburban e uma calça marrom-escura saiu do escritório e veio na minha direção.

— Me parece que um carro ia te fazer bem.

A mulher não era corpulenta, mas também não era nada pequena.

— Todas essas belezinhas aqui têm ar-condicionado. Se o carro não tiver ar-condicionado, a gente nem vende.

O calor produzia uma profusão de suor no corpo dela e deixava algumas partes da camisa transparente.

— E posso conseguir um preço excelente pra você agora mesmo — a mulher sorriu e limpou o rosto com um lenço. — Que tal conversarmos lá dentro? Você gosta de refrigerante?

QUANDO CHEGO NO REFEITÓRIO do café da manhã, Oz está sentado sozinho, um globo terrestre na sua frente.

— Você está atrasado — ele olha para os pulsos. — Pensei que vocês talvez pudessem ter voltado para Budapeste.

— E por que nós faríamos essa loucura?

— Os refugiados são a grande notícia do dia — Oz diz. — Eles agora empolgam todo mundo e talvez se transformem em uma atração turística.

Olho para o globo.

— Para minha neta — Oz diz. — Ela quer saber mais sobre o mundo. Este aqui é o meio de transporte mais seguro.

— É um globo bem bonito.

— Mas equivocado — Oz diz —, assim como muito do nosso conhecimento sobre o mundo.

Eu me sento e giro o globo com cuidado. Não acho a República Tcheca de imediato.

— Mercator — Oz diz. — Gall-Peters, Robinson, Winkel, AuthaGraph. Você tem um favorito?

Giro o globo mais um pouco e encontro o Canadá.

— Este aqui é um globo que segue a projeção de Mercator — Oz explica. — De 1569. O cartógrafo flamengo Gerardus Mercator. Muito popular. Infelizmente, equivocadamente aumenta o tamanho relativo das massas de terra quanto mais se afasta da linha do equador.

O atendente traz café para a mesa. Oz pede o especial com ovos. Peço o de presunto e queijo.

— Por isso que a Groelândia parece do mesmo tamanho da África, quando, na verdade, a África é treze vezes maior — Oz esfrega as mãos. — E a Escandinávia. Todos esses países juntos aqui parecem maiores do que a Índia, quando a Índia é três vezes maior.

O globo tem uma pequena marca no meio do Texas, e me pergunto se ele caiu no chão ou se alguém acabou batendo nele por acaso.

— O mapa mais acurado do mundo é o AuthaGraph, inventado pelo arquiteto japonês Hajime Narukawa em 1999, e que divide o planeta em noventa e seis triângulos. Essa divisão permite que as massas de terra sejam representadas em correta relação uma com a outra.

Ou talvez Oz tenha comprado o globo em uma loja de artigos de segunda mão.

— O método de Mercator tende a acentuar o tamanho dos *países brancos* — Oz aponta um dedo para a África. — Você pode colocar os Estados Unidos e a China e a Índia aqui dentro, junto com Espanha, França, Alemanha e Itália e ainda sobra um espaço.

Nós não temos um globo em casa, mas imagino que ter um deve ser bem útil.

— Então, veja, mesmo um globo terrestre acaba envolvido com questões políticas e raciais.

Oz se levanta e se apressa na direção do buffet. Vou atrás dele. Seguimos pela fila, nos servindo.

— E sua esposa? Está se sentindo melhor?

— Acho que sim.

— Mas ela está dormindo ainda?

Me sirvo de tomates fatiados e pepinos.

— Então, hoje vocês vão procurar de novo pelo Tio Leroy e pela bolsa Crow?

— Como vai o jogo do seu amigo?

— Os ursos continuam em vantagem — Oz responde. — Mas as abelhas começaram a se organizar.

O NOME DA MULHER era Bobbie Sherman Darnell.

— Aposto que você está surpreso de ver uma mulher vendendo carros.

Admiti que sim.

— Papai é dono da concessionária — Bobbie me disse. — Meu marido normalmente está por aqui, mas hoje ele está jogando golfe com os amigos, então eu ganhei as chaves do palácio.

A parede ostentava várias fotos de um homem alto vestindo um uniforme de futebol americano, em uma posição de ataque.

— É meu marido, Buddy. Ele jogou pelo Sooners, na Universidade de Oklahoma. Jogou inclusive na partida em que eles derrotaram Maryland por vinte a seis e ganharam o campeonato nacional de 1955 — Bobbie pegou duas garrafas de um pequeno refrigerador no canto. — Buddy nunca foi titular. Ele jogava de centro, como reserva de Jerry Tubbs. Mas o treinador deixou que ele pegasse algumas jogadas perto do fim do jogo pra coisa parecer um pouco mais digna.

Estava fresco dentro do escritório, com o ar-condicionado ligado, o rádio sintonizado em uma estação local que tocava *Rock around the clock*, de Bill Haley.

— Buddy não gosta muito de rock'n'roll. Espero que você não se importe.

Clinton tinha uma escola secundarista. Ficava na West Gary.

— Estudei lá. Também fui para a Universidade de Oklahoma. Foi lá que Buddy e eu nos conhecemos.

Enquanto tomava meu refrigerante gelado, eu disse a Bobbie que estava procurando pelo meu pai.

— Conheci um Blackbird quando Buddy e eu morávamos em Norman — Bobbie folheou a lista telefônica, mas não encontrou nenhum Blackbird. — Não quer dizer que seus parentes nunca tenham passado por aqui. As pessoas em Clinton chegam e vão embora o tempo inteiro.

O relógio da parede marcava quatro e meia, provavelmente tarde demais para dar uma passada na escola e conferir os livros do ano. Próximo ao relógio, notei a foto de uma mulher jovem se inclinando em cima do capô de um carro.

— Aquela ali sou eu. Eu ia arrumar minhas malas, correr

para a interestadual, me mandar para um futuro igual aos futuros que eu via nas matinês de sábado. Mas aí Buddy apareceu e as meninas vieram e foi o que foi.

Concluí que era melhor eu comer antes de deixar a cidade. Com sorte, eu conseguiria uma carona antes do anoitecer e chegaria em Albuquerque pela manhã.

Bobbie deixou sua garrafa vazia em cima da mesa e começou a cantar uma música de Nat King Cole. O sol estava quente e ainda lá no alto.

— Então você é uma mistura de Cherokee com grego — Bobbie disse, enquanto andávamos entre os carros. — Como é que você está se virando com essa história?

OZ EMPILHA SUA COMIDA em volta do globo.

— Em vários lugares do mundo — ele diz, cortando sua omelete —, as pessoas estão passando fome.

O lado do globo que me encara agora mostra a Europa e a África. A Grécia está no centro. Não vejo Eubeia, mas sei que está lá. Tenho certeza de que a Síria está na mesma região, mas não consigo encontrá-la.

— O Kingdom Trio — Oz diz. — Você conhece esses cantores? Eles cantam sobre as revoltas na África e sobre a fome na Espanha.

— Kingston Trio.

— Isso — Oz diz. — O mundo apodrece com almas irritadas.

— Almas infelizes.

— Você encontrou a Síria? — Oz gira o globo de volta. — Aqui — ele me mostra. — Embaixo da Turquia.

Ver a Síria no globo não ajuda muito.

— Então eles vieram através da Turquia?

— Sim — Oz responde. — Às vezes eles ficam por lá. Mas a maioria pega os barcos para a Grécia.

— Barcos?

— De Bodrum até Kos. É bastante perigoso. São poucos barcos e sempre existe o perigo de afundar.

— A Grécia não é muito perto da Hungria.

— Eles precisam andar ou talvez pegar um ônibus, se conseguem pagar. A Alemanha é o destino número um. E também a Suécia.

Entre a Grécia e a Hungria existe uma variedade de pequenos países. Não sei nada sobre eles. Macedônia, Bulgária, Albânia, Kosovo, Montenegro, Sérvia, Croácia, Romênia.

— Quem sabe como chegar até Budapeste? — Oz encolhe os ombros. — Muita gente não sabe. E agora a Hungria fechou as portas.

— Os trens continuam sem circular?

Não tenho muita noção de distância, mas da Síria para a Grécia devem ser pelo menos mil quilômetros. De Atenas até Budapeste parece ser ainda mais longe. Andar até a Alemanha parece improvável; até a Suécia, impossível.

— Nós vimos os refugiados — Oz diz, erguendo seu suco de laranja para um brinde —, e nós não somos eles.

JANTEI EM CLINTON, em um pequeno café anexo a um posto de gasolina. A garçonete era uma mulher mais velha, com um cabelo que me lembrava uma boca cheia de feno, e mancava de um lado para o outro. O crachá no seu uniforme dizia *Gladys*.

Pedi um hambúrguer e um milkshake.

— Você sabe se existe algum Blackbird aqui na cidade?

— Índio?

— Cherokee.

— Muito a oeste aqui. Você vai achar mais seu povo ali por Tahlequah e Muskogee. Você vai pro leste?

— Oeste.

— Veio por Oklahoma City?

— Isso.

Gladys encheu minha xícara.

— Não volte pra Oklahoma City — ela disse. — Muita gente de cor pro meu gosto.

O milkshake veio espesso. O hambúrguer passou do ponto e as batatas fritas pareciam ter sido cozidas em óleo de motor. Pensei em sugerir a Gladys que ela tentasse esfregar uma batata frita no seu quadril avariado.

— E, quando você chegar no Texas, faça questão de seguir viagem. Uma amiga minha quebrou o carro em Amarillo e ela continua por lá.

Comi uma fatia de torta de maçã de sobremesa, com uma colherada de sorvete de baunilha. Era tão ruim quanto as batatas. Tomei um pouco mais de café, assisti os carros passarem pela West Gary, li um jornaleco local que oferecia tudo e qualquer coisa, desde descontos-de-fim-de-ano nos trailers a perfuração de poços artesianos. A Howe Motors pagou por uma propaganda bem grande na página três.

Gladys esperava em frente ao caixa.

— Se você chegar a Gallup — ela disse ao me entregar a conta —, faça questão de parar no Earl's. Lado norte da rodovia, perto dos trilhos. Não tem nada de muito bonito por lá e é administrado por um bando de Navajos. Mas a comida é maravilhosa.

Começava a escurecer quando saí do café e andei na direção da interestadual. O ar tinha esfriado. Ainda não estava uma temperatura agradável, mas pelo menos dava esperanças de que o mundo não iria queimar em um incêndio monstruoso.

Atravessei algumas quadras até que, de repente, um Cadillac branco encostou no meio-fio. Eu nem tinha esticado meu dedão ainda.

— Ei, você.

Bobbie Sherman Darnell.

Eu me abaixei perto da janela aberta.

— Como estava a comida?

— Não peça as batatas ou a torta.

Bobbie deu risada.

— Eu deveria ter te avisado. Mas eles têm um milkshake razoável.

— Belo carro.

— As vantagens do trabalho — ela disse. — Posso dirigir qualquer carro que eu consiga enfiar uma chave na ignição.

— Já terminou seu expediente de hoje então?

— Vou pegar Buddy — Bobbie disse. — Ele está no clube.

— Jogando golfe, certo?

— Deve estar é bebendo e falando merda, provavelmente revivendo o seu grande campeonato estadual do ensino médio.

Estava cada vez mais escuro. Era gostoso conversar com Bobbie, mas eu precisava chegar na rampa de acesso com luz suficiente para poderem me enxergar na beira da estrada.

— Buddy ainda não percebeu — ela disse —, mas o ensino médio talvez tenha sido o ponto alto da vida dele.

— Você sabe qual é a distância até Gallup?

— Eu te daria uma carona, mas não faz muito sentido — Bobbie sorriu e aumentou o volume do rádio. *Runaway*, de Del Shannon. — Você está indo pra algum lugar, e eu não.

JÁ PASSA DAS NOVE e Mimi ainda não apareceu.

— Hoje, no New York Times — Oz me diz —, tem um artigo sobre Praga.

Ainda estou encantado pelo globo, tentando descobrir como os refugiados conseguem sair da Síria para atravessar até a Suécia.

— *Atrás de portas dilapidadas mora uma Praga secreta* — Oz diz. — É este o título do artigo. Muito provocativo.

— Praga secreta?

— Prédios antigos — Oz responde. — Os artistas de Praga estão ocupando fábricas abandonadas, subestações elétricas, quartéis militares. É um movimento bem empolgante.

— Se você é um artista de Praga.

— Exato — Oz diz. — Mas não tão empolgante se você é um turista. Turistas gostam de ir onde os outros turistas vão. A Torre Eiffel. Picaddilly Circus. A Grande Muralha da China. O parque da Disney. Porque aí, quando os turistas conversam, eles podem compartilhar suas várias histórias em comum.

Oz fecha os olhos e se recosta na cadeira.

— Claro, muitos turistas não querem ser turistas. Eles querem se esgueirar pelos cantos e descobrir as joias escondidas — Oz continua de olhos fechados. — Mas não é muito prático. Eu tenho um amigo que foi para Bottovo, na Eslováquia. Com quem ele pode compartilhar essa experiência?

— Mas esses lugares em Praga, eles são... perigosos?

— Paris é perigosa. Berlim é perigosa. Nápoles é muito perigosa. Artistas são sempre perigosos.

— Metaforicamente falando.

— É por isso que matamos os artistas antes de matarmos os advogados.

— Então, por via das dúvidas, deveríamos continuar circulando apenas ao redor da ponte Carlos?

— Só se vocês forem turistas — Oz tira o celular do bolso e mexe na tela. — Seu último artigo deveria ter sido publicado em três partes. Sobre o sistema de serviço social do Canadá e como eles levaram as crianças indígenas para longe dos próprios pais.

Giro o globo para poder dar uma olhada no Japão.

— Mas só a primeira parte foi publicada.

Fico surpreso com o quão longo e estreito o país é.

— E agora você está escondido em Praga.

— Estou de férias.

— Mas a sua casa é no Canadá. Em algum momento, você vai precisar voltar pra casa.

— Provavelmente.

— E o que você vai fazer depois?

É a pergunta que Mimi já me fez um milhão de vezes.

— Se você não escrever, o que você vai fazer?

Posso me sentir sendo acuado em um cantinho escuro.

— E você?

Oz coloca a mão no peito.

— Eu?

— Exato — eu digo, fugindo das cordas. — Quem é você? O que você está fazendo em Praga? E esse jogo? Abelhas e ursos. Se os ursos sempre vencem, qual é o sentido de se jogar um jogo assim?

Oz para de brincar com o globo.

— É uma entrevista? Vou aparecer em uma reportagem?

Sentar em um refeitório e brigar com Oz não é o que eu deveria estar fazendo neste momento.

— Que emocionante.

Eu deveria pegar um pouco de comida e levar de volta para Mimi.

— Você faz as perguntas e eu vou responder as perguntas, sim ou não. Depois, você pode tirar uma foto minha.

— Não é uma entrevista.

— Às vezes, quando fazemos perguntas sobre outras pessoas — Oz diz —, revelamos alguns detalhes importantes sobre nós mesmos.

— Não estou escrevendo uma reportagem.

— Claro, o problema com as perguntas — Oz diz, com um sorriso — é que nós quase sempre fazemos as erradas.

NÃO ARRANJEI CARONA para sair de Clinton até bem mais tarde e terminei passando a maior parte da noite em um posto de gasolina em Groom, estado do Texas. De manhã cedo, um motorista em uma minivan me levou até Bernalillo. De lá, fui para Farmington, perto de Salt Lake, e segui para o oeste profundo através de Nevada e das montanhas.

Quatro dias para chegar em Oklahoma. Cinco dias para voltar. E, nesses nove dias, não descobri uma informação sequer sobre o meu pai.

Não contei para a minha mãe os lugares que visitei nem o que eu fiz durante a viagem.

— O trabalho pagava bem? — ela me perguntou.
— Bem o suficiente.
— Você vai continuar com esse serviço nos telhados?
— Acho que não.
— Alguma ideia do que você quer fazer com a sua vida?
— Algumas.
— Não espere até ser tarde demais.
— Não vou esperar.

Naquele outono, me matriculei na faculdade, no departamento de jornalismo. E nunca mais procurei o meu pai.

OZ COLOCA A MÃO em volta da boca.

— Vou te dar algumas dicas — ele diz. — Preparado?

A culpa é de Mimi. Se ela não estivesse na cama, eu não estaria sentado em uma mesa jogando Vinte Perguntas com um homem cujos olhos têm duas cores diferentes e que usa um relógio em cada pulso.

— Heterocromia — Oz pisca os olhos para chamar minha atenção. — É por isso que eu tenho um olho azul e um olho dourado. É genético. Você pode até supor que essa curiosidade deriva de uma origem geográfica, mas não é essa a resposta. E você já pode pular uma das perguntas.

Não vim até Praga para brincar de joguinhos.

— Os dois relógios também não são uma questão cultural — Oz diz e me mostra os pulsos. — E nem estão aqui por dogmas sociais ou religiosos. Você já pode pular mais uma das perguntas.

Claro, não vamos fazer nada e nem vamos sair para lugar nenhum até Mimi levantar da cama.

— Você poderia me perguntar, por exemplo, se tcheco é o meu idioma de origem.

— O tcheco funciona na mesma lógica do alemão?

— Não, não funciona. E tcheco não é o meu idioma de origem. Veja. Eu dei duas respostas pelo preço de uma.

Olho para a porta, na esperança de ver Mimi cruzando o refeitório.

Oz verifica os relógios.

— Mas já está tarde. E eu tenho um compromisso — ele pega o globo. — Amanhã — Oz diz. — Continuamos amanhã.

— Amanhã?

— Claro — Oz diz. — Como conseguir as respostas sem fazer as perguntas?

XI

Assim que entro no nosso quarto, eu me pergunto, e não pela primeira vez, por que desperdiço minha vida correndo atrás de homens desaparecidos ou mortos.

Meu pai.

Meu avô.

Leroy Bull Shield.

Minha mãe morreu logo depois do nascimento de Nathan, mas a mãe de Mimi continua viva. Não visitamos Bernie com muita frequência. Conversamos com ela pelo telefone, sempre que a culpa se torna insustentável.

E temos uma filha e um filho que merecem a nossa atenção, mesmo que eles não queiram tanto assim.

Eu sei que Eugene tem algo a dizer sobre essas questões, mas destranco a porta, entro no quarto e o deixo sozinho no corredor, batendo papo com as paredes.

— Querida — eu digo —, cheguei.

Minha expectativa é encontrar Mimi ainda na cama, enrolada nos lençóis e nas cobertas como se fosse um burrito gigante, mas, pelo contrário, Mimi está sentada na cadeira com o caderno de desenhos na mão.

Sei muito bem que não devo incomodá-la quando ela está trabalhando, então sento na ponta do colchão e espero. Mimi não gosta que eu olhe por cima dos seus ombros, mas olho mesmo assim. Do lado de fora, na ponte, o dia está claro e animado. O céu está azul com nuvens esparsas. Até o rio parece satisfeito consigo mesmo.

No caderno de Mimi, no entanto, o dia virou uma noite sombria e opressiva. Ao invés de desenhar a paixão dos turistas, Mimi esboçou uma figura solitária escorada em um paredão de pedra, com os ombros curvados e um rosto que se esconde da luz.

Ela normalmente retrata a água, o que faz essa nova composição me parecer um tanto quanto perturbadora.

— Sou eu aí?

Mimi não levanta os olhos do caderno.

— Você quer que seja?

— Eu gosto.

— Talvez seja Eugene.

— Eugene?

Mimi usa uma ponta de carvão para transformar o fundo do desenho em um veludo escuro.

— Estou me sentindo melhor.

— Ótimo — pego o frasco de perfume do meu bolso e ergo na direção dela. — Acho que você vai gostar desse presentinho aqui.

Mimi gira o frasco na mão.

— Um perfume?

— Da Bloomingdale's de Nova Iorque.

Mimi espera.

— A mulher que me atropelou, ela me deu pra eu dar pra você. Foi o jeito que ela encontrou de me agradecer pela companhia até o hotel.

— Meu herói — Mimi diz. — E agora o meu herói pode me alimentar, o que você acha?

— Você está com fome?

— Estou com fome.

— O refeitório do café da manhã já está fechado.

— Eu sei — Mimi coloca o caderno de lado.

Gesticulo na direção do desenho.

— E Eugene?

Mimi calça os sapatos.

— Ele não vai pra lugar nenhum.

Mimi já desceu as escadas e saiu pela porta, e eu preciso me apressar para acompanhar seu ritmo. Ela atravessa a rua, dobra à esquerda e depois à direita e trota por uma pequena praça sem nem olhar para a peculiar estátua formada por pedaços de um cavalo, uma mesa e uma coluna de granito. No alto da coluna, eles instalaram o busto de uma pessoa provavelmente famosa, mas Mimi pega velocidade em determinado momento e não tenho tempo de sequer ler a placa.

Não que eu tenha lá muita vontade.

Mais algumas esquinas e Mimi interrompe a caminhada.

— Vamos comer aqui — ela diz.

— É uma sugestão do guia de viagem?

Mimi abre a porta e segue até uma mulher com cardápios na mão.

— Uma mesa grande na janela, por favor. Estamos esperando alguns amigos.

A mulher nos leva para um salão bastante amplo.

— De que amigos estamos falando?

Mimi senta de costas para a parede.

— Nenhum, só gosto de ter espaço pra comer.

— Você sabe que é um restaurante de hotel, não sabe? — eu pergunto. — E que o cardápio vem com fotos da comida?

O restaurante parece ser bom o suficiente, vamos ser justos. Madeiras escuras e pedras, um ambiente que pode ser tanto uma igreja gótica quanto uma masmorra medieval.

— Alguém falou pra você que a comida aqui é boa?

O cardápio do café da manhã é orgulhosamente norte-americano: rico em colesterol e cheio de frituras suculentas.

Dois ovos, batatas, bacon e torrada em uma aliança diplomática. Panquecas com xarope de bordo e salsichas prontas para cantar um hino. Ovos beneditinos com presunto hasteando uma bandeira.

É o tipo de restaurante que evitamos, o tipo de restaurante que dá uma péssima reputação para a arte de viajar.

— Você está se sentindo bem?
— Por que você não pede os ovos beneditinos?
— Porque eu odeio ovos beneditinos.
— Mas se você pedir eu posso comer um pouco da sua comida.

O lugar enche rápido. Homens vestindo bermudas e camisas polo. Mulheres em vestidos de verão e com sandálias. Crianças com camisetas de marca e tênis esportivos.

— Turistas — eu sussurro para Mimi. — Estamos em um zoológico de turistas.

— Nós somos turistas.

Mimi pede uma entrada de torradas e uma salada de frutas.
— Achei que você estava com fome.

Mimi observa um jovem casal enquanto eles rodam pelo restaurante à procura de uma mesa.
— É ela ali?
— Quem?
— A mulher que te atropelou.
— Como assim?
— Ontem à noite. No restaurante chinês. A mulher que você acompanhou até o hotel.

Demoro um pouco até entender do que Mimi está falando.
— É este o hotel?
— Qual é o nome dela mesmo?
— Você sabe que perseguir as pessoas é crime?

Mimi come a torrada bem devagar e brinca com a salada de frutas.
— Não coma muito rápido — ela diz. — Estamos de férias. Não precisa se apressar.

Não consigo acreditar que Mimi me arrastou até aqui somente para termos a chance de, por acaso, somente por acaso, batermos de frente com Kalea e Bryce.

— Você sabe qual é a probabilidade de encontrarmos com eles?

— E aqueles dois?

Estou me dedicando a uma torta de maçã que Mimi pediu para mim quando Kalea Tomaguchi e Bryce Osbourne aparecem no restaurante.

— São eles — Mimi diz sem hesitar —, não são?

DE ACORDO COM UM DOS cartões-postais, o Empório Selvagem do Capitão Trueblood também deu uma pequena volta pela Holanda, pela Suécia e pela Noruega. O cartão que Tio Leroy mandou para casa de Amsterdã mostrava um moinho de vento e várias barcaças baixas amarradas em um cais.

Clima frio, dizia. *Como vocês estão?*

Fomos para Amsterdã um ano depois de conhecermos Paris. Mimi descobriu um artigo que mencionava um museu de cachimbos em Prinsengracht cuja coleção principal ostentava um cachimbo indígena.

— Don Duco — Mimi me disse. — Ele encontrou vários cachimbos antigos durante um projeto de restauração, e o que era apenas um hobby acabou saindo um pouco de controle.

— Oito euros para vermos uma pilha de cachimbos?

— Eles têm um cachimbo de nativos norte-americanos — Mimi disse com autoridade —, então talvez eles estejam com a nossa bolsa Crow.

O museu não era assim tão grande, mas os cachimbos também não ocupavam tanto espaço assim. A coleção era mesmo impressionante.

— Não sei por que não tem nenhuma informação sobre os cachimbos aqui — Mimi percorria os mostruários em busca de algum tipo de placa. — Seria bem útil saber alguma coisa da história deles.

Eles tinham um mostruário cheio de cachimbos elaborados, que pareciam ter sido criados por Hieronymus Bosch, e uma série de cachimbos franceses com rostos de pessoas encravados nos fornilhos.

— Esse é um cachimbo Maori, da Nova Zelândia — Mimi apontou para um dos mostruários. — E ali uns cachimbos de ópio da China. Você já encontrou o cachimbo indígena?

No final das contas, o museu possuía mais de um cachimbo das Américas. Um era um cachimbo de argilita do arquipélago Haida Gwaii e outro era um cachimbo da paz da região dos Grandes Lagos.

Andamos pelo resto do museu e depois descemos as escadas até a tabacaria.

— O que você acha de eu comprar um cachimbo pra você, Bird? Não precisa fumar. É só colocar o cachimbo na boca e você já vai ficar imponente.

Tentei me imaginar abastecendo o cachimbo com tabaco, as nuvens sufocantes de fumaça, o cheiro nas minhas roupas e o gosto horrível que ficaria na minha boca. Era uma ideia a se considerar, de todo modo, já que elegância não é uma questão que deva ser subestimada.

— Bom — Mimi disse enquanto subíamos as escadas para a rua —, não tivemos sorte com a bolsa, mas agora a gente sabe mais sobre cachimbos do que sabia antes.

MIMI NÃO ESPERA por uma resposta. Ela já está de pé e acena para Kalea como se elas fossem velhas amigas. Kalea acena de volta, desconfiada. E então ela me vê.

Fecho os olhos e respiro.

— Sr. Mavrias.

Abro os olhos.

— Não consigo acreditar — Kalea diz. — Que coincidência, né?

— Pois é — Bryce diz —, que coincidência.

— Sentem com a gente, por favor.

Todas as mesas estão ocupadas, mas Bryce procura mesmo assim. Ele tem minha simpatia. Eu não gostaria de dividir a mesa com um casal de estranhos.

— Eu sou Mimi Bull Shield — Mimi diz, logo depois de se servir um pedaço da minha torta. — E vocês já conhecem meu companheiro, Blackbird Mavrias.

— Bull Shield e Mavrias? — Kalea diz. — Olha aí, Bryce. Muitas mulheres mantêm o seu próprio sobrenome.

Mimi se vira para Bryce como um tubarão que acabou de sentir o cheiro de sangue na água.

— Kalea Tomaguchi — Kalea diz. — E este aqui é Bryce Osbourne.

— Bird me falou muito sobre vocês.

Kalea fica tímida.

— Imagino que ele tenha contado do atropelamento.

Mimi dá um sorriso.

— Ele ficou meio constrangido nessa parte.

Kalea senta ao lado de Mimi. Bryce permanece em pé, na esperança de descobrir uma mesa vaga.

— Nós estávamos nesse restaurante.

— O restaurante chinês.

— Isso, o chinês. Bryce e eu tínhamos acabado de brigar.

Bryce senta em silêncio.

— É um assunto meio chato, não? Não acho que eles vão querer escutar.

— A gente não se importa — Mimi responde —, não é, Bird?

Mantenho a cabeça baixa e tento proteger minha torta com o cotovelo.

— Nós vamos nos casar no outono e temos ainda vários detalhes pra decidir. Bryce quer um casamento na Costa Rica, mas eu acho melhor guardarmos o dinheiro e fazermos uma cerimônia simples no jardim dos meus pais.

— Mas aí não é um casamento, meu amor — Bryce diz. — É um churrasco.

— E ele quer que eu use o sobrenome dele.

— Kalea Osbourne — Bryce diz. — É um nome ótimo.

— Só que, se for assim, todos os nossos filhos vão ter só o sobrenome Osbourne.

De repente, o assunto meio que morre. E de jeito nenhum vou ser a pessoa a retomar a conversa.

— Vocês têm filhos? — Kalea pergunta.

— Dois — Mimi responde.

— E como vocês lidaram com essa questão do sobrenome?

— Os dois são Bull Shield — Mimi diz, sem qualquer vestígio de pesar na voz. — O trabalho foi todo meu.

Bryce resmunga:

— É uma tradição indígena?

— Eu acho uma ideia excelente — Kalea diz.

— Mas, então, vocês brigaram — Mimi segue em frente, deixando bem claro que resmungo nenhum é capaz de detê-la.

— Brigamos — Kalea diz. — Foi aí que eu me irritei, corri pra rua e acertei seu marido com a porta do restaurante.

— Não se preocupe — Mimi diz. — Ele não ficou chateado.

— Seu marido foi muito gentil de me acompanhar até o hotel.

Mimi olha para Bryce. Estou acostumado com aqueles seus olhares intensos. Mas, ainda assim, sinto meu corpo tenso.

— Quando eu cheguei, ele me pediu desculpas — Kalea sorri na direção de Bryce. — E fizemos as pazes.

— Transamos como nunca.

— Bryce!

— Vou no banheiro — Mimi diz. — Você quer ir também?

— Claro — Kalea responde.

Bryce e eu nos sentamos à mesa e tentamos não olhar um para o outro.

— Você sabe por que as mulheres fazem isso?

— O quê? Irem juntas no banheiro?

— Sim.

— Não sei mais do que todo mundo sabe.

— É pra elas poderem falar da gente?

— Provavelmente.

— Você não se importa que seus filhos tenham somente o sobrenome dela?

Não é a primeira vez que me fazem essa pergunta.

— Bull Shield. É um bom nome, possui uma história significativa entre os Blackfoot.

— Mas o seu é Mathias.

— Mavrias — eu digo. — É o nome da minha mãe.

— Não é do seu *pai*?

— Não. O nome do meu pai é Blackbird.

— Mas esse é seu primeiro nome.

— É.

— Então, você tem o sobrenome da sua mãe e os seus filhos têm o sobrenome da mãe deles? — Bryce balança a cabeça. — Meus pais nunca aceitariam essa negociata. Você tem algum conselho?

— De como mudar a cabeça de Kalea?

— Sim — Bryce diz. — Eu realmente quero ir pra Costa Rica.

ALÉM DOS CACHIMBOS, de alguns grandes museus de arte, do hotel onde Chet Baker morreu e do labirinto impressionante de canais, Amsterdã é conhecida pelos bordéis. O De Wallen é o mais famoso distrito da luz vermelha e, depois de jantarmos em um restaurante asiático, Mimi decidiu que deveríamos conhecer a região.

— Tem uma escultura de bronze ali mais pra frente que é uma mão acariciando um seio — Mimi apontou para o topo de uma torre toda decorada, um pouco distante de onde nós estávamos. — É perto da igreja velha.

— Uma mão acariciando um seio?

— E também existe uma estátua em homenagem às trabalhadoras do sexo do mundo inteiro, mais ou menos na mesma área.

— Perto da igreja?

— Exato — Mimi disse. — Sexo e religião? Uma combinação perfeita.

Fomos obrigados a vasculhar o bairro inteiro até encontrarmos a tal escultura. Estava instalada no chão, na verdade, uma composição pequena e, de certa maneira, sinistra, como se uma mulher tivesse sido enterrada nos paralelepípedos, com apenas um seio à mostra, enquanto uma mão sai das tumbas para acariciar seu mamilo.

— Minha mãe — Mimi disse — vai ficar súper triste por não poder conhecer o que estamos conhecendo aqui.

A estátua também era problemática. Uma figura feminina de corpo inteiro, em pé em cima de alguns degraus, olhando para trás através de um arco.

— A ideia é que ela está em pé debaixo do batente de uma porta.

— É essa a ideia?

— Belle — Mimi me disse. — O nome dela é Belle.

A textura da estátua era áspera, como se o artista tivesse finalizado a obra arremessando pedaços de metal quente no corpo da mulher antes de moldar o material com um martelo. Seios volumosos, quadril generoso. Belle vestia uma calça e uma espécie de top. O cabelo estava preso em um coque apertado e ela olhava para longe.

Se não fosse pelo guia de viagem, eu imaginaria que Belle estava em pé ao lado de uma forca, à espera de uma corda.

No entanto, ela era uma prostituta aguardando seus clientes.

— Trabalhadora do sexo — Mimi me corrigiu. — Elas preferem usar o termo *trabalhadoras do sexo*.

Mimi me fez tirar uma foto dela sendo solidária com Belle, e depois Mimi tirou uma foto minha com a estátua.

— Tente parecer feliz, Bird.

— Estou feliz.

— Parece que tem um lugar aqui perto onde as mulheres falam sobre a profissão, meio que uma palestra. A gente deveria ir. Pode ser uma boa história pra você incluir no seu livro.
— Acho melhor não.
— Você já pensou no assunto?
— No quê? Em um livro?
— Não — Mimi disse. — Em transar com uma prostituta.
— Você não queria procurar pelo Beco do Trompetista?
— Não mude de assunto.
— O beco mais estreito de Amsterdã? Somente um metro de largura? Quero conhecer com certeza.

Mimi parou ao lado de Belle com as mãos no quadril.
— Então, você já transou com uma trabalhadora do sexo?
— Mimi...
— Você sabe a quantidade de homens que transam com trabalhadoras do sexo?
— Mimi...
— Vamos ver os bordéis — Mimi guardou o guia de viagem na mochila e me pegou pela mão. — Não se preocupe — ela disse. — Eu te protejo.

AS MULHERES DEMORAM para voltar e, quando uma mesa fica vaga no canto mais distante do restaurante, Bryce rapidamente se muda para lá.
— Para onde Bryce foi? — Mimi pergunta.
— Para outra mesa — eu digo. — Ali.
— Talvez seja melhor eu ir pra lá também — Kalea diz.
— Ele parece mesmo meio perdido — Mimi diz.
Kalea dá um sorriso.
— E estou com fome.
— Não esqueça o que eu te disse.

Mimi assiste Kalea cruzar o restaurante. Bato meu garfo de leve no copo para chamar sua atenção.

— Beleza, que história foi essa aqui?
— Que história?
— Você sabe muito bem.
— Tome mais um café, Bird.
— Não quero tomar mais café. Por que a gente veio aqui? E o que foi que você falou pra ela?
— Você quer mesmo saber?

É claro que eu não quero saber. Não sei nem por que perguntei, mas agora é tarde demais.

— Quando nós vimos os refugiados em Budapeste, você quis ajudar aquelas pessoas?
— Claro.
— Mas a gente não podia ajudar, não é? Não falamos o idioma. Não tínhamos ideia do que nós poderíamos fazer, ou o que poderia ser feito. Ficamos impotentes.
— Certo.
— Você se sentiu bem? Você sentiu orgulho de você mesmo?
— Mimi...
— Mas, com Kalea, eu posso fazer alguma coisa. Eu posso ajudar.
— Mimi...
— Ou eu posso cuidar da minha própria vida. É esse o conselho que você vai me dar agora?
— Você não conhece ela.
— Eu sei que ela tem um namorado com quem ela vai se casar. Sei que ela não tem tanta certeza assim se ama ele ou não. Ontem à noite, você me disse que ela achava que estava grávida. Você sabe como é essa sensação pra uma mulher?
— Não sei.
— *Não sei* é a resposta certa pra você dar aqui — Mimi mete o garfo na minha torta. — Bom, ela não está grávida. Depois que eles transaram ontem à noite, a menstruação dela desceu.

— É uma boa notícia, não?

— Sim, ótima. Significa que ela tem a chance de repensar suas escolhas.

— Sobre se casar com Bryce.

— Você gostaria de se casar com Bryce?

Do outro lado do restaurante, Kalea e Bryce estão conversando. Kalea senta com as costas eretas na cadeira. Bryce se curva em cima da comida. Nenhum dos dois parece feliz, mas estou muito distante para ter certeza.

— Você falou pra ela terminar o noivado com Bryce?

— Não exatamente.

O lamento escapa antes de eu conseguir fechar a boca.

— Você não contou pra ela a história da pescaria, contou?

— Talvez.

— Aquela história que sua mãe conta? De que não é porque você conseguiu pescar um peixe que você precisa levar ele pra casa? Essa história?

Mimi encolhe os ombros.

— Vou pedir outra fatia de torta.

— Você já pediu uma.

— Mas você comeu quase toda.

— Se ela fosse sua filha — Mimi diz —, que história você contaria pra ela?

NO FIM, ANDAMOS por várias ruas de Amsterdã cujos nomes nós não sabíamos pronunciar. A luz do luar se refletia nos canais, enquanto mulheres de biquíni balançavam para frente e para trás nas janelas.

— Você acha que Tio Leroy teria contratado uma trabalhadora do sexo?

Um grupo de homens descia a rua, todos bêbados, dando risada, debochando um do outro. Eles paravam na frente de várias janelas e encaravam as mulheres, e as mulheres encaravam de volta. Um dos homens tirou uma foto com o celular e, assim que se virou para mostrar aos amigos, a mulher voou da janela, agarrou o telefone e arremessou o aparelho no canal.

Mimi deu um tapa no meu ombro.

— Você viu aquilo?

O homem permaneceu imóvel, atônito. A mulher voltou para sua janela, trancou a porta e fechou a cortina.

— Bem feito! — Mimi sussurrou, mas alto o suficiente para os caras escutarem.

Não que eles estivessem prestando atenção em nós dois. O homem que perdeu o telefone começou a xingar em um idioma que não era inglês, embora não fosse muito difícil de entender o que ele queria dizer. Ele foi até a janela e começou a esmurrar o vidro, até ser arrastado pelos seus amigos.

Mimi se enroscou em mim.

— Pois então, me diga, com qual mulher aqui você quer transar?

— Com você.

— Fofinho, mas você precisa escolher uma.

— Não, não preciso.

— Não é de verdade — Mimi disse. — Pense como se você estivesse avaliando um quadro. Algumas pessoas gostam de arte realista. Outras, de arte abstrata. Posso começar, se você quiser.

— Que tal a gente voltar pro hotel?

— Você está vendo aquela mulher de cabelo escuro no biquíni branco?

— Mimi...

— Ela é bonitinha.

— Mimi...

— E eu realmente gostei do biquíni.

Mimi me arrastou para cima e para baixo, parando de vez em quando na frente de uma janela iluminada.

— Tá bom — eu disse finalmente. — A loira.

— Aquela de calcinha e topzinho?

— Essa.
— Sério, Bird? — Mimi disse. — Uma loira?

É QUASE UMA DA TARDE quando Mimi e eu saímos do restaurante do hotel e mergulhamos na luz do sol de um belo dia em Praga.

Mimi pega o guia de viagem.

— Agora — ela diz —, nós podemos escolher entre o zoológico de Praga e o parque Stromovka.

Meu estômago está meio irritado e meu corpo começa a doer, indicando uma possível febre em um futuro próximo.

— Achava que tínhamos decidido não visitar zoológicos.

Não acho que seja alguma doença grave o que estou sentindo neste momento, mas me pergunto se não posso estar com o que Mimi acabou de ter.

Kitty dá um passo para trás. *Será que é contagioso?*, ela pergunta.

— Parece que Praga tem um dos melhores zoológicos do mundo — Mimi diz.

— Não é um argumento válido.

— Então vamos para o Stromovka. É o maior parque da cidade. Só precisamos pegar o bonde noventa e um.

— Você sabe, né, que nós temos parques em Guelph.

— Qual foi a última vez que nós fomos no Riverside?

— E que nós podemos navegar pelo rio de Victoria até depois da Boathouse e seguir em frente até Hanlon, não sabe?

— O Stromovka tem um lago para os patos.

— O Speed possui uma superpopulação de gansos — eu digo. — E toda primavera a gente vê os filhotinhos.

— Mas nós não estamos em Guelph — Mimi diz, com uma voz baixa e triste. — Estamos em Praga.

Mimi consegue lidar muito bem com minhas depressões e meus acessos de mau humor. Mas, às vezes, eu massacro seu entusiasmo.

— Seria mais fácil pra você se nós não estivéssemos juntos?

Balanço minha cabeça, mas Eugene já está trabalhando a todo vapor.

Excelente jogada, meu campeão, ele sussurra.

— É isso o que você está tentando me dizer?

Peço desculpas a Mimi, digo que não estou me sentindo muito bem, que estou cansado, que não me sinto confortável em cidades estrangeiras, que não lido muito bem com a distância de casa. São desculpas que já usei em inúmeras outras ocasiões, que soam muito mais como faixas de proteção em uma estrada perigosa.

— Você está infeliz comigo? — Mimi pergunta. — Com a nossa vida?

Fale a verdade pra ela, Eugene diz. *Fale como você se odeia e como você odeia quem você se tornou.*

— Porque eu não me sinto infeliz com a nossa vida — Mimi está chorando agora, baixinho, de um jeito que você não percebe as lágrimas a menos que olhe bem de perto. — Eu só queria não ter que te ver tão desolado o tempo todo.

Fale para ela que você se transformou em um urso.

— No que você acredita, Bird? Sobrou alguma coisa em que você acredita?

VOLTANDO DO DISTRITO da luz vermelha em Amsterdã, eu não parava de pensar na minha escolha de trabalhadora do sexo, que eu deveria ter escolhido a morena do colã verde ou a mulher com o cabelo preto curto e a tatuagem de uma rosa no ombro, como se existisse uma escolha certa a ser feita e eu não estivesse, na verdade, chateado por Mimi ter me forçado a escolher.

Mimi não disse uma palavra sequer até chegarmos na praça Dam.

— Aquilo foi meio decepcionante.
— O quê?

— Os bordéis. Eu imaginava que as mulheres tinham seus próprios apartamentos. E que elas estavam no controle do espaço e dos seus corpos.

Eu não sabia o que dizer, então não disse nada.

— Imaginava que elas levavam uma vida normal. Mulheres normais, que faziam coisas normais. Assistiam televisão. Passavam roupa. Lavavam pratos. Que elas ficavam na sala de casa com as persianas levantadas. Com um cachorro ou um gato. E que, uma vez ou outra, quando elas estavam com vontade, elas transavam por dinheiro.

Tinha um rapaz do outro lado da praça com um didjeridu. Ele tocava uma música cadenciada que não se parecia em nada com as trilhas sonoras norte-americanas.

— Mas aquelas janelas são gaiolas. Um quarto com uma porta. Um buraco na parede. Um zoológico pros homens verem.

Pensei em todas as palestras que poderíamos ter assistido sobre o mercado do sexo. Talvez, se tivéssemos comparecido a pelo menos uma, Mimi poderia ter tirado algumas das suas dúvidas, e aí, quem sabe, se ela tivesse escutado alguma daquelas mulheres falando sobre a própria vida, Mimi teria se sentido melhor a respeito da questão.

Pode ser que elas tivessem mesmo animais de estimação em casa.

PEGAMOS O BONDE noventa e um e seguimos para o parque. Quando chegamos lá, começamos a caminhar.

— Tem alguma atração aqui que precisamos visitar?

— Com certeza — Mimi diz, mas não para de andar e nem pega o guia de viagem para conferir as informações. — Sempre tem uma atração turística pra você visitar.

Passamos por um prédio muito parecido com uma igreja, mas que, no fim, acaba se revelando um planetário. Não estou me sentindo muito bem, mas estou otimista de que o ar fresco vai me ajudar.

Emitiram agora um aviso de poluição atmosférica para Praga. Kitty segura seu telefone. *Doenças respiratórias e problemas cardíacos.*

— Você quer ver o planetário?

Mimi continua a caminhada.

— Não muito.

Ela ganha velocidade em uma área descampada onde damos de cara com um daqueles carrinhos de excursão bem antigo, estacionado na grama. Imagino que ela esteja tentando deixar Eugene e os Outros Demônios comendo poeira, mas, ainda que não seja tão jovem quanto costumava ser, Eugene consegue manter o passo.

Essa também pode ser a versão de Mimi da marcha da morte.

Quando chegamos perto de um lago, ela desacelera. Tem um pequeno píer que se estende para dentro da água. Em cada lado do píer, uma cabeça enorme de pato, ambas entalhadas em madeira.

Pego a câmera.

— Que tal tirar uma foto sua com o píer dos patinhos?

Imagino que ela vá dar risada com a lembrança da música, mas não consigo nem mesmo um sorriso.

— Que tal sentarmos no banco e conversarmos um pouco?

Eugene enfia as mãos nos bolsos e dá quatro passos para trás. Kitty leva as gêmeas para a beira do lago, vão procurar insetos. Chip vai correr pelo parque.

— Claro.

— Você quer conversar?

— É uma boa ideia.

Mimi se acomoda no banco e ficamos sentados por alguns minutos, que parecem horas.

Uma mãe se aproxima com os três filhos. A menina mais velha pula obstáculos pela trilha, brincando um jogo imaginário. O menino mais novo se arrasta atrás, chutando o cascalho, produzindo pequenas nuvens de poeira com os pés. A mulher empurra um carrinho, com os ombros curvados, os olhos focando algum objeto distante que, na verdade, não está lá.

— Você se lembra daqueles anos?

Aceno que sim.

— Difícil esquecer.

— E nós só tivemos dois.

— Depois do primeiro — eu digo —, acho que não faz mais muita diferença.

— Mas você não é um especialista no assunto.

De repente a menina mais velha está girando com os braços abertos, a cabeça virada para o céu.

— Ela está se divertindo — Mimi dá um tapinha na minha mão. — Você acha que nossos filhos se divertiram?

— Como naquela vez que Nathan perseguiu o ganso?

— E que o ganso perseguiu ele depois.

— E você apareceu com um guarda-chuva pra resolver a situação.

A mulher vai para a frente do carrinho e ergue um bebê no colo. A criança parece ter mais ou menos um ano de idade e está determinada a andar. Ela fica em pé, avaliando seu equilíbrio recém-conquistado, e então segue cambaleante por alguns passos até cair sentada no chão. A mãe vira para falar alguma coisa com o filho mais novo e o bebê pega uns pedaços de cascalho e começa a enfiar tudo na boca.

— Lembra quando Tally encontrou cocô de gato na caixinha de areia?

— É o que você se lembra da infância dos nossos filhos? — Mimi bate no meu ombro. — Gansos violentos e cocô de gato?

— Acho que conseguimos criar dois filhos muito bonitos, você não acha?

— Mas, ainda assim, estamos sentados em um banco no meio de um parque em Praga, sentindo pena de nós mesmos. Por que a vida é assim?

A mulher vira o rosto e descobre seu bebê com a boca suja de terra e a expressão de quem está prestes a gritar. A menina mais velha corre para o lado da irmã e usa os dedos para raspar o cascalho. É muito óbvio que não é a primeira vez das duas nessa brincadeira.

— Nós temos uma boa vida — Mimi começa. — Você escreve. Eu pinto.

— Parei de escrever. Você continua pintando.

— Continuo — Mimi diz. — Claro, eu pinto a mesma coisa várias e várias vezes.

— Não vejo nada de errado em pintar a água.

Mimi se escora em mim.

— Não vou transformar o mundo.

A mulher apoia o bebê no quadril e leva os filhos para o píer dos patinhos. Ela tira sanduíches e garrafas do carrinho, além de um cobertor.

Sinto meu estômago se revirar.

— Meus quadros não vão impedir as guerras. Não vão interromper as mudanças climáticas. Não vão acabar com a pobreza ou reprimir a ganância das pessoas.

Eugene anda de volta na nossa direção. Não quero que ele chegue perto dessa conversa, mas ele não se intimida.

— Quer dizer então que somos fracassados? É o que somos?

Observo a mulher no píer com as três crianças. Me pergunto se existe um pai no palco de batalha ou se ele já fugiu. Ou se foi assassinado. Talvez aquela seja a mãe de Mimi, quando ela era jovem.

Ou a minha própria mãe.

— É isso? — Mimi pergunta. — É o que aconteceu?

Eugene se instala na pontinha do banco e se sente em casa.

— Existe alguma coisa em que você acredite ainda, Bird? — Mimi pergunta.

Vai lá, Eugene diz. *Fala a verdade pra ela.*

Eu me viro de costas para Eugene.

— Tipo religiões militaristas, governos sem princípios, economias gananciosas?

Eugene se apoia no meu ombro. *Fala pra ela sobre justiça*, ele sussurra.

— E em mim? — Mimi diz. — Você ainda acredita em mim?

A mulher no píer removeu as cascas dos pães ao preparar os sanduíches. Ela também trouxe bananas fatiadas e maçãs em um pote de plástico. A mulher e a filha brincam de colocar pedacinhos de uvas na boca do bebê.

— Ou em você mesmo? — Mimi diz. — Você perdeu a fé em você mesmo?

Eugene se levanta e começa a se afastar. Não sei para onde ele vai e, no fim, não me importo.

Mimi e eu continuamos sentados no banco e assistimos o piquenique no píer. A mulher agora está amamentando o bebê enquanto a filha mais velha corre de um pato para outro, com o menino correndo desenfreado atrás da irmã.

— Lembra quando Nathan não conseguia dormir, a não ser que ele se deitasse comigo?

— E, toda vez que você se mexia, ele acordava.

— E como ele só mamava por alguns minutinhos de cada vez?

— E depois a gente precisava cantar pra ele dormir.

— *Os dez patinhos*.

— Eu deveria odiar essa música — Mimi diz —, mas não odeio.

— Por favor, não comece com ela.

— Ninguém vai escutar.

— Sim, mas alguém pode aparecer de repente.

— Você está com vergonha? De cantar em um parque?

O menino esfarelou seu sanduíche inteiro e resolve arremessar os pedaços dentro da água. Os patos do outro lado do lago veem o movimento e nadam para perto do píer.

— Chegaram na hora certa — Mimi diz, e conta quantos patos estão aglomerados ao redor do píer e da família. — *Dezesseis patinhos foram passear.*

Balanço minha cabeça.

— Vamos lá, Bird — Mimi diz. — Se não conseguimos acreditar em nós mesmos, vamos pelo menos tentar acreditar nos patos.

XII

A família não fica muito tempo no píer. O menino e a menina começam a brigar. A mãe ignora os dois. Ela arruma as comidas, devolve o bebê sonolento para o carrinho e eles vão embora, com o filho mais novo correndo na frente, xingando a irmã.

— O que será que ele está falando?

— O que todos os irmãos falam para as irmãs — Mimi se levanta e se estica. — Lembra quando Nathan chamou Tally de cabeça de cocô?

Começo a me levantar e é quando o mundo parece girar diante dos meus olhos. Uma onda de náusea surge do meio do nada e minhas pernas fraquejam.

— Bird!

Desabo no chão. Meu primeiro sentimento é de vergonha. Blackbird Mavrias, famoso fotojornalista aposentado, sofre um colapso em um parque de Praga.

Logo depois, o vômito.

Mimi está logo ao meu lado, mas não consigo escutar o que ela diz. E então mais náusea e aí as câimbras. Meu rosto está enterrado na grama. Posso sentir o cheiro da terra e do meu próprio vômito, e esse nem é o meu principal problema no momento. Tudo o que eu quero é descobrir uma posição que amenize a dor que estou sentindo no corpo.

Mimi esfrega minhas costas. Continuo com vontade de vomitar, mas não sai mais nada da minha boca, o que é um grande avanço. Mimi segue falando, e é quando percebo que ela não está conversando comigo.

— Não, ele não está bêbado.

— Ele está doente?

— Sim, está.

Tento erguer minha cabeça para me juntar à conversa, mas minha tentativa de movimento só faz provocar outra onda de náusea.

— Ele comeu algo estragado?

— Acho que não. Mas ele é diabético.

— O açúcar do sangue — uma voz masculina diz. — Meu pai também é diabético.

Posso sentir que Mimi está revirando minha mochila. E então sinto uma pontada no meu dedo. E mais uma onda de náusea, mas não tão forte quanto as anteriores.

— A glicemia dele está boa — escuto Mimi dizer.

— Tem certeza de que ele não está bêbado?

Abro meus olhos e o que eu vejo são dois pares de tênis encardidos e as bainhas de duas calças escuras.

— Ele não está bêbado — a voz de Mimi soa um pouco mais dura.

— Precisa pagar uma multa — um deles diz.

— Por ficar doente?

— É um parque público. Cinquenta dólares americanos.

Inclino minha cabeça. Em cima dos tênis e das calças, camisas de um azul bem claro.

— Isso é ridículo.

Dois homens. Um loiro alto. Um outro mais baixo e mais largo, com um cabelo escuro cortado bem curto. Vinte e poucos anos.

— É a lei.

— E precisamos conferir o dinheiro de vocês.

— Existe muita falsificação no nosso país — o homem mais baixo diz. — Estão se aproveitando dos turistas estrangeiros.

Consigo sentar. Estou me sentindo melhor. Ainda não estou bem, mas me sinto um pouco melhor.

— E vocês são policiais? — Mimi diz.

— Sim, claro — o homem alto diz. — Estamos disfarçados.

— E você quer que eu pague uma multa *e* dê todo o meu dinheiro pra você conferir se não é falsificado.

— É uma obrigação da polícia — o homem mais baixo tira um distintivo do bolso e mostra rápido para Mimi. — Ou vamos levar vocês dois pra delegacia.

Eu me recosto no banco e respiro devagar.

— Vai nos levar pra delegacia? Porque meu marido está doente?

— Exato — o homem alto diz. — A não ser que você pague a multa imediatamente.

— E nos deixe conferir se o seu dinheiro não é falsificado.

— Porque vocês são policiais?

— É claro.

— Policiais tchecos com sotaques ridículos?

Ajeito meus óculos. Agora que consigo enxergar direito, vejo que os dois homens se parecem mais jovens do que eu imaginava. E mais nervosos. O alto olha para o mais baixo, que tenta intimidar Mimi com uma careta.

Eu poderia contar a ele que essa tática não vai funcionar. Mas eu não conto.

— Se você insistir, nós vamos ter que levar vocês pra delegacia e vocês vão ser acusados de vários crimes.

Mimi coloca as mãos no quadril.

— Sabe o que eu acho? — ela diz, com uma voz afiada o suficiente para cortar um osso. — Eu acho que isso aqui é um golpe. Não acredito nem um pouco que vocês são policiais.

— Nós somos po...

— E vou começar a gritar o mais alto que eu puder e vamos ver o que acontece quando a polícia de verdade chegar.

— Olha — o homem alto diz, agora sem o sotaque tcheco. — É só você dar logo o seu dinheiro pra gente.

Estou me sentindo melhor, e agora também estou com raiva. Eu me levanto e tento flexionar os músculos do peito.

Hércules e o Leão de Nemeia. Sansão dentro do templo. Atlas carregando o mundo sobre sua cabeça.

— Fogo! — Mimi berra.

Os dois homens pulam para trás.

— Fogo!

— Tá bom, tá bom — o homem mais baixo diz, e ele gesticula na tentativa de fazer Mimi diminuir o volume. — Fique calma, tá?

— Fogo!

Me preparar para uma batalha não é uma boa ideia. Sinto meu estômago embrulhar de novo. Coloco as mãos nos joelhos e espero a onda de náusea estourar outra vez.

— Agora você deixou Bird nervoso.

Estou no meio de uma tosse seca e não vejo o que acontece na sequência, mas de repente escuto um dos homens gritar.

— Meus olhos!

— Relaxe, é só perfume — Mimi diz.

— Estou cego!

— Aqui. Use isso aqui pra lavar os olhos.

Espero que Mimi não tenha oferecido a nossa água. A náusea melhora e consigo erguer o corpo. O homem mais baixo está no chão. O mais alto está jogando água nos olhos do parceiro. É a nossa água, claro, e ele está desperdiçando quase toda ela.

Mimi mantém a posição, com o perfume preparado para o ataque.

— Cara, é impossível vocês dois serem da polícia.

— Vocês vão se dar muito mal — o homem mais alto diz, mas a voz dele perdeu toda a confiança de antes.

Mimi levanta o braço e o ameaça com o perfume.

— Me deixe ver esse distintivo — ela diz. — Agora.

— Tá bom, tá bom — o homem alto retruca —, nós não somos da polícia.

Mimi vira o distintivo de um lado para o outro.

— Misericórdia — ela diz —, vocês desenharam um distintivo em um pedaço de papelão?

— Não ficou ruim, né? Nigel tem bastante talento pro desenho.

— Jesus Cristo, Trevor — diz o homem mais baixo —, não é pra falar nossos nomes de verdade.

— Vocês já conseguiram roubar alguém com esse negócio aqui?

— Não — responde Trevor.

— Talvez — responde Nigel. A pele ao redor do seu olho está vermelha, mas ele parece ter se recuperado. — Alguns euros aqui e ali. Qual é o problema com seu marido?

— Vocês deviam verificar essa situação aí — Trevor diz. — Meu pai apareceu com um estômago ruim. Seis meses depois ele já estava morto.

— Seu marido provavelmente comeu alguma comida estragada — Nigel diz. — A comida é péssima nesta cidade.

— Olha — Trevor diz —, desculpa por essa confusão, mas a gente está falido. Gastamos nosso dinheiro e não temos o suficiente pra voltar pra casa.

Nigel esfrega os olhos.

— A mãe de Trevor até pode mandar um dinheiro pra gente comprar as passagens, mas ele teria que escutar uma bronca terrível.

— E aí vocês roubam as pessoas.

— Só os turistas — Trevor diz. — Ninguém se importa muito, na verdade. É uma história pra contar pros amigos em casa.

— Exato — Nigel diz. — De certa forma, estamos fazendo um favor pra eles.

— E se a polícia de verdade pegar vocês?

— Bom — Trevor diz —, aí não vai ser tão bom assim.

Mimi puxa uma nota de cinco euros do bolso e entrega para Trevor.

— Quando eu voltar pro hotel, vou denunciar vocês dois pra polícia. Se eu fosse vocês, ligava imediatamente pra mãe de Trevor e ia embora de Praga o mais rápido possível.

— Jesus Cristo — Nigel diz —, vocês americanos são todos muito loucos.

— Canadenses — eu me intrometo antes que Mimi mergulhe nessa questão.

— Eu imaginava que os canadenses eram pessoas bem-educadas — Trevor diz.

Nigel fica de pé. Não parece que ele acabou de levar uma borrifada de perfume na cara.

— E meu distintivo?

— Fica comigo — Mimi diz, e aponta o perfume de novo para Nigel. — Os cinco euros são pra pagar por ele.

Eu me sento no banco. A náusea foi embora, mas me deixou exausto.

— Sobrou alguma água?

— Como você está se sentindo?

— Destruído — eu digo.

O primeiro gole de água é maravilhoso. O segundo é ainda melhor.

— Não beba muito — Mimi diz. — Pode irritar seu estômago.

Eu me recosto no banco e deixo a luz da tarde esquentar meu rosto. No final das contas, é gostoso ficar sentado no parque, aproveitando o ócio.

— Por que você deu dinheiro praqueles dois caras?

Mimi encolhe os ombros.

— Fiquei com pena deles.

— Mas eram dois vigaristas.

— Eram duas crianças.

— Parte da sua turnê *Vamos salvar o mundo*?

— O mais magro me lembrou Nathan um pouco — Mimi apoia o braço no meu ombro. — E Eugene e os Outros

Demônios, como vão? Aposto que Kitty tem uma grande teoria sobre esse nosso pequeno episódio aqui.

— Nada — eu digo a Mimi. — Assim que comecei a vomitar, eles fugiram.

Mimi pega o guia de viagem.

— Acho que temos duas opções. A primeira é voltarmos pro hotel.

Fecho meus olhos e nos imagino de volta em Guelph, comendo um sanduíche no Miijidaa ou na Boathouse.

— E qual é a segunda?

— Olha — Mimi diz —, é até perto daqui.

— O que é perto daqui?

Mimi sorri e me dá um tapinha na bochecha.

— O zoológico de Praga.

NO ANO EM QUE COMPLETEI dezoito anos, roubei um carro. Bom, tecnicamente, eu não roubei. Foi mais como um empréstimo não autorizado. Minha mãe fez amizade com a esposa de um médico. Eu não conhecia o Dr. Philips tão bem, mas eu sabia que ele tinha um carro.

Um Plymouth Fury vermelho, conversível, modelo de 1960.

Minha mãe não tinha carro, não podia pagar por um. Acho que ela nunca tirou a carteira, aliás. Eu também não tinha habilitação, mas pelo menos sabia dirigir.

Um dos meus melhores amigos, no ensino médio, era Doug Crook. O pai de Doug era dono de uma oficina em Washington, e eu e Doug dirigíamos alguns dos carros que apareciam por lá. Nós os estacionávamos, entrávamos e saíamos das baias de serviço, passeávamos ao redor do quarteirão quando ninguém estava olhando.

Eu sabia dirigir todo tipo de carro. Manual. Automático. Tanto faz. Se o carro vinha com rodas e um motor, eu conseguia dirigir.

Bom, o que acontecia era o seguinte: sempre que o Dr. Philips e a esposa iam para o Havaí, eles pediam para minha mãe recolher a correspondência e dar uma olhada na casa, só para garantir que tudo continuasse funcionando. Eles também me contratavam para cortar a grama e molhar as plantas.

E eles largavam o carro na garagem. A bateria poderia ir para o espaço e a sujeira iria se acumular nos cilindros, então, do ponto de vista da manutenção automotiva, eu estava fazendo um favor para eles.

MIMI SÓ ESTAVA BRINCANDO em relação ao zoológico.

Ela percebe que não estou tão disposto assim, então descobre um bonde que nos leva para perto da praça da Cidade Velha. De lá, seguimos a pé até o hotel. O quarto continua quente, mas já não me importo mais. Apenas deito na cama e derreto no colchão. Dá para escutar Mimi marchando pelo quarto.

— O que você está fazendo?

— Pensando.

— Sobre o quê?

— O que mais eu poderia ter dito — Mimi diz, e se joga na cama. — Para Trevor e para Nigel.

— Nossos jovens criminosos?

— Eu poderia ter pensado em umas tiradas mais inteligentes ali na hora. Não sei, comentários mais cortem-as-pernas-deles-na-altura-do-joelho. Deus do céu, eu queria poder viver aquela cena toda de novo.

— A gente poderia ter se machucado.

— Verdade — Mimi diz. — Você não estava em condição nenhuma de brigar se eles por acaso resolvessem levar a coisa para o lado físico.

— Mas eles precisariam passar por você antes de chegar em mim.

— Que fofo — Mimi dá risada. — E quer saber? Estou com tesão.

— De novo?

— É a emoção. Acho que é a emoção do momento.

— Eu tinha entendido que as mulheres ficavam sensuais, e não com tesão.

— Você está com tesão?

— Não muito.

— Nem um pouquinho?

— Acabei de passar a tarde toda vomitando.

Mimi apoia a perna na minha virilha e desliza a mão por debaixo da minha camisa.

— E agora?

ESPEREI ATÉ SEGUNDA-FEIRA para pegar o carro. Minha mãe trabalhava das oito às seis. A ideia era ir para a casa do Dr. Philips logo depois dela sair para o serviço, achar as chaves, dirigir por umas três ou quatro horas e guardar o carro de volta na garagem — o plano mais inteligente do mundo.

As chaves do conversível ficavam penduradas em um gancho atrás da porta principal da casa. Ao lado desse chaveiro, eles pregaram também um bloco de notas que vinha com sua própria caneta. E, na primeira folha do bloco, uma lista com três itens. O primeiro dizia *Revisão do seguro*. O segundo dizia *Medidor*. O terceiro dizia: *Ligar para Howard*. Prometi a mim mesmo que, quando eu fosse rico, iria comprar ganchinhos para minhas chaves e teria um bloco de notas para me lembrar das minhas tarefas do dia.

Bom, peguei as chaves. Só que eu não podia simplesmente sair dirigindo pela cidade. Eu não sabia quantos Plymouth Fury conversíveis existiam em Roseville, ainda mais os vermelhos, modelo de 1960, mas muitas pessoas conheciam minha mãe, e, se elas conheciam minha mãe, elas me conheciam, e, se essas pessoas me vissem naquele carro, elas saberiam que eu e ele não tínhamos nada a ver um com o outro.

Saí, então, pela interestadual na direção de Auburn e das montanhas. O tanque cheio de gasolina, a capota abaixada, o vento no meu cabelo, o sol brilhando forte. Lembro de me prometer que aquele seria meu estilo de vida dali em diante.

A distância entre Roseville e Truckee era de mais ou menos cento e quarenta quilômetros. Um pouco mais de duas horas de viagem, se você não parar em lugar nenhum. Levei um pouco menos do que isso. O Dr. Philips tinha um ótimo gosto para carros. O Plymouth voou pela estrada como um foguete em direção à lua.

PORTANTO, ESTAMOS EM PRAGA, deitados na cama e, no final das contas, estou, sim, um pouco interessado. Mimi percebe minha animação e não perde a oportunidade.

— Você não precisa fazer nada — ela me diz. — É só você ficar deitado, eu faço todo o trabalho.

Não é tão fácil quanto parece. Ainda não estou me sentindo muito bem, e não sei se vou conseguir segurar até o final. Mas Mimi está se divertindo e, antes que eu perceba, já estamos firmes e fortes na corrida, dois cavalos suados cruzando emparelhados a linha de chegada.

Quer dizer, algo mais ou menos assim.

— Quem diria, hein? — ela diz, saindo de cima de mim. — Você deveria ficar doente com mais frequência.

— Você fez todo o trabalho.

— Sim, mas, olha, sua performance foi impressionante.

Mimi se senta e me aponta o distintivo de papelão que ela confiscou de Nigel.

— Fornicar em um quarto de hotel de Praga é contra a lei — ela diz, com um sotaque terrível, que soa muito mais como um russo que passou tempo demais em Newfoundland. — Você vai precisar pagar uma multa.

— Nós não fornicamos. Você me atacou.
— Cinquenta dólares americanos ou mais sexo.
Faço minha melhor imitação de um cadáver.
— Cinquenta dólares.
Mimi dobra o corpo e beija minha barriga.
— Você não tem cinquenta dólares.

EU JÁ ESTAVA PASSANDO MAL de fome quando cheguei em Truckee, mas só tinha uns três dólares no bolso. Talvez algumas moedas. Por sorte, descobri uma hamburgueria ao lado de um posto de gasolina que anunciava uma *refeição americana* — hambúrguer, batatas fritas e refrigerante — por um dólar e cinquenta.

— Parece um pouco caro — eu disse para a menina na janela.

— Olimpíadas — ela disse. — Nós somos uma armadilha pra turistas agora.

Comi o hambúrguer sentado em uma mesa de piquenique e observei a floresta e as montanhas ao meu redor. Dava para escutar o rio Truckee, mas eu não conseguia vê-lo. Naquele momento, pensei em pegar o carro e dirigir na direção do pôr do sol. Nevada, Utah, Colorado. Naquele momento, o último lugar em que eu queria estar era em minha própria casa.

A última pessoa que eu gostaria de ser era eu mesmo.

Resolvi, então, comer as batatas fritas com bastante parcimônia. Eu sabia que tão cedo não teria outra chance como aquela para aproveitar a vida. Thomas Blackbird Mavrias e seu Plymouth Fury a caminho das estrelas.

Depois dei uma passada no banheiro da cafeteria, lavei as mãos para não correr o risco de engordurar o carro e me sentei de volta à frente do volante. Sem pressa nenhuma. Pensei em seguir para o lago Tahoe, dirigir pelo território de Nevada, talvez parar em um dos cassinos para ver se eu conseguiria entrar.

Tinha tempo de sobra para passear em volta do lago e ainda chegar em casa antes de minha mãe voltar do trabalho, ou antes do Dr. Philips e a esposa voltarem do Havaí.

Girei a chave da ignição, liguei o carro, dei ré para sair do estacionamento e começava a manobrar para ir embora quando o motor de repente engasgou e, pronto, morreu.

MIMI ESTAVA CERTA. Sexo era mesmo a melhor opção. A armadilha dos cinquenta dólares foi muito bem executada.

— Quer saber? — Mimi diz, mais acordada do que deveria estar. — Estou com fome.

— Durma primeiro — eu digo. — Depois a gente come.

— Mas estou com fome agora.

— Acho que ainda estou doente.

Assim que Mimi senta, o lençol escorrega e deixa seus seios à mostra. Mesmo nas minhas condições precárias de saúde, olhar para eles continua sendo um exercício adorável.

— Você está olhando pra mim ou pros meus peitos?

— Ambos.

— Então você não está mais tão doente assim.

— Eu com certeza estou meio fraco.

Mimi se levanta da cama.

— Talvez eu possa sair e comprar um pouco de arroz branco pra você. Quem sabe não sou atropelada por um belo estranho e ele me ajuda a voltar pro hotel.

— Talvez ele tenha um distintivo.

— Como esse? — Mimi diz, e ergue a pequena obra-prima de Nigel.

— O que você vai fazer com isso?

— Estou pensando na bolsa Crow — Mimi diz. — Pode ser a contribuição de Praga.

TENTEI LIGAR o carro de novo. A bateria estava carregada. A ignição parecia estar funcionando, mas o motor não ligava de jeito nenhum. Foi quando me dei conta. O medidor de gasolina. Continuava no mesmo lugar, indicando tanque cheio.

E aí eu lembrei. O bloco de notas ao lado do chaveiro. *Medidor.*

Merda.

O atendente do posto era um adolescente mais ou menos da minha idade. Tentei soar despreocupado.

— Às vezes o medidor não funciona muito bem — eu disse a ele. — Acho que fiquei sem gasolina.

— Belo carro.

— É uma beleza, né?

— Quer ajuda pra empurrar?

Eu não conseguia pensar em outra solução, então eu disse que sim, claro, e começamos a empurrar o carro para atravessar os trinta ou quarenta metros que separavam o café das bombas do posto. O Fury flutuava como um sonho pela estrada, mas empurrar sua carcaça era como tentar subir uma escada rolante programada para descer.

— Completa?

— Quantos litros eu compro com um dólar?

— Um dólar? — o menino me devolveu um sorriso torto. — Olha, pelo preço do litro, você consegue uns sete ou oito litros, mais ou menos.

— É muito mais barato no vale.

— Mas nós não estamos no vale.

Calculei o que precisava calcular na minha cabeça.

— Você sabe quantos quilômetros por litro esse carro faz?

— Você não sabe?

— O carro é do meu pai, ele só me deixa usar.

— Bacana — disse o menino. — Levanta o capô e a gente dá uma olhada.

O que era mais fácil falar do que fazer. Eu nunca tinha aberto o capô de um Plymouth Fury, 1960. Então me afastei e deixei o menino tomar a dianteira da situação.

— Seu pai tem bom gosto.

— Sim, muito.

— Esse aqui é um SonoRamic. Carburador duplo de quatro barris, trezentos e dez cavalos, sessenta kgfm de torque.

— Bastante potência.

— Na velocidade final — o menino disse —, mas é um pouco lento na arrancada.

— Quantos quilômetros você acha que faz por litro?

O menino deu um assobio baixo.

— Os quatro barris vão secar o tanque bem rápido. Nessa altitude aqui, você vai ter sorte se você conseguir cinco, seis.

— Cinco quilômetros por litro?

— Com sorte.

Independente da matemática na minha cabeça, a nota de um dólar mais os trocados no meu bolso não iam conseguir me levar até em casa.

— Você está zerado?

— Não — eu disse —, mas esqueci minha carteira em casa.

— Acho que você vai ter que ligar pro seu pai.

— Viajando — balancei a cabeça. — Ele e minha mãe estão no Havaí.

— Nossa — o menino disse. — Eu sempre quis ir pro Havaí.

Fiquei lá em pé e tentei parecer uma pessoa digna da piedade alheia.

— Se aqui fosse Nevada — o menino me disse —, você poderia colocar seu dólar em uma daquelas máquinas e tentar a sorte. Mas não recomendo. Esses lugares não ganham dinheiro porque eles dão dinheiro de presente.

Preso em Truckee. Era uma cena quase bíblica. Roube um carro. Fique preso em Truckee. Castigo divino. Minha mãe ia descobrir o que eu tinha feito. O Dr. Philips ia descobrir que o filho mais velho de Katheryn Mavrias era um ladrão.

Parado naquele posto de gasolina em Truckee, minha grande dúvida era se dava para empurrar o carro até o alto de uma colina, colocar a marcha em ponto morto e descer o morro para chegar até o vale e voltar para a cidade.

— Claro, a gente sempre pode tentar chegar num meio-termo.

— Certo.

— Vamos abrir o porta-malas e ver o que a gente encontra.

MIMI VAI TOMAR BANHO. Estou deitado na cama e assisto as aranhas no teto. Elas já se tornaram parte da família agora, junto com o ar-condicionado que não funciona.

Eugene senta na ponta da cama. Kitty descobriu seu cantinho preferido do quarto. Chip está no chão, pagando umas flexões, enquanto as gêmeas controlam o ritmo do seu exercício.

Que dia agitado, hein?, Eugene diz. *Mas uma bela jogada, fingir que está doente.*

Irritação no estômago, Kitty diz, *é o primeiro sinal de câncer no pâncreas.*

Vinte e oito, contam Desi e Didi, *vinte e nove, trinta, trinta e um...*

Escuto Mimi brincar com a água da banheira.

— Para um homem doente — ela grita —, você até que foi muito bem.

É um Don Juan mesmo, Eugene diz. *Fica lá deitado e só pensa na pátria-mãe.*

— Na verdade — Mimi diz —, você foi ótimo.

Ou câncer no intestino, Kitty diz. *Provavelmente é um dos dois.*

— E fiquei orgulhosa de você, por ver como você estava preparado pra me proteger.

— Talvez a gente possa se envolver em assaltos com mais frequência.

Não acho que seja uma boa ideia, Desi diz. *Confrontos deixam Didi ansiosa.*

Chip já está com cinquenta e três flexões e sua em profusão. *Por que essa merda sempre acontece comigo?*

— Quando você sair do banho — eu grito para Mimi —, quer dar um pulo no restaurante chinês?

O NOME DO MENINO era Randy. O tio dele era dono do posto de gasolina e estava ensinando o sobrinho a trabalhar como mecânico.

— Terminei o ensino médio, então não é como se eu pudesse só ficar rodando por aí. Meu pai é encanador, mas eu gosto mesmo é de carros.

— Você tem um carro?

— Ainda não — Randy disse. — Mas estou de olho em um Bel Air de cinquenta e seis.

Abri o porta-malas. O estepe ficava à esquerda. E o Dr. Philips organizou o resto do porta-malas em caixas. Correntes para os pneus. Cabos para a bateria. Duas latas de óleo de motor.

— Seu pai cuida bem do carro.

— Eu ajudo também — eu digo.

Randy deu um passo para trás e transferiu o peso do corpo para um pé só, naquela posição de quem está supostamente pensando.

— Beleza — ele disse —, o que eu posso fazer por você é o seguinte.

MIMI SAI DO BANHEIRO bem quentinha e cheirando a sabonete e então se deita ao meu lado na cama.

— A gente não precisa sair — ela diz.

Eu me viro de barriga para baixo.

Mimi corre os dedos pelas minhas costas.

— Podemos só ficar aqui namorando mais um pouquinho.

Pulo rápido para fora da cama e visto minha calça.

— Pensei que você estivesse com fome.

Mimi pensa no assunto por um segundo.

— Pois é, verdade — ela diz, no fim. — Estou com fome. E podemos dormir quando voltarmos para Guelph.

Já vesti a calça e a camisa. Mas não encontro minhas meias.

— Até porque não vamos ficar muito mais tempo por aqui. Praga é o final da linha. Não temos nenhum outro cartão-postal na lista.

Jogo as cobertas para trás, confiro os lençóis e, claro, as meias estão lá.

— Não vamos mais ter nenhuma desculpa pra viajar.

Coloco minhas meias.

— Você vai pensar em alguma coisa.

— Talvez, quando a gente voltar pra casa, possa tentar começar tudo de novo — Mimi está com seu vestido verde de seda, estampado com flores vermelhas. É o que ela gosta de usar em ocasiões especiais. — Eu poderia acrescentar algum debate social de relevância nas minhas pinturas.

— E eu poderia escrever um livro?

— Você era um jornalista excelente.

Sento de volta na beirada da cama.

— Minha escrita não vai transformar o mundo. Meus artigos não vão impedir as guerras. Não vão interromper as mudanças climáticas. Não vão acabar com a pobreza nem reprimir a ganância das pessoas.

Mimi senta ao meu lado.

— Talvez eles não precisem. Talvez esse seja o nosso erro, o motivo pelo qual somos tão facilmente derrotados.

Do lado de fora, em algum lugar da ilha de Kampa, uma banda começa a tocar um repertório de clássicos das big bands. A primeira é *Begin the beguine*, composta por Cole Porter.

— Mas, por enquanto, o que acha de sairmos pra dançar?

— Dançar?

— Exato — Mimi diz. — Eu vou adorar.

EU PODERIA TER IDO ao Tahoe e dado a volta no lago. Agora que meu tanque estava cheio, eu poderia ter ido para qualquer lugar. No entanto, o que eu fiz foi voltar para a rodovia e pegar o caminho de casa.

Randy me ajudou como pôde.

Diante das circunstâncias.

Um tanque cheio custava um pouco menos de oito dólares. O estepe valia quase quarenta. Randy calculou que poderia vendê-lo por uns vinte dólares, o que significava dizer que, com o negócio, ele teria um lucro de mais ou menos doze dólares. Nada mal para um pneu que parecia tão mirrado.

— A maioria das pessoas nem toca no estepe — Randy me disse. — Muitos clientes trocam de carro a cada dois anos. Alguns nem sabem que eles têm um pneu a mais. Seu pai é assim também?

— Um pouco.

— Provavelmente não vai nem notar.

— Assim espero.

— Só não vá furar o pneu.

Respeitei o limite de velocidade até Emigrant Gap, passando por Gold Run e depois por Colfax. Pensei em parar em Auburn, mas eu não tinha nenhum dinheiro na mão e não queria correr o risco do carro me complicar de novo.

No caminho até Truckee, fui um grã-fino em uma jornada de descoberta pelas belezas da vida. Na volta, eu era um fugitivo dentro de um carro roubado, sem habilitação, tentando voltar para casa sem terminar na cadeia.

E consegui.

Na minha cabeça, a cidade inteira me observava enquanto eu dirigia pela rua principal e subia a calçada da casa do Dr. Philips. Guardei o carro na garagem e deixei tudo do mesmo jeito que eu encontrei. Depois, pendurei a chave no gancho e tranquei a porta da frente.

Então voltei para casa e esperei minha mãe chegar do trabalho. Sabia que o céu iria desabar em cima da minha cabeça.

O PARQUE KAMPA ESTÁ LOTADO, barracas de comida por todos os lados. Compro um prato com salsicha e pão integral, chucrute e mostarda quente, além de um copo de cerveja. Mimi compra um sanduíche de queijo. Ela bebe quase toda minha cerveja.

— Vamos pegar um daqueles trdelnik — ela diz. — A gente pode dividir um.

Entre as barracas de comida, passamos por vários artesãos que vendem todo tipo de quinquilharia. Mimi compra uma garrafa pequena de xampu à base de cerveja. Eu compro uma caixa de um negócio chamado *wafer do descanso*. A comida e a caminhada me acalmam, estou me sentindo melhor.

No finalzinho do parque, encontramos a banda. Vários casais dançam sobre a grama.

— *Sentimental journey* — eu digo a Mimi. — Década de quarenta.

— Vamos dançar?

— Se a gente pelo menos soubesse como.

— Estamos em Praga — Mimi diz. — Quem se importa?

Sentimental journey acaba e o quinteto emenda com *Embraceable you*.

Mimi me arrasta para a grama e me abraça.

— Eu posso subir nos seus pés e você me conduz.

— Ou a gente pode só ficar aqui e cantarolar junto com a música.

Mimi se aconchega no meu ombro. A noite está agradável. Não dá para ver as estrelas, mas as árvores e a ponte estão iluminadas. A cidade brilha enquanto balançamos para frente e para trás.

OS PHILIPS VOLTARAM para casa duas semanas depois, bronzeados e felizes, com fotografias da água azul e das praias de areia branca. A Sra. Philips trouxe para minha mãe um muúmuu vermelho estampado e um conjunto de quatro copos *Blue Hawaii*.

Toda manhã, eu assistia o Dr. Philips tirar o carro da sua garagem, esperando que, a qualquer momento, ele iria parar, abrir o porta-malas e descobrir o roubo. Mas ele nunca parou.

No final de agosto, o Dr. Philips saiu para o trabalho com o Plymouth e voltou com um Ford Galaxie novinho em folha, amarelo-primavera.

E esse foi o fim da história.

JÁ ESTÁ TARDE quando saímos do parque. A banda está tocando *At last* e Mimi e eu dançamos lentamente por entre as barracas de comida e por debaixo da ponte até chegarmos em uma pequena praça na frente do nosso hotel. Uma neblina suave desceu sobre a cidade, mas, desta vez, não nos perdemos.

— A porta do hotel está aberta — Mimi diz. — É um bom sinal.

— A não ser que a gente queira passar a noite na ponte.

— Mas aí a gente não vai poder transar mais um pouco.

— Nós acabamos de transar. Duas vezes.

— Você está cansado?

— Exausto.

— Mas não muito exausto, né?

— Completamente exausto.

— Escuta essa — Mimi diz. — Você finge ser um turista e eu vou te mostrar meu distintivo da polícia.

Estamos em pé do lado de fora do hotel, ouvindo a música a distância. Mimi se afasta, anda até o canal que corre ao lado da ponte e olha para dentro da água.

— Nós nunca descobrimos o que aconteceu com Tio Leroy ou com a bolsa Crow.

— Não descobrimos.

— Mas isso não é motivo para desistirmos de procurar — Mimi se encosta em mim. — Acho que a gente deveria pegar um desses barcos que servem grandes jantares, o que você acha?

— No Vltava? — balanço a cabeça. — É muito caro e a comida deve ser horrível.

— Precisamos ver o mundo por outra perspectiva, Bird — Mimi diz. — Às vezes é o que faz toda a diferença.

Ainda estou um pouco fraco do episódio do parque, mas, enquanto fico em pé ali com Mimi, percebo que é a primeira vez em muito tempo que Eugene e os Outros Demônios não estão por perto me vigiando.

XIII

Oz já está no refeitório quando desço para o café da manhã.

— Bom dia — ele diz. — Estava torcendo pra você chegar logo.

— Pois estou aqui.

— Sim, você está aqui — Oz dobra o jornal. — Hoje vou embora de Praga, então temos muito a conversar.

— Você vai embora?

— Sim, claro. Praga é uma cidade linda, mas não dá pra pessoa andar de um lado pro outro da ponte Carlos e chamar isso de vida.

Oz tira um envelope do casaco e coloca em cima da mesa, ao lado da sua xícara de café.

— Bom, me diga qual foi a programação de ontem. O infante Jesus de Praga? O muro de John Lennon? O mercado dos fazendeiros? A Malá Strana?

— Fomos para o Stromovka.

— O parque? Mas vocês não têm parques no Canadá?

Respondo a ele que sim.

— E eles são diferentes do Stromovka?

Respondo a ele que não.

— É o lado triste das viagens. Tudo é muito parecido.

— Nós quase fomos roubados.

O rosto de Oz se enche de preocupação.

— Como assim roubados?

— Quase.

Conto a Oz como fiquei doente no parque. Conto como os dois homens fingiram ser da polícia. Conto como Mimi salvou o dia.

— Que maravilha — Oz diz quando termino meu relato. — É uma história emocionante. Você vai contar essa história quando voltar para o Canadá?

— Provavelmente.

— Claro, claro, provavelmente. E esses homens tinham um distintivo da polícia?

— Um deles desenhou um em um pedaço de papelão. Muito bem-feito, aliás.

Oz se inclina sobre a mesa.

— Em alguns países, os criminosos chegam a comprar uniformes da polícia na internet para cometerem esse tipo de crime. Em outros, é a própria polícia quem te rouba.

— Eles eram duas crianças.

— Nos Estados Unidos — Oz diz —, a polícia é o novo exército dos poderosos. O que sempre foi verdade na Rússia e na China, mas agora também é verdade nos Estados Unidos, na Alemanha e na França. E na Espanha. E na África do Sul. Vocês foram no zoológico? É bem perto do Stromovka. Eles têm alguns animais bem peculiares por lá.

— Não sou assim tão fã de zoológicos.

Oz abre um sorriso triste.

— E, mesmo assim, moramos em um.

Olho para o buffet. Eu deveria estar com fome, mas não estou.

— Pra onde você vai agora? — pergunto. — Digo, pra onde você vai quando sair de Praga?

— Ah — Oz diz —, essa é a grande pergunta. Restaram alguns lugares seguros no mundo ainda. Copenhague. Estocolmo. Talvez Amsterdã.

Me lembro das estatísticas de Mimi em relação a Nova Iorque.

— Em algum momento, Nova Zelândia era uma possibilidade — Oz diz —, mas agora não é mais.

— Só não vá pros Estados Unidos.

— É claro que não — Oz franze a testa. — Se bem que você nasceu na Califórnia, né? E agora você é canadense. Como foi essa transformação? Você acha que o Canadá é seguro?

— Você deveria conversar com Mimi — eu digo a Oz. — Ela adora contar essa história.

Oz dá um tapinha no envelope.

— Isso aqui é pra você — ele diz. — E pra sua Mimi.

O envelope é grosso e pesado, o tipo de envelope que você vê nos filmes quando a cena envolve algum tipo de chantagem ou suborno.

— Aqui está a história do seu Tio Leroy. Eu digitei, então você não precisa reclamar da minha letra.

— A história que você inventou? Aquela com Tio Leroy e sua família tcheca na cidade famosa pelas fontes termais?

— Karlovy Vary — Oz diz. — Sim. Mas acrescentei também algumas bifurcações, que, claro, vocês podem manter ou retirar.

Deixo o envelope no meio da mesa.

— Seu Tio Leroy. Morto, mas conduzido de volta à vida através de cartões-postais e viagens. Que ressurreição.

Não sei se quero incentivar Oz a seguir com suas invenções e filosofias, então forço minha mente a se concentrar na tentativa de lembrar o nome dos sete anões.

— História e memória. Memória e história — Oz esfrega um dos olhos. — Juntas, elas formam a História com agá maiúsculo.

Me lembro imediatamente de seis dos nomes, mas o último me escapa.

— Existe uma bela história sobre um jovem rapaz durante o tempo que os russos ocuparam Praga — Oz hesita por um segundo, como se estivesse tentando se lembrar dos detalhes. — Esse jovem rapaz estava irritado por seu país ter sido invadido, então ele pegou um pedaço de carvão e foi atrás de um muro. Era a chance dele escrever alguma coisa que conseguisse acabar com aquela carnificina, escrever alguma coisa que conseguisse mandar os tanques de volta, algo que mudasse os ventos do destino.

Mestre, Atchim, Dengoso, Zangado, Dunga, Soneca...

— Mas, como essa tarefa parecia tão monumental, tão impossível, ele não escreveu nada.

Zangado, Atchim, Dunga, Mestre, Soneca, Dengoso...

— Mas o seu Tio Leroy — Oz diz. — Olha o que ele foi capaz de fazer com um balde de cocô e um pincel.

Feliz. Eu sempre me esqueço do Feliz.

— Quando você procura por ele — Oz diz —, você consegue se encontrar?

É neste momento que percebo o quão irritante Oz pode ser.

— E o jogo?

— Que jogo?

— As Abelhas e os Ursos.

— Ah — Oz diz e dá um tapinha na lateral da própria cabeça. — Não, esse jogo está morto. Os testes... Bom, eles foram uma decepção. Uma grande vergonha.

Nunca considerei que aquilo fosse um jogo de verdade, mas não digo nada.

— Uma boa ideia — ele diz. — Mas com um erro fatal.

— Muito complicado?

— Não. É um jogo muito simples — Oz encolhe os ombros e me devolve uma expressão triste nos lábios. — Mas parece que ninguém quer ser abelha. Todo mundo quer ser urso.

Olho para o relógio. Mimi vai se atrasar de novo.

— Vou sentir sua falta, meu amigo — Oz estica o braço e dá um tapinha na minha mão. — Ótimas conversas. Caubóis e índios. Ladrões no parque. Parentes perdidos e entusiasmos arruinados. Você sabia que muitos turistas que visitam Praga tentam se matar?

— Sério?

— Sim, muitos pulam da ponte Carlos.
— Não me parece alto o suficiente.
— Talvez essa seja a questão. Às vezes um fracasso é um sucesso — Oz estica os braços e me mostra os pulsos. — Qual deles?
Do nada, a conversa dobrou em uma esquina desconhecida.
— Um relógio — Oz diz. — Quero te dar um dos meus relógios.
— Não quero seu relógio.
— Você escolhe. É um presente.
— Não posso aceitar.
— Ah — Oz diz —, você está com medo de escolher o mais caro.
— Não preciso de um relógio.
— Ninguém precisa de um relógio. O que nós precisamos é de tempo — Oz tira o relógio com o mostrador verde-esmeralda do pulso e o posiciona em cima do envelope. — Bom, não vamos nos ver amanhã.
— O que você vai fazer em Amsterdã?
— O que as pessoas fazem em Amsterdã? — Oz empurra a cadeira para trás e levanta. — Mas e você?
— Eu?
— Vai terminar o artigo? Aquele que deveria ter sido em três partes? — Oz alisa seu casaco. — Ou não existem mais esperanças e finais felizes dentro de você?

LOIS PAUL ERA UMA mãe solteira de Saskatchewan e trabalhava ganhando um salário-mínimo quando suas seis crianças foram levadas pelo governo e colocadas para adoção.
Entrevistei Elsie Tolmar, uma das filhas de Paul, para um artigo em três partes sobre os serviços sociais do Canadá.
O programa de adoção dos indígenas e dos Métis.
Tolmar foi adotada por um casal norueguês que não contou a ela sobre a adoção até se verem obrigados a contar.

— Eu devia ter vinte e poucos anos quando eu descobri — Tolmar me disse. — Quer dizer, olhe pra mim. Você me confundiria com uma norueguesa?

ANDO ATÉ O BUFFET e me sirvo. Ainda não estou com fome, mas sei que preciso comer. Imagino que, a qualquer momento, Mimi vai entrar pelo refeitório.

Mas ela não entra.

Então fico na minha mesa até que o refeitório se esvazia e os funcionários começam a me expulsar com os olhos. Não é o primeiro café da manhã que Mimi perde e, enquanto subo as escadas, percebo que estou um pouco irritado.

Porque, no final das contas, nós pagamos por aquelas refeições.

Mimi está sentada na cadeira de calcinha e sutiã, com os pés apoiados no parapeito da janela. O caderno está nas suas mãos e ela trabalha em um novo rascunho.

— Não fiquei com fome — ela diz, sem olhar para mim —, achei melhor trabalhar um pouco.

— Você perdeu o café da manhã de novo.

— Nós podemos almoçar mais cedo.

— E você não conheceu Oz.

— Seu amigo imaginário do café da manhã?

— Ele não é imaginário. Ele vai para Amsterdã agora.

— Nós já fomos para Amsterdã — Mimi diz. — Você se lembra dessa viagem?

O desenho é parecido com o último. Uma figura solitária caminhando pela ponte Carlos. Essa pessoa está em um fundo preto sob a iluminação de postes requintados, todos posicionados em cima da balaustrada de pedra. Parece que ela está carregando alguma coisa.

— Tio Leroy?

— Talvez — Mimi responde. — Ainda não decidi.

— É uma pessoa temperamental, pelo jeito.

— Poderia ser você.

— Aquilo ali é uma bolsa Crow?

Mimi escurece uma sombra perto de uma estátua.

— Eu poderia inserir Eugene e os Outros Demônios em algum lugar por aqui, o que você acha?

— Ou um balde e um pincel.

— Mas aí não seria você.

Deito na cama com as mãos sobre o peito. Poderia passar o dia inteiro deitado. Meus olhos voltaram ao normal e não acho que minhas pernas estejam prestes a serem atacadas por câimbras. Tudo bem que meu estômago ainda está um pouco sensível do dia anterior, mas pelo menos ele já se acalmou um pouco.

— Não fique aí achando que você está em casa — Mimi diz. — Assim que eu terminar este desenho, vou querer procurar comida.

TIREI UMA FOTO de Elsie Tolmar e, na sequência, tirei outra foto dela com seus três filhos.

— Mamãe e papai já estão mortos agora, então não faz muita diferença.

Tolmar recolheu todas as informações possíveis sobre a adoção e mantinha em casa uma cópia dos arquivos da mãe.

— Sabe por que eles nos levaram?

Eu disse que imaginava ser alguma questão relacionada com álcool ou drogas, mas ela me mostrou uma cópia do formulário do serviço social e apontou para o rodapé da página. Em um campo intitulado *Motivo da apreensão*, alguém rabiscou uma nota curta, com uma letra cursiva desajeitada: *Mãe índia solteira, incapaz de cuidar das crianças.*

MIMI E EU SAÍMOS do hotel, mas só caminhamos até os degraus da ponte.

— Acho que a gente devia se separar — ela me disse.
— Como assim se separar?
— Não, não, calma, só por hoje — Mimi ajusta as alças da sua mochila. — Quero andar e desenhar um pouco.
— Tá bom.
— Só que eu quero andar sozinha.
Não preciso nem olhar, sei que Eugene e Kitty estão atrás de mim.
— Você não tomou café da manhã.
— Eu descubro algum lugar pra comer. Você vai ficar chateado?
— Não, tudo certo.
— De verdade?
— Claro, com certeza.
— Você pode escolher um café e trabalhar no seu livro.
— Claro.
— Bom, é melhor eu me apressar ou vou perder a luz.
Alguém grita no meio da ponte. Um rapaz escalou uma das estátuas e está inclinado na direção da água. Ele segura a coroa do santo com uma mão e agita seu braço livre no ar, como se estivesse no meio de um rodeio.
Mimi se aproxima e me dá um abraço. Assisto o rapaz na ponte. Ele tirou a camisa e está girando a roupa por cima da sua cabeça. Do outro lado da ponte, dois policiais tentam atravessar a multidão de turistas.
— Então você vai me abandonar o dia inteiro.
— Não comece a superinterpretar.
— Talvez eu dê um pulo no Museu de Máquinas Sexuais.
Ela me dá um beijo rápido.
— É esse o espírito.
Observo Mimi caminhar pela ponte e desaparecer entre os turistas. Cada um seguir em uma direção não é uma experiência tão incomum assim, já fizemos isso algumas vezes. Eu vou para um lado e ela vai para outro.

Mas, em Praga, a sensação é um pouco diferente, e agora sou obrigado a enfrentar a possibilidade de passar o dia inteiro com Eugene e os Outros Demônios.

O que passa longe de ser minha programação preferida.

Portanto, começo a andar. Decido passar o dia caminhando. Vou parar para um café de vez em quando, visitar as atrações menos famosas, arriscar um almoço rápido e continuar a caminhada.

Na pior das hipóteses, o exercício vai me fazer bem.

Pois então, Eugene diz, trotando ao meu lado, *qual é o plano?*

Vamos ficar no quarto do hotel, Kitty diz. *É muito mais seguro por lá.*

A gente deveria aproveitar a luz do sol, Didi diz.

Luz do sol nos deixa felizes, Desi diz.

Não, não, vamos num bar de esportes, Chip diz. *Meu voto é irmos num bar de esportes.*

Talvez você prefira se pendurar em uma estátua, hein, o que você acha?, Eugene diz. *Uivar pro céu.*

Uma pessoa que não me conhece pode até pensar que eu e Eugene temos uma relação próxima, que somos ótimos amigos.

Mas, se você for tentar se matar, Eugene diz enquanto cruzamos a ponte em direção à Cidade Velha, *nós vamos assistir na primeira fila, ok?*

O Museu de Máquinas Sexuais é bem perto do relógio astronômico. Paro na praça por um instante para ver se o relógio voltou a funcionar. Vários turistas esperam debaixo da torre, com os telefones e os iPads preparados, aquela sensação de entusiasmo se espalhando pela multidão.

Confiro o horário. O relógio que Oz me deu indica que faltam só alguns minutos para fechar a hora, então decido esperar para ver o que vai acontecer. Quando olho para o meu pulso, no entanto, não consigo não me perguntar se este relógio que Oz me deu é o mais barato ou o mais caro. Não faz diferença, mas estou curioso.

Você acha que ele ia te dar um relógio caro?, Eugene diz.

Ele deve ter roubado esse relógio, Kitty diz. *Ou seja, você já sabe o que vai acontecer.*

A hora chega e vai embora. O relógio não se mexe, nem a multidão à espera. É como se as pessoas estivessem pregadas no chão. O relógio é uma das principais atrações turísticas da cidade e um dos motivos para se visitar Praga, então o mais lógico seria vê-lo funcionar.

Mesmo que ele não esteja funcionando.

O entusiasmo logo se transforma em raiva e decepção.

— Que enrolação, hein?

— Eu poderia ter só visto o vídeo em casa e já estava bom.

— É esse o famoso relógio então?

Uma mulher carregando uma bolsa do tamanho de um contêiner joga seu corpo de um lado para o outro e abre quase que uma estrada entre os turistas.

— Se esse negócio fosse em Trenton — essa mulher diz ao passar por mim, arrastando dois adolescentes atrás dela, em fila —, ele com certeza estaria explodindo de tanto funcionar.

O Museu de Máquinas Sexuais fica no final de uma rua estreita. Fico em pé na frente do prédio e observo as faixas na entrada, todas em vermelho. E não é de propósito, mas começo a analisar cada pessoa que chega para visitar o museu.

São apenas casais.

Passo pelo menos vinte minutos na frente do prédio e todas as pessoas que entram no Museu de Máquinas Sexuais estão acompanhadas dos seus parceiros.

Vai lá, Eugene diz. *Um cara solteiro em um museu do sexo? O que é que alguém pode imaginar de tão ruim assim?*

O que acontece se alguém invadir o prédio?, Kitty diz.

Você acha que eles vão pensar que você é um babaca?, Eugene inclina seu chapéu para trás. *Você sabe que isso não é mais nenhum segredo, né?*

Meu voto é pra gente entrar, Chip diz.

Vou ficar aqui do lado de fora com as gêmeas, Kitty diz.

Arrisco alguns passos na direção da entrada, com o dinheiro na mão, quando um casal de idosos sai do museu. A mulher mexe na câmera. O homem se inclina por cima do ombro dela, olhando para a tela.

— Você tem certeza — ele diz — que apagou aquela minha com a piroca gigante de madeira?

Dou uma singela meia-volta e vou embora.

Chip demora a sair da porta do museu. *Por que eu nunca posso fazer o que eu quero?*

TOLMAR TAMBÉM GUARDAVA em casa uma cópia de um antigo cartaz do serviço social. Uma criança de cabelo escuro posando na frente de um fundo infinito branco.

— Esta aqui sou eu — ela disse. — Eu tinha dois anos de idade. Quando eles nos colocaram para adoção, fizeram esses cartazes com as nossas fotos, como as pessoas fazem quando precisam procurar os bichos de estimação que fugiram de casa.

Como você justifica esse tipo de racismo?, era o que Tolmar mais se perguntava. *Como você explica esse tipo de ódio?*

Por um segundo, pensei em falar para ela que, naquela época, o serviço social também produzia aquele mesmo tipo de cartazes com as crianças brancas.

— Eu sou uma mãe solteira — Tolmar me disse. — Sou nativa canadense. Meu marido morreu de câncer no ano passado. Agora eles vão levar meus filhos embora?

A CAMINHADA SE TRANSFORMA em uma jornada sem destino com pequenas paradas na frente de algumas vitrines ocupadas por bibelôs de vidro e peças de roupas, fantoches e doces. Subo e desço as ruas e as vielas, mergulho em pequenas praças com estátuas e fontes, atravesso as sombras de antigas igrejas e os arcos dourados do McDonald's.

Aqui é o que eles chamam de Václavák, Kitty diz, quando entramos em uma avenida larga com um canteiro central amplo. *Lá embaixo foi onde Jan Palach ateou fogo em si mesmo.*

Protesto contra a invasão soviética, Eugene diz. *Eis alguém com princípios.*

Pra agradecer todo amor que deram pra ele, Chip diz.

Por que tem tanta gente aqui?, perguntam as gêmeas. *Multidões nos deixam nervosas.*

As gêmeas estão certas. Eu não esperava encontrar tantas pessoas na praça. E, quanto mais subo a avenida, mais parece que a multidão se adensa.

Talvez seja alguma comemoração, Didi diz. *Não tem nada melhor do que uma comemoração.*

Ou um circo, Desi diz. *Não tem nada melhor do que um circo.*

Comemorações e circos nos deixam felizes, Didi diz.

Um grupo de homens está montando uma estrutura de madeira. Não entendo de imediato do que se trata.

E de repente eu entendo.

Aquilo ali é uma forca?, Kitty diz. *Eles vão executar alguém?*

Ei, Birdman, Eugene imita o que seria um estrangulamento. *Parece que eles descobriram que você está na cidade.*

Me encosto na lateral de um Burger King e aguardo enquanto uma esquadra de homens e mulheres com rosto sombrio abre caminho pela avenida. Eles estão de capacete e carregam placas e cartazes. Um dos homens está com um megafone nas mãos. Várias das pessoas agitam bandeiras da República Tcheca.

Kitty gruda em mim na mesma hora. *Todo mundo junto e prestando atenção nos caminhões brancos.*

Nunca vi tantas pessoas reunidas em um só lugar. Em Barcelona, fomos atropelados por uma marcha pela independência catalã que tomou conta de uma das principais avenidas da cidade, mas a manifestação aqui parece ser muito maior.

Lá na frente, um grito ecoa no meio do público e a confusão começa. Pisam no meu pé. Tento me proteger. Alguma coisa surge em cima do meu rosto e o mundo explode de vez. Não sei o que aconteceu na sequência, só sei que, em um piscar de olhos, me vejo caído na calçada.

— Blackbird Mavrias — uma voz familiar me diz. — Que surpresa.

Estou tonto e meu nariz dói como o diabo.

Sinto algumas mãos me levantando do chão, e imagino que Eugene e os Outros Demônios resolveram me ajudar.

Mas não é bem isso que está acontecendo.

Demoro um segundo até conseguir enxergar direito.

— Oz?

— Seu nariz está sangrando — ele me diz. — Mas não é nada muito sério.

— O que aconteceu?

— Um pequeno momento de tensão — Oz me explica. — Um pouco de empurra-empurra, um homem alto e o cotovelo dele, não é nada fácil enfrentar uma multidão como essa.

Sinto um líquido quente escorrer pelo meu rosto.

— Você vai ter que deixar sua camisa de molho em água gelada — Oz me entrega um lenço. — Venha comigo — ele diz —, vamos sentar em algum lugar pra você poder se recuperar.

Oz então me arrasta para longe do tumulto e entramos em um prédio. Depois, subimos as escadas rolantes e chegamos em uma cafeteria no segundo andar.

— Pronto, este é o Oliver's — ele diz. — Um bom café, uma seleção de doces, e podemos assistir o burburinho de uma distância segura.

Pegamos uma mesa ao lado de uma janela ampla, com vista para a praça.

— Aperte suas narinas com os dedos — Oz sugere. — Vai ajudar a parar de sangrar.

A massa de pessoas na rua lá embaixo não para de se mexer para frente e para trás, como se estivéssemos diante de uma sequência de ondas bem no meio do oceano.

— Que bom te encontrar de novo.

— Pensei que você ia para Amsterdã.

— Eu vou — Oz aponta para o protesto. — Mas estou atrasado. Você trouxe sua câmera? Vai escrever um artigo sobre a intolerância tcheca? Veio ajudar ou só quer assistir?

Minha cabeça está doendo tanto quanto o meu nariz. Paro de apertar as narinas e torço para que o sangramento tenha estancado. Oz pede café para nós dois, além de uma fatia de bolo de chocolate.

— Vamos dividir o bolo — ele me diz. — Exagerar no açúcar não é uma boa ideia.

Concordo com a cabeça. Meu nariz parece ter voltado ao normal.

Oz olha pela janela.

— Daqui você pode ver a totalidade da história. Os prós e os contras. A esquerda e a direita. Os conservadores e os liberais. O amor e o ódio. Você está vendo a divisão? A separação entre os dois lados?

— Aquela linha no meio?

— De um lado da praça, os que não querem que os imigrantes entrem na República Tcheca — Oz respira fundo. — Do outro lado, os que querem acolher os mais pobres. De um lado, apreensão e ansiedade. Do outro, hospitalidade e abrigo.

O café está bem quente, não dá para sentir muito do sabor.

— Mas, infelizmente, nunca é tão simples assim.

A mesma coisa com o bolo.

— Claro, você vê as bandeiras nacionais e as várias faixas que afirmam que a República Tcheca deve ser somente dos tchecos. Mas você também vê os cartazes que reclamam do desemprego e do sistema de saúde, e ainda as placas que pedem pelo fim da crueldade contra os animais.

Um homem está em pé em cima de uma jardineira de concreto, erguendo um cartaz que diz *Foda-se a esperança, queremos ação*. Por um momento, chego a achar que esse homem é Eugene.

— E aquelas pessoas vestidas de amarelo?

— Ah — Oz responde —, aquelas das bandeiras com a imagem de um sol?

— Elas são a favor ou contra os refugiados?

— São contra — Oz me explica. — Elas estão vestidas como um... Slunickar. É uma palavra difícil de traduzir. Inocente. Ingênuo. Os de amarelo estão dizendo que quem apoia os refugiados são pessoas um tanto quanto ingênuas.

No alto da praça, vários homens mascarados escalam um monumento composto por diversos blocos em camadas. Na camada mais alta, um cavaleiro montado em um cavalo segura uma lança.

— É um protesto bem-humorado, esse dos amarelos. Ao mesmo tempo, é bastante espinhoso.

Dois homens alcançam o cavaleiro e erguem um pedaço de tecido vermelho para a multidão.

— Mas a maioria das pessoas só veio aqui porque o dia está bonito e, com tanta gente junta, sempre existe a possibilidade da coisa se transformar em uma festa.

No início, acho que é uma espécie de bandeira. Mas logo depois percebo que são duas cuecas vermelhas enormes.

— Aquilo ali são cuecas mesmo?

— Sim, com certeza — Oz diz. — É um protesto contra o presidente.

— Mas por que cuecas vermelhas?

— Pra insinuar que ele vai pra cama com os chineses, que ele é um homem indecente.

No fim da avenida, atrás da estátua do cavaleiro, um grupo de homens é isolado da multidão por um cordão de policiais.

— Quando o presidente apoiou os russos na perseguição contra a Ucrânia, ativistas tchecos atacaram ele com ovos.

Muitos desses homens andam em círculos, com telefones nas orelhas.

— Ovos. Cuecas gigantes. O povo da República Tcheca se diverte com o drama da democracia. Tudo é possível em um protesto.

— Quem são aqueles caras?

Oz olha para a praça.

— Os homens de terno com os narizes apontados pro céu?

— Aqueles isolados pela polícia.

— Políticos — Oz diz. — Locais e federais. Estão cheirando o ar, tentando sentir o aroma da opinião pública — Oz levanta a cabeça e funga baixinho. — Olhe como eles ficam longe das janelas.

— Como assim das janelas?

— Em Praga — Oz diz —, ficar em pé perto de uma janela pode ser perigoso. Como está o bolo?

TOLMAR PREPAROU CAFÉ e, perto do final da tarde, nos sentamos no seu quintal.

— Por que você está fazendo isso?

A pergunta me pegou de surpresa.

— Por que você veio conversar comigo?

Expliquei a ela que a entrevista era parte de um artigo mais extenso sobre o papel dos serviços sociais nas *lacunas* burocráticas que acabaram por retirar inúmeras crianças nativas de suas famílias.

— Não vai trazer minha mãe de volta.

Concordei que não, não era o que iria acontecer.

— E não vai devolver os seis filhos pra minha mãe — Tolmar permaneceu na cadeira e esperou por uma resposta minha. — Não quero mais um pedido de desculpas — ela me disse. — Você pode dizer praqueles escrotos que eles podem guardar os pedidos de desculpas dentro das calças deles.

Desliguei meu gravador e guardei o aparelho no bolso.

— Por que perder seu tempo escrevendo sobre um assunto que não vai mudar? Qual é a vantagem? O que você acha que vai acontecer quando você publicar esse seu artigo?

Naquela noite, entreguei o carro na locadora do aeroporto e peguei o voo noturno de volta para Toronto.

DE REPENTE, NO MEIO DA RUA, as pessoas começam a cantar, primeiro de um lado, depois do outro.

Oz aponta seu garfo na direção da ponta mais distante da praça.

— É o hino nacional tcheco.

Alguns dos políticos começam a sorrir e a acenar para a multidão.

— E aqui — Oz diz —, deste lado, *Feche a porta, irmãozinho*. Você conhece essa música?

— Não.

— *O lobo quer comer o cordeiro, meu irmão. Você fechou a porta?* — Oz canta as palavras de uma maneira suave, bem baixinho. — Karel Kryl.

Outras músicas são entoadas pela multidão, e a praça é tomada por uma grande cacofonia — disforme, mas entusiasmada e efusiva.

— Maravilha — Oz diz. — Essa cantoria é uma ótima notícia.

Meu nariz começa a sangrar de novo e sou obrigado a apertar as narinas outra vez.

— É pouco provável que as pessoas se matem quando elas estão cantando juntas — Oz se mexe bruscamente na cadeira, como se tivesse levado um tiro. — Mas onde está sua esposa?

— Nós nos separamos — eu digo. Mas acrescento rápido:
— Só por hoje. Ela queria andar sozinha pra poder desenhar.
— Desenhar? Ela é artista?
— Sim, é.
— E você está só... passeando?
— Isso.
— Ah — Oz diz —, apenas um urso à procura do mel.

A multidão se dissipa aos poucos, como o gelo do inverno em um lago. A cantoria acaba, as faixas e as bandeiras são recolhidas e as pessoas começam a se espalhar de novo pela cidade.
— Veja — Oz diz —, igual a todos os protestos. Grandes emoções. Espíritos arrebatados. Convicções inabaláveis.
— Foi bastante impressionante — eu digo.
— E, no fim, quase nada muda.
Oz olha pela janela. Um bom número de pessoas continua na praça, mas a chama da paixão já se foi.
Raspo o resto do bolo de chocolate no prato.
— Estive ali pelo Museu de Máquinas Sexuais hoje pela manhã.
Oz se vira para mim e dá um sorriso.
— Mas você entrou?
— Não — eu digo. — Fiquei com vontade, mas acabei vindo pra cá.
— Que pena — Oz diz. — Você perdeu a piroca gigante de madeira.

XIV

Quando saio do prédio, a praça continua movimentada, mas a manifestação acabou de vez. A avenida agora está inundada por panfletos, folhetos, copos de café, garrafas plásticas de água e embalagens de comida.

Eugene pega um cartaz no chão com a imagem de um homem de meia-idade. A cabeça desse homem tem um círculo vermelho em volta e uma barra da mesma cor cruza na frente do rosto. Eugene me mostra o cartaz. *Amigo seu, esse aqui?*

As gêmeas catam bandeirinhas com pequenas hastes e brincam com elas enquanto pulam atrás de mim.

Kitty mantém os olhos bem abertos, com medo de mais confusão.

Chip chuta o lixo na rua.

O lenço de Oz é marrom e áspero, e sinto um pouco de dor toda vez que pressiono meu nariz com ele. Não me importo com o sangue na minha camisa, na verdade. É um retrato do momento. E, enquanto atravesso os vestígios do protesto, as pessoas se afastam em respeito ao herói, ensanguentado, mas não derrotado.

Herói um caralho, Eugene diz. *Você só esqueceu de se abaixar.*

Vamos tomar cuidado com os caminhões brancos, Kitty diz. *Continuem prestando atenção nos caminhões brancos.*

Descemos a rua em fila, comigo na frente, Eugene logo atrás de mim, Chip e as gêmeas com as bandeiras e Kitty fechando a retaguarda. Não perco muito tempo olhando as vitrines. Já estamos no final da tarde e quero voltar para o hotel.

E o Museu de Máquinas Sexuais, hein?, Eugene grita para mim. *Ainda dá tempo de ver a piroca gigante.*

Passamos de novo pela praça da Cidade Velha. Tem uma

multidão em frente ao relógio e, até onde eu sei, podem ser as mesmas pessoas de mais cedo ou até as mesmas daquele primeiro dia, todas pacientemente esperando a aparição dos apóstolos.

Ou o acordar do galo.

Não diminuo meu passo para conferir se o relógio já foi consertado ou não. Para ser sincero, eu não estou nem aí.

Mimi está me esperando quando chego no quarto. Ela está sentada na cadeira com os pés no parapeito. Seu caderno de desenhos está aberto na cama, que é seu jeito de me pedir para dar uma olhada nos rascunhos.

— Teve um bom dia? — eu pergunto.

— Veja por você mesmo — ela diz, sem mudar de posição.

Os desenhos são todos da água em volta da ponte Carlos. Um deles retrata em detalhes uma garrafa plástica de água flutuando na correnteza.

— Esses aqui estão ótimos.

Mimi baixa os pés da janela e se levanta da cadeira.

— Deus do céu, Bird — ela diz assim que me vê —, o que aconteceu com você?

Tento parecer o mais triturado possível.

— Você está bem?

Algumas pessoas não gostam de ser mimadas. Mas, para sorte de Mimi, eu não sou uma delas.

— O que foi?

— O seu nariz. É sangue na sua camisa?

— Ah, sim.

— Você entrou em uma briga?

— Não exatamente.

Quero contar a ela sobre o protesto e sobre meu encontro com Oz, mas não vejo motivo para pressa.

— Vem cá, seu bobo — Mimi diz naquela sua voz suave e maternal que eu tanto gosto. — Vamos limpar esse machucado.

— Está doendo bastante.

— Mas tenho uma ótima notícia — Mimi faz carinho na minha cabeça. — Não parece tão feio quanto em Veneza.

TIO LEROY MANDOU UM cartão-postal de Veneza. No verso, ele escreveu: *Bonita, mas fede bastante*. Mimi sempre quis visitar Veneza, então procurar pelo seu parente perdido e pela bolsa Crow acabou sendo a desculpa perfeita.

— Nós podemos ir no inverno, quando os preços estão mais baixos e a cidade não enche tanto de turista.

— Vai estar frio.

— Mas não tão frio quanto em Guelph.

Pegamos o trem de Nice para Veneza. Não foi uma viagem das mais fáceis. De Nice para Gênova, de Gênova para Milão, de Milão para Veneza. O trem que sai de Vancouver e atravessa as montanhas rochosas canadenses teria sido muito mais divertido e com um cenário melhor.

Mencionei essa minha reflexão a Mimi apenas como parâmetro de referência.

— Esse trem de Vancouver opera durante o inverno? — ela me perguntou.

— Não.

— Pois o trem para Veneza opera.

Quando chegamos na estação Santa Lucia, a ilha estava coberta pela neblina.

— E agora?

— O embarque do vaporetto é logo ali — Mimi disse, e arrastou sua mala pela calçada até o Grande Canal. — Nós podemos pegar o número um ou o número oitenta e dois.

— Certo.

— O número um para em todos os pontos turísticos do Grande Canal — Mimi me explicou. — O número oitenta e dois é uma viagem expressa, sem paradas.

— Vamos pegar o oitenta e dois.

— Mas, se pegarmos o expresso, vamos acabar perdendo muita coisa.

— Não dá para ver quase nada nessa neblina.

— Não está assim tão ruim.

Mimi estava certa. A neblina não estava tão cerrada assim, mas já era o suficiente para dar ao lugar uma aparência abatida e lúgubre, como se a cidade não existisse.

Mimi ergueu o guia de viagem para eu também poder ver o mapa de Veneza.

— Não é muito grande — ela disse. — Não sei onde eles poderiam enfiar um show de faroeste.

— Talvez o show não tenha vindo pra cá — eu disse a ela. — Quem sabe não foi para Pádua ou para Marghera, e Leroy aproveitou um dia de folga em Veneza e aí enviou o cartão-postal?

— Bom, não importa — Mimi disse. — Nós estamos aqui agora.

O vaporetto número um não era tão extenso quanto eu imaginava e parou em absolutamente todas as atrações do Grande Canal.

— Não é maravilhoso?

— É maravilhoso.

— Olha aquilo ali, Bird. Gôndolas. Você não vê gôndolas em Guelph.

— Nós temos caiaques e canoas no Speed.

— Veneza tem mais de mil e quinhentos anos de existência. Guelph não ultrapassou nem a marca dos duzentos anos ainda.

— O que significa que Guelph está mais bem conservada.

Eu estava com a câmera no pescoço, prestes a fotografar uma estátua meio excêntrica — uma mão enorme que sai da água e agarra um dos prédios — quando o vaporetto foi atingido por uma onda violenta produzida por um cruzeiro que manobrava para fora da laguna.

PORTANTO, ESTAMOS EM PRAGA, e deixar Mimi limpar meu nariz não é tão agradável quanto eu imaginava.

— Vamos ter que tirar a casquinha.

— Nem comece.

— Fique parado, Bird.

— Não mexa com essa casquinha.

Mimi encharca a camisa na água fria da pia.

— Você estava no protesto pelos refugiados sírios e alguém acertou seu rosto?

— Não era só pelos refugiados. Era por um monte de coisa — eu digo a ela. — Um protesto multifacetado.

— Desculpe por não estar lá pra te proteger.

— Oz me pagou um café.

— Oz? Seu coleguinha do café da manhã?

— Nos encontramos no meio da rua. Ele já devia ter ido para Amsterdã — eu digo —, mas ficou pra manifestação.

— Ele acertou você?

Expliquei o que aconteceu. O protesto. O cara que acidentalmente me acertou com o cotovelo. O café no segundo andar. O bolo de chocolate.

— Praga está começando a ficar problemática — Mimi toca meu nariz. — Você leva um nocaute atrás do outro nesta cidade.

— E nós dois ficamos doentes.

— Não se esqueça dos dois ladrõezinhos no parque — Mimi diz. — Você entende o dilema.

Não entendo o dilema e não digo a Mimi que não entendo.

— Quer dizer, nós estávamos lá com os refugiados em Budapeste, e o que foi que nós fizemos?

Não acho que eu precise contar para Mimi o que foi que nós não fizemos, então continuo calado.

— Nada — Mimi diz. — Nós não fizemos nada. Claro, fomos empáticos e ficamos revoltados, mas, na verdade, não fizemos nada.

— Nós pensamos sobre o assunto.

— E, quando quase fomos assaltados por uma dupla de delinquentes juvenis, qual foi a nossa reação?

Mimi espera. Está tudo bem. Eu também posso esperar.

— Nós demos dinheiro pra eles — Mimi balança a cabeça. — Faz algum sentido isso tudo?

Olho pela janela. As nuvens se aglomeram no horizonte, atrás da ponte. Algumas estão escuras e parece que uma tempestade se aproxima.

— Mas, então, você desenhou o dia inteiro? — eu pergunto.

— Boa parte do dia — Mimi diz. — Almocei na Cidade Velha. Você sabia que o Museu de Máquinas Sexuais é na esquina do relógio astronômico?

Volto ao banheiro para olhar meu nariz.

— Sou obrigada a admitir que aquele museu é interessante — ela diz. — Você nunca vai adivinhar o que eu vi por lá.

EM VENEZA, MIMI RESERVOU para nós um quarto em um hotel bem pequeno, escondido atrás da Praça de São Marcos. O Locanda Orseolo. Nosso quarto dava para um canal estreito e nós podíamos sentar e observar os barquinhos passando debaixo da nossa janela, carregados com os mantimentos que eles descarregavam nos vários hotéis à beira da água.

O quarto era todo de brocado vermelho e cheio de detalhes dourados, com duas cadeiras altas que os proprietários devem ter pego emprestado de um museu.

— Olha, uma coisa é certa — Mimi disse enquanto caminhava pelos nossos aposentos. — É bem melhor do que o Holiday Inn.

— É realmente muito agradável — eu concordei. — E temos um café da manhã caseiro de verdade.

— Você bateu bem forte naquele suporte de metal — Mimi verificou o corte na minha testa. — Abriu bastante. Quem iria imaginar que pegar um vaporetto seria tão perigoso?

— Será que vou precisar de pontos?

— Já não está mais sangrando tanto — ela disse —, então acho que você vai sobreviver.

— Está doendo.

— Claro que está doendo. *Blackbird Mavrias contra o vaporetto. Um combate vertiginoso.*

— Não foi minha culpa.

— De fato, não foi — Mimi me disse.

— Vou ficar com uma cicatriz?

— E com um olho roxo bem horroroso.

PORTANTO, ESTAMOS EM PRAGA, e Mimi me leva para esse restaurante que ela acabou descobrindo, o Terasa U Zlaté studně, que fica no castelo.

— Parece chique.

Pegamos uma mesa perto da janela e olhamos para a cidade iluminada lá embaixo.

Mimi vira de lado na cadeira.

— Olha essa vista.

— Este lugar é muito caro?

— Amanhã a gente volta pra casa — Mimi diz, parecendo triste. — É nossa última noite em Praga.

— É assim tão caro?

Estico meus braços e aperto suas mãos nas minhas. São momentos românticos como este que fortalecem a relação.

— Você comprou um relógio?

— Como assim?

Eu tinha esquecido do relógio. Mas ali estava ele, no meu pulso. Verde-esmeralda e dourado brilhante.

— Não — eu disse —, Oz me deu de presente.

Mimi aperta minhas mãos.

— Você sabe, né, que, se você está com vontade de comprar um relógio de luxo, você tem total liberdade pra me falar a respeito.

— Eu falei pra ele que eu não queria. Mas ele insistiu.
Mimi abre o cardápio.
— Só não peça o caviar.
— Cinco mil e cem coroas tchecas?
— Mais ou menos trezentos dólares canadenses.
— Pra comer ovas de peixe?
— O filé custa só oitenta e cinco.

Mimi pede uma sopa de abóbora, que nós dividimos, e também um risoto de beterraba como prato principal.
— Olha, Bird — ela diz —, eles têm lagosta canadense.
Peço a costela de porco acompanhada de lentilhas com hortelã, purê de cenoura e molho de maçã.
— Quando chegarmos em casa, me lembre de ligar pra minha mãe.
Tiro o envelope do bolso do meu casaco.
— Você pode dar isso aqui pra ela.
Mimi olha para o envelope e depois olha para mim.
— É aquela história que Oz inventou sobre Tio Leroy e a bolsa Crow.
— A história em que Tio Leroy fica na República Tcheca? Que ele se casa, forma uma família, cria um monte de filhos e por aí vai?
— É uma pena que você não conseguiu conhecê-lo.
Mimi não toca no envelope.
— Você pensou na pergunta que eu te fiz?
— Claro.
— Sobre acreditar em alguma coisa?
— Ótima comida — dou um tapinha no cardápio. — Eu acredito em ótima comida.
— E aquele artigo em três partes que você começou e nunca terminou? — Mimi diz. — Lois Paul. Quem sabe você não começa por ele?
Balanço a cabeça.

— Nunca vou terminar aquele artigo.

Mimi inclina o rosto na minha direção.

— O problema com os seres humanos — ela diz — é que nós podemos descrever nossos impulsos. A gente só não consegue explicar o porquê.

A sopa está excelente, e a costela de porco pelo menos não passou do ponto. Mimi me oferece um pouco do risoto para eu provar, mas não sou muito fã de beterraba.

— Pense nelas como se fossem batatas vermelhas, Bird.

De sobremesa, dividimos uma torta de nozes com uísque, creme de caramelo, chutney de abacaxi e sorvete de sour cream. Eu preferia comer um bolo de ameixa ou alguma outra torta de fruta, mas essas opções não constam no cardápio.

A conta dá duas mil trezentas e vinte coroas tchecas, o que, com a gorjeta, significa que pagamos algo perto de cento e cinquenta dólares canadenses.

— Não foi assim tão caro — Mimi diz enquanto descemos a colina para voltarmos ao hotel.

— Só comemos uma entrada. E não tomamos vinho.

Mimi enlaça o meu braço no dela.

— Talvez, no fim, não existam finais felizes.

VENEZA, NAQUELE PRIMEIRO DIA, me lembrou muito Tofino e o litoral da Colúmbia Britânica.

— É o seu tipo de clima, Bird — Mimi me disse. — Cinza, úmido e depressivo.

— É verdade.

— Eu não poderia morar em uma cidade com um clima como esse.

— Mas a gente poderia pelo menos tentar.

— Nós já tivemos essa conversa.

Não ficamos nem um segundo no quarto. Eu mal tinha começado a desfazer as malas quando Mimi já apareceu com o guia de viagem na mão.

— Pensei que a ideia era nos perdermos por Veneza.

— Existe o se perder — Mimi disse, desdobrando o mapa — e existe o se perder.

No primeiro dia em Veneza, nós apenas caminhamos. Não era uma cidade tão grande, mas era surpreendentemente cheia. Claro, mesmo no inverno, os turistas apareciam para cruzar a Praça de São Marcos e desviar dos vendedores ambulantes com seus bastões de selfie, milho para os pombos e rosas.

E aquelas suas botas descartáveis de plástico.

— Por onde você quer começar?

— Pelo café.

— Eu falei começar, não terminar.

— Mas estou machucado — eu disse. — Café vai me dar energia.

Mimi consultou o guia de viagem.

— Nós podemos ir no Caffè Florian.

— O café lá é bom?

— É uma cafeteria neobarroca aberta no início do século dezoito.

— E o café?

— Bem caro — Mimi disse. — Um expresso lá custa mais de seis euros.

Andamos até o Caffè Florian e o lugar era mesmo bastante elegante. As paredes eram cobertas por murais. Toda a mobília parecia antiga, como se as mesas e cadeiras fossem originais da época e certamente desconfortáveis.

— Uma pequena rodela de quiche lorraine custa dezesseis euros.

Ficamos em pé do lado de fora e olhamos pela janela para dentro do café, observando as pessoas sentadas debaixo da iluminação suave.

— É bonito — Mimi disse —, mas todo mundo lá dentro se parece com a gente.

PORTANTO, ESTAMOS EM PRAGA e, quando saímos do restaurante, a lua nos espera. Uma lua cheia e brilhante. Lá longe, vemos a ponte e o rio. Só consigo respirar por uma única narina. Sinto que vou sofrer outra crise de câimbra na minha perna esquerda. Na metade da colina, lembro que esqueci meu kit de diabetes no quarto.

— Muffy vai adorar te ver — Mimi diz. — E acho que você vai adorar ver ela também.

O ar da noite está morno e, no final das contas, é uma noite melhor-do-que-a-média. Mesmo Eugene e os Outros Demônios teriam dificuldades em encontrar alguma coisa do que reclamar. Amanhã, nós vamos voltar para Guelph, para nossa própria casa, para nossa própria cama. Muffy vai ficar extasiada de me ver e eu vou ficar bem feliz de vê-la.

Mas, por enquanto, nós estamos em Praga.

Copyright © 2020 Thomas King
Publicado mediante acordo com Westwood Creative Artists Ltd.
Título original: *Indians on vacation*

CONSELHO EDITORIAL
Eduardo Krause, Gustavo Faraon, Luísa Zardo,
Nicolle Garcia Ortiz, Rodrigo Rosp e Samla Borges
CONSULTORIA INDÍGENA
Julie Dorrico (Macuxi)
TRADUÇÃO
Davi Boaventura
PREPARAÇÃO
Samla Borges
REVISÃO
Raquel Belisario e Rodrigo Rosp
CAPA E PROJETO GRÁFICO
Luísa Zardo

**DADOS INTERNACIONAIS DE
CATALOGAÇÃO NA PUBLICAÇÃO (CIP)**

K53i King, Thomas.
Indígenas de férias / Thomas King ;
trad. Davi Boaventura. — 2. ed. —
Porto Alegre : Dublinense, 2023.
320 p. ; 21 cm.

ISBN: 978-65-5553-094-0

1. Literatura Canadense. 2. Romance
Canadense. I. Boaventura, Davi. II. Título.

CDD 823.91 • CDU 820(71)-31

Catalogação na fonte:
Ginamara de Oliveira Lima (CRB 10/1204)

Todos os direitos desta edição
reservados à Editora Dublinense Ltda.
Porto Alegre • RS
contato@dublinense.com.br

Descubra a sua próxima
leitura em nossa loja online

dublinense.COM.BR

Composto em BELY e impresso na BMF,
em PÓLEN NATURAL 70g/m², em ABRIL de 2023.